La courtisane d'Aliénor

DENISE LYNN

La courtisane d'Aliénor

LES HISTORIQUES

éditions Harlequin

Titre original : BEDDED BY THE WARRIOR

Traduction française de FRANÇOIS DELPEUCH

HARLEQUIN®
est une marque déposée par le Groupe Harlequin

LES HISTORIQUES®
est une marque déposée par Harlequin S.A.

Photo de couverture
Sceau : © ROYALTY FREE / FOTOLIA

Si vous achetez ce livre privé de tout ou partie de sa couverture, nous vous signalons qu'il est en vente irrégulière. Il est considéré comme « invendu » et l'éditeur comme l'auteur n'ont reçu aucun paiement pour ce livre « détérioré ».

Toute représentation ou reproduction, par quelque procédé que ce soit, constituerait une contrefaçon sanctionnée par les articles 425 et suivants du Code pénal.

© 2009, Denise L. Koch. © 2010, Harlequin S.A.
83-85 boulevard Vincent-Auriol, 75646 PARIS CEDEX 13.
Service Lectrices — Tél. : 01 45 82 47 47
www.harlequin.fr
ISBN 978-2-2802-1410-0 — ISSN 1159-5981

A toutes mes lectrices, auxquelles je souhaite un peu de passion pour illuminer leur vie.
Et à Tom qui, sans le savoir, illumine la mienne.

1

Poitiers, à la cour de la reine Aliénor d'Aquitaine, mai 1171

— Estime-toi heureuse d'être libre, déclara Aliénor d'un ton tranchant.

Lady Sarah de Remy frémit secrètement. Elle sentait dans son dos le regard implacable de la reine tandis qu'elle se dirigeait vers la porte de la chambre, l'échine transie par la menace à peine voilée de sa souveraine.

Ignorant la voix intérieure qui la pressait de quitter la pièce au plus vite, elle se retourna vers Aliénor. Celle-ci la toisait d'un regard glacial qui l'incitait à garder la plus grande prudence.

— C'est bien le moins que je puisse espérer pour accepter d'épouser une brute épaisse que je connais à peine, rétorqua-t-elle fièrement.

— Je doute qu'un mariage temporaire avec Bronwyn te soit plus pénible qu'un séjour en prison.

Sarah frissonna au nom de son futur mari. William de Bronwyn était un personnage bien trop imposant à son goût — trop grand, trop large d'épaules, trop grossier surtout. Elle ferma les yeux pour ne plus repenser à la honte d'avoir été surprise avec lui, en petite tenue, dans les appartements qu'il partageait avec son ami le comte Hugh de Wynnedom.

Au départ, pourtant, sa mission lui avait paru des plus simples. Hélas, celle-ci avait tourné au cauchemar, et elle avait fini par se retrouver prise à son propre piège.

Bronwyn et Wynnedom étaient des proches du roi Henri. Or, depuis la mort de l'archevêque Thomas Becket, qui s'était opposé au roi à propos des privilèges de l'Eglise et avait été assassiné l'année précédente, la reine se méfiait de son mari et tenait à tout connaître de ses activités. Surtout lorsqu'elle le soupçonnait de mener des opérations secrètes sur ses terres.

Henri, justement, avait été aperçu près du château en compagnie de Bronwyn et de Wynnedom. Tous trois y avaient rencontré un inconnu, et Aliénor voulait savoir ce qui se tramait.

Malheureusement, l'interrogatoire auquel elle avait soumis le comte de Wynnedom ne lui avait apporté aucune réponse satisfaisante. Au vrai, son arrogance l'avait ulcérée plus encore que sa réticence à lui révéler ce qu'elle voulait savoir. Résolue à le punir de son insolence, elle avait conçu un plan pour l'attacher à sa cour : il serait surpris dans sa chambre avec une de ses favorites à moitié nue et, en tant qu'homme d'honneur, n'aurait d'autre choix que de l'épouser. Sa loyauté ainsi conquise, Aliénor était certaine qu'elle saurait le plier à ses quatre volontés et en faire un excellent informateur.

Le succès de la manœuvre ne dépendait plus que de l'appât — à savoir Sarah. Espionne talentueuse, celle-ci n'avait jamais déçu sa souveraine… jusqu'à ce jour.

Sur le coup, Sarah n'avait pas compris pourquoi Wynnedom, chez qui elle s'était glissée à la faveur de la nuit, se montrait aussi insensible à ses charmes. Mais sa confusion n'avait plus connu de bornes quand Bronwyn, averti par son ami, était venu prendre sa place auprès d'elle après avoir rameuté des domestiques du château !

— Ton échec ne me laisse aucune latitude, reprit Aliénor.

— J'ignorais que le comte était marié à Adrienna ! se défendit Sarah. Je ne l'ai su que par la suite.

— Il t'incombait de le découvrir plus tôt.

Sarah frémit. Comment diable aurait-elle pu le savoir ? Adrienna, qui était aussi une des suivantes d'Aliénor, s'était bien gardée d'annoncer cette union à son entourage. C'était Wynnedom qui, par pitié sans doute, avait fini par le lui révéler juste avant l'arrivée de la reine sur le lieu du scandale.

— Au lieu de quoi, poursuivit la reine, tu t'es laissé entraîner dans une situation compromettante avec son ami.

Aliénor se leva et rejoignit la jeune femme.

— Sarah, nous avons déjà envisagé ensemble le problème sous tous les angles. Et même si Bronwyn t'a plus ou moins forcé la main, il ne t'en a pas moins proposé de l'épouser.

— Proposé ? se récria Sarah.

En vérité, après que la reine les avait sommés tous les quatre — elle-même, Bronwyn, Wynnedom et Adrienna — de quitter la cour, c'était tout juste si le terrifiant guerrier ne lui avait pas *ordonné* de devenir sa femme.

Aliénor chassa son objection d'un revers de main.

— Les formes n'y étaient peut-être pas, admit-elle, mais cela ne change rien au résultat : que tu le veuilles ou non, tu épouseras Bronwyn.

Sarah vivait depuis assez longtemps à la cour d'Aquitaine pour espérer qu'une fois remise de l'humiliation d'avoir été battue à son propre jeu, la reine se laisserait persuader de revenir sur sa décision. C'était du reste dans le but de poser les premiers jalons de ce revirement escompté qu'elle avait suivi Aliénor jusque dans sa chambre. Mais s'il lui fallait s'en aller sur-le-champ, comment pourrait-elle jamais obtenir d'autres audiences auprès de la reine pour tenter de la faire fléchir ?

— Votre Majesté…

— Il suffit ! trancha Aliénor, coupant court à ses plaintes. Epouse-le. Soutire-lui ensuite les informations que je désire et je m'arrangerai pour que tu retrouves ta liberté.

La reine marqua une pause en la toisant d'un œil inquisiteur.

— Me suis-je bien fait comprendre ? s'enquit-elle.

Incapable d'articuler la moindre parole tant elle avait la gorge serrée, Sarah hocha silencieusement la tête.

— Bien, approuva Aliénor. A présent, pars. Et veille à ce que toi, ton mari et ses amis soyez loin de Poitiers avant le lever du jour.

« Que pouvait-on attendre d'autre de la part d'une des catins d'Aliénor ? Elle n'a que ce qu'elle mérite. »

Les deux courtisanes persiflaient dans un renfoncement obscur lorsque Sarah, qui se dirigeait vers la chapelle, passa en serrant les dents devant elles. La remarque insidieuse parvint jusqu'à ses oreilles — ce qui était du reste leur intention — mais elle savait bien que leur répondre aurait été malavisé : ces langues de vipère n'en deviendraient que plus venimeuses.

Ce n'était pas la première fois qu'elle était la cible de ce genre de médisances depuis qu'elle vivait à la cour. Cette fois-ci, cependant, son orgueil s'en trouva aussi meurtri que lorsque son père la giflait, dans ses jeunes années. En réaction, elle redressa le menton et pressa le pas, ne voulant pas donner aux courtisanes la satisfaction de voir leur méchanceté faire mouche.

Une fois éloignée de l'alcôve et des piques acerbes qui s'y chuchotaient, elle ralentit l'allure, cherchant à retarder l'instant de son arrivée dans la chapelle particulière de la reine. Les condamnés à mort n'éprouvaient-ils pas des sentiments semblables en montant à l'échafaud ? La même angoisse nauséeuse à la vue du bourreau ? Leur sang ne ralentissait-il pas dans leurs veines, comme figé au contact glacé de la terreur ?

Bien sûr, son sort était plus enviable que le leur, mais tous ses espoirs tombaient à l'eau. On lui avait promis tellement plus, tellement mieux ! Des mois durant, elle s'était cramponnée à la promesse solennelle d'un mariage prestigieux. Et voilà que ses espoirs longtemps chéris tournaient au cauchemar sans issue.

Elle refoula le cri de désespoir qui montait dans sa gorge.

Elle n'était pourtant pas rétive à l'idée de se présenter devant l'autel — au contraire. Quand, toute jeune fille, elle avait été introduite auprès de la reine Aliénor, elle nourrissait bien des rêves. Comme ses autres camarades élevées à la cour, elle ne doutait pas de finir par y trouver un mari.

Et pas seulement un mari, mais un noble seigneur. Un homme d'honneur qui prendrait soin d'elle, qui la protégerait et lui donnerait des enfants, un foyer digne de ce nom, une existence valant la peine d'être vécue.

Par-dessus tout, elle tenait à garder les avantages qu'elle avait acquis à Poitiers : être soulagée des récriminations et de l'irascibilité paternelles ; être libérée des rudesses inhérentes à la vie dans une place forte miséreuse occupée uniquement par des soldats.

Elle serra les poings contre ses hanches. L'injustice dont elle était victime la révoltait. Elle avait délibérément ruiné sa réputation en endossant le rôle de catin de la reine — et tout cela pour quoi ? En échange d'une vaine promesse ?

L'arrangement conclu avec Aliénor lui avait jadis paru aussi simple qu'avantageux : si elle voulait quitter la cour dans une meilleure situation que celle qui était la sienne à son arrivée, il lui suffisait de mettre à profit ses airs de jeune fille innocente, et d'user de ses charmes, pour amener certains seigneurs et certaines dames à lui livrer le fond de leurs pensées, et à transmettre ensuite chacune des informations ainsi obtenues à la reine qui s'en servirait pour raffermir son pouvoir.

En retour, la jeune femme avait reçu l'assurance de devenir l'épouse de quelque seigneur riche et titré qui saurait lui apporter la sécurité et la tranquillité dont elle avait été privée jusqu'alors.

Au lieu de tout cela, la reine Aliénor la forçait aujourd'hui à épouser cette brute de Bronwyn.

Des sanglots refoulés lui serrèrent la gorge, moins dus à la crainte que lui inspirait son futur mari qu'à la perspective de devoir quitter la cour.

Même si elle n'avait guère de raison d'accorder le moindre crédit à la dernière promesse de la souveraine, elle s'accrochait de toute son âme à l'espoir, aussi ténu soit-il, de voir Aliénor tenir cette fois-ci sa parole.

Puisque le projet prévu au départ avait si piteusement échoué, il ne lui restait plus qu'à se marier avec cet homme, à rassembler sur lui et le comte autant de renseignements que possible et à découvrir ensuite ce que tous deux manigançaient avec le roi Henri. La reine avait promis qu'une fois sa curiosité satisfaite, elle veillerait à ce que sa protégée devienne une veuve nantie d'un pécule propre à séduire n'importe quel célibataire de son choix.

Sarah marqua soudain le pas. Elle venait de reconnaître, quittant les ombres du couloir pour la lumière qui inondait l'entrée de la chapelle, la haute silhouette de William de Bronwyn. Duper un homme inconnu qu'elle ne reverrait plus le lendemain était une chose, songea-t-elle. Mais celui-ci, elle allait être obligée de le fréquenter tous les jours. Et toutes les nuits.

Par pure bravade, elle soutint son regard et reprit son chemin vers lui. Dans le secret de son cœur, cependant, elle tremblait à la seule idée d'être sa femme, même brièvement.

William de Bronwyn n'était pas seulement immense, Sarah lui arrivait à peine aux épaules. Il semblait également aussi solide que le roc et capable de l'assommer, voire de la tuer d'un simple geste.

Sarah aurait aimé disparaître dans un trou de souris. Mais de telles échappatoires ne s'offraient, hélas, que dans les contes de fées.

Toutes les peurs qui avaient hanté son enfance, tous les souvenirs des mauvais traitements qu'elle avait dû subir par le passé lui étreignirent subitement la poitrine. Elle s'efforça de retrouver son souffle, tout en se demandant pourquoi elle prenait seulement cette peine. Ne lui serait-il pas plus simple de cesser tout bonnement de respirer ?

— Lady Sarah…

Elle s'arrêta juste hors de la portée de Bronwyn, ignorant la main qu'il lui tendait.

— Milord, répondit-elle sur un ton involontairement froid mais qu'elle n'aurait guère su rendre plus chaleureux en cet instant.

— Je n'étais pas certain que vous alliez venir.

— En avais-je le choix ?

Elle le vit froncer les sourcils. Se pouvait-il qu'il regrette sa demande en mariage ? Animée par un regain d'espoir, elle s'approcha de lui.

— Il ne nous est pas nécessaire de nous marier.

Si la reine s'était montrée inflexible, peut-être saurait-elle alors dissuader Bronwyn lui-même ?

A sa grande déception, ce dernier ne voyait pas la chose de cet œil.

— Je ne vous enlèverai pas d'ici avant de vous avoir épousée.

— Mais pourquoi cela ? dit-elle tout en cherchant désespérément des arguments pour le faire fléchir. Pour sauver mon honneur ? Voilà déjà longtemps que je n'en ai plus à la cour !

William secoua la tête et l'entraîna vers la porte de la chapelle.

— Vous rabaisser ne me fera pas revenir sur ma décision.

Elle cilla. Sa réputation lui était donc indifférente ? Elle n'en croyait pas un mot : aucun homme doté d'un soupçon de dignité n'acceptait volontiers de prendre une catin pour épouse.

En vérité, elle ne savait pas grand-chose de ce Bronwyn, sinon qu'il était bien vu à la cour et, quoique dénué de titre, dans les meilleurs termes avec le comte de Wynnedom — tous deux, s'il fallait en croire la reine, complotant par ailleurs avec le roi Henri.

Sarah se mit à l'observer discrètement. L'homme, au moins, semblait propre. Bien que ses cheveux soient un peu trop longs, la lumière diffusée par les torches murales révélait qu'ils venaient d'être lavés.

Elle se tenait assez près de lui pour percevoir le léger parfum de bois de santal qui émanait de sa personne, ce qui au demeurant ne lui était pas désagréable. Réprimant les émotions sourdes que cette odeur levait en elle, elle examina ses habits de cour.

Il portait des bottes de qualité, les bandelettes de cuir entourant le fourreau pendu à sa ceinture étaient neuves et la poignée de son épée bien trop ornée pour être celle d'un mercenaire de bas étage.

Oui, cet homme avait indéniablement de la dignité.

Elle reporta son attention sur son visage. Constatant l'intensité avec laquelle il la détaillait d'un regard perçant, elle en déduisit qu'il était en train de l'étudier de son côté. Il lui fallait se montrer prudente et prendre garde à ne pas se trahir.

Mais le temps pressait et, si elle désirait le faire changer d'avis, c'était maintenant ou jamais. Baissant la tête, elle lui jeta une œillade entre ses cils mi-clos.

— Je ne cherchais nullement à me rabaisser, milord, lui répondit-elle dans un murmure, le forçant ainsi à se pencher vers elle pour mieux l'entendre. Je souhaitais seulement éclairer votre lanterne.

Elle s'interrompit pour vérifier qu'elle avait son attention pleine et entière.

— Vous êtes le bras droit du comte, reprit-elle. Cette position devrait vous dissuader de contracter avec une des catins de la reine un mariage qui ne pourrait que nuire à votre réputation.

— Et alors ? Que voulez-vous que cela me fasse ?

Durant toutes les années qu'elle avait passées à la cour, Sarah n'avait encore jamais rencontré personne, homme ou femme, que l'opinion d'autrui indifférait à ce point.

— Cela ne vous importe peut-être pas pour l'heure, mais en sera-t-il toujours de même dans l'avenir ?

Portant une main à sa poitrine, elle regarda en direction de la chapelle avant de tenter une nouvelle fois d'en appeler au bon sens de Bronwyn.

— Voudriez-vous que vos enfants apprennent un jour que la rumeur présentait leur mère comme une prostituée ?

Il se redressa de toute sa taille et leva les yeux au ciel.

— Si toutes les rumeurs étaient vraies, alors je serais moi-même un monstre sorti de l'Hadès, répliqua-t-il.

L'expression de terreur qui, à ces mots, se peignit sur les traits de la jeune femme surprit William, qui eut du mal à croire qu'elle puisse accorder le moindre crédit à pareilles absurdités.

— N'ayez crainte, lady Sarah. Je suis né de parents tout ce qu'il y a de plus humains.

Comme elle gardait le silence, il se demanda un instant s'il n'avait pas commis une erreur en exigeant sa main. Non qu'il se souciât que sa future épouse ait la moindre considération pour lui car, à vrai dire, il préférait qu'elle n'en ait point.

Si leur rencontre se plaçait pour elle sous le signe de l'échec, pour lui elle avait représenté une opportunité qu'il ne pouvait laisser échapper. Il désirait une compagne qui partagerait la charge de leur foyer et porterait ses enfants.

Ses sens s'échauffaient aussi à l'idée d'avoir cette femme dans son lit. Avec elle, il ne gagnerait pas seulement une gouvernante pour sa demeure, mais une partenaire de plaisirs qui, à ses indéniables charmes physiques, alliait la réputation d'être une amante experte.

Ce qu'il ne voulait pas, en revanche, c'était d'une épouse qui ait peur de lui. Il était prêt à endurer du mépris de sa part et résigné à ce qu'aucun sentiment un peu tendre ne naisse jamais entre eux. Mais de la peur, il en avait vu plus que son compte dans les yeux d'autrui.

En quittant le palais de Sidatha avec Hugh et les autres, il s'était juré de changer radicalement d'existence. Il n'était plus question pour lui de supporter une seule fois encore la morsure du fouet ni de tuer pour obtenir sa pitance. Ni de provoquer intentionnellement la peur chez autrui. Encore moins chez sa femme.

L'une des courtisanes qui attendaient dans la chapelle pour être le témoin de leur union détourna soudain William de ses pensées en haussant ostensiblement la voix.

— Se voir proposer pour mari une brute de bas étage, voilà qui convient parfaitement à cette catin.

— Bah ! De toute manière, il ne la traitera jamais aussi durement qu'elle le mérite, répondit sa voisine avec un reniflement dédaigneux.

L'envie de réprimander vertement de telles insolences passa à William dès qu'il remarqua l'air fermé de Sarah : quoique ayant dû surprendre comme lui ces propos désobligeants, elle avait manifestement choisi de les ignorer. Il se demanda combien d'humiliations semblables elle avait dû subir à la cour pour parvenir à feindre aussi bien l'indifférence.

Pour autant, certains détails — comme la pâleur subite de son visage, la lueur singulière qui tremblait dans ses yeux — paraissaient indiquer qu'elle n'était peut-être pas totalement immunisée contre les piques qui la visaient. Il aurait même parié qu'elle cachait d'autant mieux ses réactions qu'elle était profondément blessée par l'opprobre dont elle était ainsi l'objet.

Sa décision d'aller jusqu'au terme de la cérémonie en fut raffermie. Non, il n'avait pas commis d'erreur. Il avait beau lui inspirer pour l'heure de la crainte, elle n'en avait pas moins besoin d'un protecteur, d'un ami pour la défendre et l'arracher à la solitude qui était la sienne à la cour d'Aliénor.

Il avait été captif pendant toute sa vie d'adulte. Il savait ce qu'on ressentait quand on se retrouvait seul au monde. Réduit en esclavage alors qu'il sortait à peine de l'adolescence, il avait vite appris à ne plus se fier à personne et à garder ses distances avec tout le monde.

Se tournant vers Sarah, il lui présenta son bras.

— Venez, milady, murmura-t-il. Nous avons reçu ordre de quitter ce palais avant le lever du jour. Mais avant de rejoindre lady Adrienna et Hugh, nous avons des vœux à prononcer.

Sarah regarda son bras sans bouger.

— Je ne souhaite pas vous épouser.

— Je le sais.

— Milord, nous ne sommes pas faits l'un pour l'autre. Ne préféreriez-vous pas choisir vous-même votre femme ?

William scruta son visage. Pas faits l'un pour l'autre ? Il était loin d'en être si convaincu. Et puis elle n'avait guère le choix : soit elle quittait Poitiers sur-le-champ, soit elle était jetée en cellule. Et il la voyait mal se débrouiller toute seule hors des murs de ce palais qui, malgré les apparences, n'était rien d'autre qu'une prison dorée où toute capacité d'initiative était tuée à petit feu.

— Nous sommes faits l'un pour l'autre bien davantage que vous ne le pensez, lady Sarah. Je me permets en outre de vous rappeler que, si la reine m'a accordé votre main, c'est parce que *je* l'avais réclamée auparavant.

— Sur un coup de tête. On ne bâtit pas l'avenir sur des caprices.

— Bien des décisions engageant le futur doivent être prises dans la fièvre de l'instant.

Combien de fois n'avait-il pas échappé lui-même à la mort pour avoir su jauger en quelques secondes l'adversaire qui lui faisait face ? Il renonça toutefois à présenter cet argument à la jeune femme, à qui il semblait déjà inspirer les pires appréhensions.

— Notre mariage, au moins, n'aura pas été arrangé par des inconnus, reprit William. Cela ne compte-t-il pas à vos yeux ?

— Non, lâcha-t-elle dans un souffle.

— Ou bien vous acceptez cet arrangement, ou bien c'est la prison, lui rappela-t-il alors sèchement.

Il ne pouvait imaginer lady Sarah croupissant dans quelque geôle étouffante, suintante et sombre. Cet univers n'était pas fait pour la délicate courtisane qu'elle était. Elle ne saurait résister bien longtemps aux rats, aux hurlements des autres détenus ni au froid glacial de sa cellule. Son opulente chevelure blonde ne tarderait pas à se muer en tortillons crasseux et ses formes à fondre par manque de nourriture ; sa fine toilette finirait par pendre en lambeaux sur son corps émacié avant de pourrir à cause de l'humidité ambiante. Son regard étincelant deviendrait morne et terne cependant que ses lèvres désapprendraient peu à peu le sourire.

— Je doute que la prison vous convienne, reprit-il.

Sarah releva la tête vers lui. Il eut le souffle coupé devant ces grands yeux aux iris d'un bleu pur, qui se détachaient sur sa peau d'une pâleur lumineuse.

— Pensez-vous me convenir mieux que la prison ? lança-t-elle.

Il revit en pensée l'adorable et si désirable Sarah se languissant dans une geôle, et ce spectacle affligeant mit de l'âpreté dans sa voix.

— Avec moi, au moins, vous vivrez.

Elle paraissait encore hésiter, à tel point que William se demanda si elle n'allait pas s'enfuir d'un bond. Mais elle poussa enfin un soupir résigné et posa une main frémissante sur son avant-bras.

Ils remontèrent ensemble l'allée centrale, jusque devant l'officiant qui les attendait.

William ne savait au juste pourquoi la reine avait insisté pour qu'ils se marient à l'église. Légalement, un simple échange de vœux aurait suffi à valider leur union. Pour sa part, en tout cas, il se serait parfaitement contenté d'une bénédiction nuptiale. Il avait cependant conscience de ne pas être en position de discuter les décisions de la souveraine.

Sarah, de son côté, n'entendait qu'à peine les paroles du prêtre tant son cœur battait fort, à en faire bourdonner ses oreilles. Deux pensées l'obsédaient : la remarque de la courtisane répliquant à son amie que, de toute façon, Bronwyn ne la traiterait jamais aussi durement qu'elle le méritait ; et le ton presque hargneux sur lequel il s'était adressé à elle pour lui faire valoir qu'avec lui, au moins, elle vivrait.

Cela était-il si certain ? Sarah sentit un tremblement incoercible sinuer le long de son échine. Son père avait souvent donné du poing pour obtenir la soumission de tous les membres de sa maisonnée, y compris, parfois, de sa mère. A la cour même, elle avait souvent été le témoin d'actes violents exercés par certains hommes envers leur épouse et leur progéniture.

Pour beaucoup, de tels emportements restaient dans les limites de l'acceptable, voire du banal. Depuis qu'elle bénéficiait de la protection d'Aliénor, toutefois, elle avait été préservée de cette brutalité masculine qu'elle ne considérait plus comme normale. Depuis tout ce temps, plus aucun homme n'avait, par colère, levé la main sur elle.

Elle ne connaissait pas vraiment l'individu qui se trouvait avec elle devant l'autel. Elle ne l'avait rencontré que quelques heures auparavant. Or voici qu'elle allait devenir son épouse et lui appartenir au même titre que les vêtements qu'il portait sur le dos.

La gorge de Sarah se contracta et un nouveau tremblement la secoua tandis que Bronwyn lui pressait la main. Avait-il deviné ou senti son agitation ? Elle s'efforça de refouler la panique qui menaçait de l'envahir.

La cérémonie se déroula pour elle comme dans un songe. Sarah garda un instant le silence quand l'officiant lui eut demandé si elle acceptait William de Bronwyn pour époux. Seuls le souvenir des menaces à peine voilées d'Aliénor et la peur de la prison, voire d'un traitement pire encore, parvinrent à lui desserrer les lèvres.

— Oui, murmura-t-elle.

Puis ce fut fini, et la jeune femme releva les yeux vers l'homme qui se tenait à son côté. L'homme qui venait juste d'être déclaré son époux. La lumière projetée par les torches accrochées au mur de la chapelle palpitait sur les traits de William. Des braises dorées luisaient de manière inquiétante dans les abîmes bruns de ses yeux.

Lorsqu'il enveloppa ses mains dans les siennes, Sarah dut se contraindre à demeurer coite. Lui avoir avoué qu'elle ne souhaitait pas cette union était déjà beaucoup, estimait-elle. Le laisser de surcroît percevoir son appréhension lui donnerait beaucoup trop d'ascendant sur elle. Or elle savait pertinemment quel danger l'on courait à ne pas savoir dissimuler ses faiblesses.

Les courtisanes rassemblées dans la chapelle de la reine pour assister à la messe nuptiale reprirent leur bavardage.

Voilà au moins une chose qu'elle ne regretterait pas, se dit Sarah. Ces pipelettes, qui ne savaient presque rien d'elle, se permettaient de proférer à son endroit des opinions élaborées sur la base de racontars ou de témoignages de seconde main qu'elles ne prenaient évidemment jamais la peine de vérifier.

Si elles se trouvaient à la cour, pourtant, c'était exactement pour la même raison qu'elle : afin de se trouver un mari. La seule différence, c'était la terre et l'or que, pour leur part, elles apporteraient en dot à leur ménage.

Le prêtre s'éclaircit la voix pour signaler que la messe était dite et qu'il ne restait plus aux jeunes mariés qu'à s'embrasser avant de quitter la chapelle.

— Désolé, articula William sans que Sarah puisse déterminer s'il s'adressait ainsi à elle ou à l'officiant.

Tout ce dont elle eut ensuite conscience, ce fut son imposante silhouette qui se penchait vers elle, puis le contact étonnamment léger de ses lèvres contre les siennes.

La chapelle se remit aussitôt à bruire de chuchotis et de rires étouffés. Sarah savait que les courtisanes étaient en train de se moquer d'elle et de l'homme auquel elle appartenait désormais. Elle refusait cependant de faire le dos rond sous leurs quolibets. Elle allait au contraire leur prouver qu'elles se trompaient.

Par respect envers l'Eglise, elle observa une certaine retenue dans sa réaction au baiser de Bronwyn, mais n'en plaça pas moins une main sur son torse avant de lui tendre hardiment sa bouche.

Il avait les lèvres chaudes et d'une douceur qui la surprit. Contrairement aux autres hommes qui avaient eu le privilège de l'embrasser jusqu'alors, il ne lui donna pas l'impression de vouloir lui dévorer la bouche. Il procédait au contraire avec une délicatesse dont Sarah ne put s'empêcher d'être émue et qui alluma malgré elle comme un brasier liquide dans le creux de ses reins.

Ce qui devait être un geste chaste destiné à sceller leur union se révélait-il la promesse tacite d'un futur désir partagé ?

Ne prêtant plus aucune attention aux murmures autour d'elle, Sarah se rendit compte que cette perspective ne l'effrayait ni le la dégoûtait outre mesure.

Décontenancée, elle s'écarta lentement de William. Pour cacher son trouble, elle le gratifia d'un sourire éblouissant avant de pivoter vers l'assistance. L'une après l'autre, les médisantes détournèrent le regard. Sarah en conçut une singulière satisfaction : pour la première fois de sa vie, ce n'était pas elle que la honte accablait.

2

— Sarah, chuchota la voix grave de William à l'oreille de la jeune femme, il est temps de partir.

Comme elle se dirigeait avec lui vers la porte de la chapelle, il lui prit la main et lui demanda sur le même ton :

— Souhaitez-vous auparavant saluer l'une de ces dames ?

Elle leva les yeux vers lui pour lui décocher une repartie cinglante, mais le pli moqueur de ses lèvres et la lueur malicieuse qui dansait dans ses prunelles la désarma : il la taquinait. Avait-il donc surpris lui aussi les murmures et les rires de l'assistance ? Avait-il deviné combien la méchanceté de ces plaisanteries méprisantes pouvait la blesser ?

Elle se pencha vers lui et, dans un mouvement délibéré, tendit le cou pour regarder les femmes assises sur les bancs derrière lui.

— Non, répondit-elle posément, je ne crois pas que cela soit nécessaire.

William enlaça alors ses épaules contractées et, la serrant contre lui, considéra à son tour l'assemblée de courtisanes surprises.

— Ce n'est pas moi qui vous reprocherai de juger ces personnes indignes de votre temps et de votre attention.

Il avait suffisamment haussé la voix pour être entendu

de tous et adopté un ton assez courroucé pour que nul ne se méprenne sur le sens de ses propos. Sarah ne sut ce qui la sidéra — ou la ravit — le plus : le fait qu'il ait pris ouvertement sa défense ou l'expression de stupeur incrédule mêlée de honte qui se peignit sur les visages de l'assistance.

Lorsqu'ils regagnèrent la porte de la chapelle, William baissa les yeux vers Sarah qui eut aussitôt la sensation de se noyer dans ses prunelles brunes pailletées d'or. Le souffle court, elle eut soudain la gorge nouée.

Mais le pire était encore la chamade que battait son cœur, en proie à une émotion qui enflait sa poitrine et qu'elle n'osait nommer. Non, cela n'avait aucun sens. Elle ne connaissait pas cet homme, n'avait aucune raison d'avoir confiance en lui. Elle ne désirait pas être sa femme. Il était impossible qu'elle ressente le moindre sentiment pour lui. Complètement impossible.

Dès qu'ils eurent quitté la chapelle, elle se dégagea de son bras. Elle devait se reprendre, rétablir la distance avec lui. Et garder bien présent à l'esprit qu'il n'était qu'un moyen de remplir l'ultime mission que lui avait confiée la reine.

William, quant à lui, ne put s'empêcher de remarquer la soudaine réserve que lui témoigna son épouse sitôt qu'ils furent hors de vue des courtisanes rassemblées dans la chapelle. Un instant avant, il s'était demandé pourquoi elle répondait si ardemment à son baiser. Il savait maintenant que c'était pour en remontrer à l'assistance et non pour lui faire plaisir.

Il en éprouva de la déception. Certes, il ne s'attendait pas à ce que les vœux du mariage changent quoi que ce soit entre eux. Mais il ne s'attendait pas non plus à ce que ce premier baiser ait pour principal effet de le laisser sur sa faim.

— Sarah, attendez.

Il noua ses doigts aux siens, désireux de ne pas la laisser s'éloigner de lui car il craignait qu'elle ne cherche de nouveau à le fuir, et de la perdre faute de la maintenir suffisamment sous son emprise.

Elle l'avait déjà trahi une première fois, après que la reine Aliénor eut accepté sa demande en mariage. Il n'en était pas certain, mais il la soupçonnait d'avoir alors couru après la souveraine pour essayer de la faire changer d'avis. Apparemment, cette tentative n'avait pas été couronnée de succès.

Sarah voulut libérer sa main, mais avant qu'elle puisse émettre la moindre protestation, ils furent abordés par une femme, en qui William reconnut une autre des suivantes de la reine.

— Lady Sarah, Sa Majesté m'a chargée de vous remettre ceci, déclara-t-elle en lui tendant une petite bourse.

Sarah desserra les cordons du sac cousu de pierreries pour en examiner le contenu. L'air effaré, elle sortit de la bourse une pleine poignée de pièces d'or.

Comme elle esquissait le geste de rendre ce présent à la suivante, celle-ci secoua la tête.

— Non, milady, c'est à vous. La reine Aliénor vous souhaite un bon voyage.

Elle ajouta, avec un air timide :

— Et moi aussi. Portez-vous bien tous deux.

William vit les yeux vifs de sa femme s'écarquiller un bref instant, puis son expression se ressaisir dans un sourire poli.

— Je vous remercie, murmura Sarah.

Puis elle parut hésiter.

— Portez-vous bien de même, lady Elise, dit-elle enfin. Puisse votre séjour ici être aussi bref qu'agréable.

Lady Elise eut un éclat de rire franc et joyeux.

29

— Prenez garde, les prévint-elle tout en rebroussant chemin. Le jour se lève dans moins d'une heure. Ne tardez pas à vous mettre en route.

William accueillit l'avertissement d'un hochement de tête et s'apprêta à regagner les appartements qu'il partageait avec le comte de Wynnedom. Sarah, cependant, le retint par le bras pour l'entraîner de l'autre côté.

— C'est plus court par ce chemin, lui assura-t-elle.

Comme elle connaissait le château mieux que lui et que sa liberté était en jeu, il décida qu'il pouvait aussi bien lui faire confiance.

— Je vous suis, répondit-il.

Sarah le conduisit par un corridor mal éclairé jusqu'à une galerie qui courait tout le long de la grand-salle. Alors qu'ils approchaient de l'escalier qui descendait vers la salle, William jeta un coup d'œil par-dessus la balustrade et se figea sur place en avisant Richard de Langsford et Stefan d'Arnyll qui, tout en devisant avec animation, s'apprêtaient eux-mêmes à gravir les marches menant à la galerie.

Sans réfléchir, William empoigna Sarah, laquelle étouffa un hoquet de stupeur, et l'attira brusquement dans un recoin obscur.

Il ne se souciait nullement de Langsford, qui n'était qu'une brute avinée et sans cervelle, simple pion dans le jeu incessant mené par la reine pour circonvenir le comte.

Arnyll, en revanche, représentait à ses yeux une menace autrement plus sérieuse. Que faisait donc à la cour d'Aquitaine cette créature diabolique et sans scrupules ?

Tout comme lui, Arnyll avait été capturé et réduit en esclavage, mais quand Hugh avait gagné sa liberté ainsi que celle de trois de ses compagnons d'infortune, il n'avait avancé le nom de ce scélérat que parce que ce dernier était de ses compatriotes.

Au début, William avait éprouvé quelque pitié pour ce prisonnier au physique plutôt malingre, et lui avait appris à tirer parti de sa rapidité et de son agilité pour faire face à des adversaires plus massifs que lui. Ils avaient ensuite souvent combattu ensemble dans l'arène, dos à dos, comme un seul homme.

Arnyll n'avait cependant pas tardé à révéler son vrai caractère, se montrant finalement aussi retors et cruel qu'Aryseeth, le maître des esclaves.

Le souvenir d'un chien famélique que William et quelques-uns de ses camarades avaient sauvé du couteau du cuisinier lui revint soudain à la mémoire, soulevant en lui la même indignation frémissante que jadis. Ils avaient réussi à dissimuler la pauvre bête des mois durant… jusqu'à ce qu'Arnyll, dépité de s'être fait spolier d'une ration supplémentaire du vin aigre qu'on leur servait aux repas, aille rapporter à Aryseeth la présence de l'animal dans le donjon. Dès le lendemain matin, au petit déjeuner, William et les autres avaient pu se rendre compte de la futilité des efforts qu'ils avaient déployés pour protéger l'animal.

William guettait à présent les deux gredins dont les pas se rapprochaient. Ils étaient heureusement si absorbés dans leur conversation que ni l'un ni l'autre n'avaient eu le temps de remarquer la présence du couple sur la galerie.

William en profita pour se laisser tomber sur le banc de pierre dans le coin de l'alcôve, asseyant Sarah sur ses genoux. Dans cette position, sa haute taille serait moins susceptible de le trahir, la jeune femme et lui offrant en outre toutes les apparences de deux jeunes tourtereaux en pleine roucoulade. Cela lui donnait aussi une occasion idéale de savoir ce que les deux hommes complotaient.

Comme Sarah tentait de le repousser, il lui enlaça la taille avec force pour l'immobiliser et, doutant qu'elle reste silencieuse bien longtemps, plongea les mains dans ses cheveux et pressa ses lèvres contre les siennes.

— Du calme, chuchota-t-il à la jeune femme qu'il sentait sur le point de les trahir. Croyez-moi, vous risquez beaucoup moins avec moi qu'avec ce scélérat d'Arnyll.

Arnyll ? se répéta Sarah en fronçant les sourcils. Il lui fallut un instant pour comprendre qu'il parlait de Stefan. Elle avait elle-même reconnu ce malotru de Richard avec lui dans la grand-salle, mais la réaction de William, quand il les avait aperçus à son tour, l'avait pour le moins décontenancée.

Maintenant qu'elle y réfléchissait, toutefois, qu'un guerrier comme lui veuille se cacher de ces deux hommes l'incitait elle-même à la prudence. Et puis elle préférait ne pas croiser Stefan et Richard en compagnie de William.

— Soit, acquiesça-t-elle. Faisons semblant. Mais ne vous méprenez pas sur ce qui me pousse à agir de la sorte.

Elle le sentit sourire contre ses lèvres tandis qu'elle levait les bras pour nouer ses doigts derrière sa nuque.

Elle plissa les paupières, regrettant de ne pouvoir mieux distinguer ses traits dans la pénombre. Une intuition lui soufflait qu'il arborait un air faraud et que ses yeux pétillaient de malice.

Car il était de plus en plus évident, hélas, qu'elle n'avait pas épousé un demeuré — ce qui pouvait la gêner dans l'accomplissement de sa mission, voire la mettre en danger.

Par-dessus tout, il lui fallait s'assurer que William n'apprenne pas qu'elle œuvrait encore en sous-main pour la reine. Il ne le lui pardonnerait pas, aucun homme n'étant d'ailleurs disposé à accepter de gaieté de cœur qu'en dépit de vœux prononcés devant l'autel, *son* épouse soit toujours aux ordres d'une tierce personne.

Les voix de Richard et Stefan devenaient plus distinctes,

signalant leur approche. Sarah parvenait presque à suivre leur conversation et ce qu'elle en saisit l'affola : ils parlaient de la reine et d'elle-même ainsi que d'une certaine tâche que la reine lui aurait confiée et à laquelle ils avaient collaboré — une tâche qui, à les entendre, n'était toujours pas terminée… Elle souhaita que William fût assez ignorant des intrigues de la cour pour ne pas pouvoir interpréter la teneur de leurs propos !

Les deux hommes semblaient s'accorder pour rejeter sur Sarah l'entière responsabilité de l'échec provisoire de la manœuvre ourdie par la reine. De leur côté, estimaient-ils, ils avaient tout fait pour en assurer la réussite en enlevant Adrienna. De fait, sans être au courant de son mariage avec Wynnedom, on les savait tous deux amis, puisqu'ils étaient constamment ensemble. Il avait donc paru nécessaire d'éloigner Adrienna du comte afin de permettre à Sarah de séduire ce dernier. Celle-ci ayant piteusement échoué, ils avaient libéré l'épouse de Wynnedom.

Sarah ignorait s'ils avaient appris son mariage avec William de Bronwyn, mais elle ne tenait pas à le savoir. Pour l'heure, il lui fallait avant tout distraire ce dernier de la conversation menée par Stefan et Richard.

Elle se mit donc à gémir sourdement au creux de l'oreille de son mari et se pressa contre lui. A son grand soulagement, il se mit bientôt à lui caresser le creux des reins.

Aliénor n'avait peut-être pas tort, songea-t-elle alors. William n'était qu'un homme, après tout, et à l'instar de tous les hommes, il serait aisément manipulable. Elle savait depuis longtemps qu'un sourire tendre, une œillade un peu appuyée ou une caresse furtive sur le torse ou le bras d'un mâle suffisait à le gagner à ses vues. Et il était rare qu'elle doive recourir, pour parvenir à ses fins, à des promesses qu'elle savait ne pouvoir ni ne vouloir tenir.

Richard et Stefan venant à passer devant l'alcôve, Sarah sentit son cœur cogner dans sa poitrine, si fort qu'elle eut l'impression qu'il allait se consumer. Elle pria en silence pour qu'ils ne disent rien qui fût susceptible de la trahir : le risque d'être aperçue par les deux hommes la terrifiait bien moins que celui d'être démasquée par William, s'il comprenait qu'elle continuait d'espionner pour le compte de la reine.

A ce moment, William prit sa nuque avec une fermeté accrue et embrassa ses lèvres. Son pouls se mit à battre de plus belle.

Il n'y avait plus rien de courtois dans la fermeté de l'étreinte de William ni dans la hardiesse de son baiser. Il l'embrassait au contraire avec une telle ferveur que Sarah en oublia presque aussitôt Stefan, Richard et la reine elle-même. Plus rien d'autre n'occupait son esprit que la chaleur qui infusait soudain dans ses veines, dissolvant en elle toute la réserve qu'elle avait pu décider d'opposer à son mari.

Elle n'était plus capable de penser, ni même de percevoir autre chose que la magie indubitable de cette caresse, et la chaleur ardente que la bouche de William diffusait dans la sienne.

Quand il cessa de l'embrasser, Sarah se rendit compte qu'il ne la tenait plus contre lui : c'était elle-même qui se cramponnait à lui, la poitrine plaquée contre son torse, les doigts accrochés à ses épaules incroyablement musculeuses. Richard et Stefan avaient disparu.

Elle s'écarta promptement. Joignant les mains sur ses cuisses, elle prit une profonde inspiration pour essayer d'apaiser la surprenante tempête que William semblait avoir déchaînée en elle. En vérité, jamais le baiser d'un homme ne l'avait autant… troublée.

Elle repensa à ce qu'elle s'était dit quelques instants

auparavant : que William serait facile à manipuler, comme tous les hommes. A présent, elle aurait presque ri de cette idée. Aliénor se trompait : il semblait bien que William de Bronwyn ne soit *absolument* pas un mâle comme les autres.

— Je crois qu'ils sont partis, murmura-t-il, lui chatouillant l'oreille de son haleine chaude.

Il se pencha soudain vers elle.

— Etes-vous bien certaine que ce baiser était bien pour *faire semblant* ? lui demanda-t-il dans un souffle rauque.

Incapable de trouver une repartie cinglante pour lui faire ravaler sa suffisance, Sarah quitta vivement ses genoux, vexée de ne savoir que répondre.

Il se leva à son tour et lui prit la main.

— Allons, venez, il nous faut rejoindre Hugh et lady Adrienna avant de quitter cette cour.

Encore profondément troublée d'avoir si aisément cédé à ses caresses, Sarah le guida sans mot dire par le raccourci jusqu'à ses appartements.

3

La lumière du jour filtrait à peine à travers les feuillages quand William pressentit l'approche d'un danger. Un rapide mais scrupuleux examen des futaies et des broussailles alentour ne lui permit pas de deviner ce qui avait pu provoquer ce malaise. Il avait cependant appris depuis longtemps à se fier à son instinct et, malgré la tranquillité apparente du sous-bois, il était presque certain que leur petite troupe était suivie.

Après avoir jeté un coup d'œil à Hugh et Adrienna qui les précédaient, il reporta son attention sur Sarah qui chevauchait à sa hauteur, le long de la piste forestière. Elle paraissait toujours aussi tendue qu'à leur départ du palais d'Aliénor. Sans doute à cause de la rapidité des événements, et aussi peut-être de la réaction involontairement ardente qu'elle avait eue à son baiser. Une réaction qui lui promettait bien plus que des mots n'auraient su le faire.

Il avait entendu dire que Sarah était une des catins de la reine. Comment aurait-il pu, du reste, ne pas en avoir eu vent ? La rumeur en était si répandue à la cour qu'il lui aurait été impossible de l'ignorer.

Aucun sentiment à l'égard de Sarah n'avait motivé sa demande en mariage. Il souhaitait uniquement trouver une compagne pour égayer sa demeure et l'aider à s'en occuper. En échange, il offrait à la jeune femme sa protection.

Il s'agissait là d'un simple marché qui lui paraissait mutuellement profitable : grâce à lui, Sarah échappait aux horreurs d'un emprisonnement ainsi qu'à tous les autres dangers qui la guettaient en permanence à la cour ; et lui-même obtenait en retour une épouse à laquelle ne le lierait aucun attachement particulier.

En prime, ce n'était pas une sainte-nitouche inexpérimentée qui lui était échue, mais une amante réputée experte dans l'art du plaisir.

A ce propos, d'ailleurs, l'apparition inopinée de Langsford et d'Arnyll n'avait peut-être pas été si malencontreuse que cela, puisqu'il avait pu ainsi voir Sarah à l'œuvre. Certes, sa réaction à son étreinte avait été au départ quelque peu hésitante. Et si, à l'approche des deux compères, elle avait mis un peu plus de passion dans son baiser, il avait bien compris que c'était surtout pour le distraire des propos que ces derniers échangeaient à voix basse. En d'autres termes, elle avait tenté d'user de ses charmes pour le manipuler et gardait par devers elle certains secrets que, manifestement, elle tenait à lui cacher.

Cependant il n'était pas un godelureau de la cour qui se laissait facilement berner et, quoi que cette habile courtisane ait pu en penser après coup, il était pratiquement certain que l'ardeur qu'elle avait montrée dans l'alcôve n'était pas entièrement simulée, loin de là — ce qui n'avait pas manqué de l'intriguer et, à vrai dire, de l'amuser.

— Quelque chose ne va pas ? demanda Sarah.

La question de la jeune femme le surprit dans ses pensées.

— Non, rien, répondit-il.

— Eh bien... non seulement vous êtes obtus, mais de surcroît vous mentez.

N'en croyant pas ses oreilles, il la scruta avec attention.

— De quoi parlez-vous donc, ma chère ?

— Je n'ai pas réussi à survivre jusqu'à ce jour sans apprendre à lire sur le visage d'autrui, lui expliqua-t-elle tout en l'observant avec attention. Ces sourcils froncés, cette raideur dans votre maintien, cette soudaine manie d'inspecter les sous-bois — tout indique que vous n'êtes pas rassuré. D'où ma question : que se passe-t-il ?

— Rien qui vous concerne.

Sarah rabattit une de ses nattes par-dessus son épaule.

— Non, bien évidemment, marmonna-t-elle avant de lui lancer un petit sourire en coin et de battre des paupières. Je ne suis après tout qu'une *femme*. Vous savez ? Un de ces êtres sans souci ni cervelle...

William fut piqué au vif par cette remarque insolente. Mais ils n'étaient plus au palais ni à la cour, à présent. Cette comédie et ces grands airs n'étaient plus de mise. Et pour l'amener à y renoncer, il existait deux méthodes éprouvées : la séduction ou le sarcasme. La première semblait malaisée dans les circonstances présentes. Il la toisa donc de son regard le plus dur.

— Nous n'avons pas la même définition de la féminité, madame. De mon point de vue, vous vous comportez plutôt comme une mégère.

Au lieu d'être accablée par la honte ou de se mettre en colère comme il l'avait espéré, Sarah éclata d'un rire sonore qui chassa les oiseaux des ramures au-dessus de leurs têtes.

— Peut-être aurait-il été plus sage de vous enquérir de mon caractère, avant de me traîner devant l'autel.

Certes. Bien que ce ne soit pas exactement la réponse que William attendait, force lui était d'admettre qu'elle n'avait pas entièrement tort.

— Je suppose que j'aurais effectivement dû me renseigner de manière plus approfondie à votre sujet, mais figurez-vous que le temps m'a manqué.

— En ce cas, ne m'en faites pas le reproche. L'idée de ce mariage n'est pas de moi.

— Pas plus que celle de séduire le comte de Wynnedom, j'imagine ?

Sarah rougit légèrement, sans toutefois cesser de soutenir son regard.

— Je n'avais pas le choix, vous le savez pertinemment.

Le choix, se dit-il, elle l'avait eu après, car elle aurait très bien pu refuser de l'épouser.

— C'est curieux, tout de même, articula-t-il lentement.

Il vit ses mains se crisper sur la bride de sa monture. Quand elle reprit la parole, cependant, son ton resta parfaitement égal.

— Quoi donc ? demanda-t-elle.

— Sitôt après qu'Aliénor nous a sommés de quitter le château, vous m'avez abandonné précipitamment. J'en déduis que vous avez couru auprès de Sa Majesté. Dans quel but ?

— Je voulais qu'elle revienne sur sa décision de vous accorder ma main, répondit Sarah sans ambages.

Elle se pencha vers lui pour lui toucher le bras.

— Cela n'avait rien de personnel, William, précisa-t-elle. Il me répugnait simplement d'être contrainte à me marier si jeune.

Il baissa les yeux sur ses doigts, puis les retira vivement.

— Un mariage est quand même une affaire tout ce qu'il y a de plus personnel, objecta-t-il.

— Certains mariages peut-être. Mais ce ne sera pas le cas du nôtre.

William garda le silence un instant, les mains croisées sur le pommeau de sa selle.

— Vous savez, reprit-il, je n'ignorais pas les rumeurs qui couraient sur vous avant de vous proposer cette union.

— Proposer ? répéta Sarah en s'inclinant légèrement sur sa monture pour mieux le foudroyer du regard. Ce n'est pas exactement dans les termes d'une *proposition* que vous avez soumis ce projet à la reine.

Il haussa les épaules.

— Peu importe. Ce qui compte, c'est que je vous ai choisie pour femme, tout en sachant pertinemment que vous étiez l'une des catins d'Aliénor.

Il marqua une pause.

— En retour, poursuivit-il, je n'attends pas grand-chose de vous...

— Tant mieux, car vous n'obtiendrez rien de plus.

William étreignit le pommeau de sa selle tout en s'exhortant mentalement au calme. Pour quelque obscure raison, la jeune femme lui cherchait querelle. Or, si elle ne se montrait pas un peu plus circonspecte, il craignait que l'insolente ne soit satisfaite au-delà de ses espérances.

— Vous êtes seule au monde, Sarah, lui rappela-t-il. Pour veiller sur vous, vous ne pouvez compter sur personne d'autre que moi. Je ne saurais trop vous conseiller de m'accorder un minimum de confiance.

Il releva la tête et riva ses yeux dans les siens.

— Et je suis bien curieux de savoir comment partager

la vie, le toit, le nom et le lit de quelqu'un peut n'avoir rien de… « personnel », ajouta-t-il.

— Nous n'avons pas encore partagé un lit, répliqua-t-elle. Et croyez bien que cela n'est pas près d'arriver.

— Tiens donc ?

William était surpris qu'elle ose le défier aussi ouvertement. Croyait-elle donc qu'il n'était pas homme à relever le gant ? Il aurait aimé lui rétorquer qu'un jour, ce serait elle qui le supplierait de l'accueillir entre ses draps. Mais il jugea préférable de tempérer pour un temps son courroux.

— Qu'est-ce qui vous en donne une telle assurance ? demanda-t-il.

Sarah pâlit, comprenant qu'il ne se laisserait pas éconduire aussi facilement. Elle pivota vers le sentier, redressa le buste et regarda droit devant elle.

— Vous ne m'y forceriez pas, tout de même.

Il ne pensait pas un seul instant devoir en venir à cette extrémité, mais les réticences de Sarah ne l'en laissaient pas moins perplexe. Elle avait peur, c'était visible. Il savait reconnaître ce sentiment chez autrui et en constatait à présent les effets aussi bien dans la raideur de sa posture que dans la pâleur de son visage et le ton hésitant de sa repartie.

L'envie soudaine de la rassurer le poussa à se rapprocher d'elle et à dénouer les doigts fins qui serraient convulsivement la bride. Il les porta ensuite à ses lèvres pour y déposer un chaste baiser.

— Je doute que l'usage de la force soit nécessaire, milady.

Elle retira sa main d'une secousse.

— Vous avez une bien haute opinion de vous-même, milord.

— Peut-être. Mais il n'est pas d'homme normalement constitué qui n'aurait à cœur de relever votre défi.

— Quel défi ?
— Me prendriez-vous pour un naïf ?

Elle le considéra d'un air ébahi, sans répondre.

— Cette ruse est vieille comme le monde, madame. Une créature d'expérience annonce crânement à l'homme qu'elle convoite qu'elle ne partagera pas sa couche, tout en ayant parfaitement conscience de lui lancer ainsi un défi qu'il ne saurait décliner. Le procédé est connu, du reste. Nul homme n'ignore que la dame cherche de la sorte à préserver sa dignité en cas d'échec.

Sarah entrouvrit les lèvres… avant de resserrer les dents sans avoir proféré une parole.

William fut désarmé par sa réaction. Il s'attendait à de plus vives protestations de sa part. Il s'écarta d'elle, songeant que sa jeune épouse dissimulait décidément beaucoup de mystères et des profondeurs insoupçonnées sous ses séduisants atours.

Il l'observa à la dérobée tandis qu'elle continuait à chevaucher près de lui, se félicitant derechef d'avoir pu, dans sa position, épouser une jeune femme aussi adorable que lady Sarah.

Comme elle se tournait pour lui décocher un regard brûlant d'un feu mauvais, il dut cacher le sourire amusé qui lui montait aux lèvres. Aucun combat à mort ne lui avait jamais noué l'estomac ni trempé le front de sueur angoissée. Or voilà que ce petit bout de femme réussissait à le chavirer corps et âme d'un simple regard de côté !

Quand elle eut reporté son attention sur la piste, ce fut comme si une bise hivernale venait soudain le frigorifier, creusant en lui une faim singulière de chaleur humaine. Il soupira devant son impuissance à maîtriser les émotions suscitées en lui par ces revirements aussi fantasques que déroutants pour l'homme qu'il était.

Inspectant de nouveau les environs en quête d'éventuels poursuivants et n'y voyant, une fois de plus, rien de suspect, il commença à se demander si la menace qu'il avait cru percevoir n'était pas le fruit de son imagination.

Après tout, peut-être leur départ précipité de la cour d'Aliénor ainsi que son union, encore plus hâtive, avec lady Sarah de Remy avaient-ils davantage éprouvé ses nerfs qu'il n'était disposé à l'admettre. De toute façon, il était armé et Hugh l'était également ; autant mettre ce souci de côté pour le moment.

Désireux de se trouver un sujet de préoccupation plus plaisant, il concentra de nouveau son attention sur sa femme et ne put que constater à quel point était justifiée la jalousie qu'inspiraient généralement les courtisanes. Malgré une fine cicatrice coupant l'un de ses sourcils, Sarah était la beauté incarnée. L'arête de son nez n'était pas parfaitement rectiligne, ce qui rehaussait encore son charme.

Outre ses cheveux blonds comme l'or, la première chose qu'on remarquait chez elle était le bleu éclatant de ses yeux que soulignait par contraste la pâleur sans défaut de son visage.

Il se demanda un instant combien d'hommes avaient pu souhaiter par le passé se noyer dans ces prunelles-là. Comme il se remettait à observer cette cicatrice et ce nez, il pensa soudain qu'un individu, au moins, avait dû se montrer insensible au charme de Sarah. Et que c'était peut-être en souvenir de lui que la jeune femme avait parfois peur de son mari…

— Que regardez-vous encore ? s'enquit Sarah avec humeur.

— Vous.

— Pourquoi ? s'enquit-elle avant de passer une main sur sa joue. Ai-je une tache quelque part ?

— Pas la moindre. J'admirais votre beauté.

Sarah écarquilla les yeux avant de recomposer ses traits en un masque dédaigneux et de détourner le regard. Cette rebuffade ne contraria pas William. Il avait déjà vu la jeune femme, à la cour d'Aliénor, opposer à d'autres hommes la même attitude méprisante. Mais alors que la plupart d'entre eux étaient rebutés par ces mimiques et renonçaient généralement à l'importuner, lui n'était ni dupe de son petit jeu, ni près de se laisser intimider.

— Vous semblez surprise. Je ne puis croire, pourtant, que vos appas ne vous aient jamais valu aucun éloge.

— Tous les compliments que j'ai reçus jusqu'à présent provenaient de personnes désirant quelque chose ou d'individus si éméchés qu'ils parlaient à tort et à travers.

— Je suis parfaitement sobre. Je dis simplement ce que je pense. Et je possède déjà tout ce que je désire.

— A savoir ?

— Vous.

Sarah se tourna brusquement vers lui.

— Moi ? s'exclama-t-elle, l'étonnement lui enflammant les joues.

Elle secoua la tête d'un air incrédule.

— A peine avons-nous échangé nos vœux que vous me comptez déjà au nombre de vos possessions ?

La question piqua William, qui connaissait d'expérience ce qu'il en coûtait d'être la propriété d'autrui.

— Je n'ai pas dit cela en ces termes.

— Mais si ! D'ailleurs, n'est-ce pas une juste description de la condition d'épouse ? répliqua-t-elle en haussant le ton.

Elle s'interrompit pour avaler sa salive avec difficulté.

— Ne suis-je pas pour vous une nouvelle pièce à ajouter à la liste de vos biens ?

La liste de ses biens ? Il secoua la tête à son tour, frappé par l'ironie involontaire de sa remarque. En fait de biens, il ne détenait que ses armes, la cuirasse qu'il portait sur le dos, le cheval qu'il montait et la promesse du roi Henri de lui attribuer un jour trésor et place forte. Or, s'il pouvait raisonnablement compter sur ses armes et sa cuirasse, la promesse, pour royale qu'elle fût, n'était pour l'heure que paroles.

Il s'efforça néanmoins de contrôler sa voix pour lui répondre.

— Bien sûr, lady Sarah, lâcha-t-il avec cynisme, c'est bien à cela que se résume pour moi une épouse : une simple possession de plus, à utiliser à ma convenance et quand bon me semble.

Sarah sentit son sang bouillir et entrouvrit les lèvres pour lui cracher tout son mépris. Mais elle remarqua la lueur moqueuse qui jouait dans ses yeux et, comprenant qu'il la taquinait, se ravisa. Elle se contenta de lui adresser son froncement de sourcils le plus réprobateur et eut alors la surprise de le voir s'esclaffer à gorge déployée.

— Vous l'avez fait exprès, l'accusa-t-elle quand il se fut calmé.

Il la considéra avec un haussement de sourcil.

— Moi ?

— Oui, vous, William de Bronwyn.

— Peut-être. Mais taquiner son épouse est moins grave qu'être une cachottière avec son mari.

Il tendit le bras et lui saisit le menton avant qu'elle ne puisse détourner les yeux.

— N'êtes-vous point de mon avis, Sarah de Bronwyn ?

Elle aurait bien aimé fermer les paupières pour ne plus avoir à supporter le reproche et la méfiance qu'elle lisait dans le regard insistant de William. Mais en agissant ainsi, elle se serait trahie, ce qu'elle ne pouvait en aucun cas se permettre — pas maintenant.

Elle songea à la bourse que lady Elise lui avait transmise de la part de la reine : elle ne contenait pas seulement de l'or, mais également un petit billet portant un message. Aliénor y rappelait à sa suivante toute l'importance qu'elle attachait aux informations qu'elle l'avait chargée de recueillir pour elle.

Sarah s'efforça de soutenir le regard de William et de maîtriser sa respiration. Après tout, ce ne serait pas la première fois qu'elle serait amenée à mentir. Elle espérait seulement que ce serait l'une des dernières.

Pour l'instant, cependant, elle jugea préférable de feindre l'incompréhension.

— D'accord avec quoi ? demanda-t-elle en se dégageant. Seriez-vous donc en train de me réprimander ? Et de quoi, au juste ?

— Vous aviez tellement peur, tantôt, que je surprenne la conversation entre Langsford et Arnyll que vous avez usé de vos charmes pour m'en distraire, ce qui était une manœuvre pour le moins hardie étant donné que vous ne me connaissiez pas assez pour vous sentir à ce point-là en confiance dans mes bras… Vous n'allez pas le nier, tout de même ?

Sarah vacilla sans le laisser paraître. Cet homme était décidément trop perspicace. Garder de l'avance sur lui allait s'avérer, au mieux, difficile. Et elle avait comme l'impression qu'il ne serait guère porté à l'indulgence si d'aventure il apprenait qu'elle travaillait toujours pour la reine.

— Nier quoi ? répliqua-t-elle en adoptant un ton délibérément provocateur.

— Que vous me cachez quelque chose.

— Eh bien, si, je le peux. La preuve : je le nie. Que gagnerais-je à vous faire des cachotteries, d'ailleurs ?

— Je l'ignore. A vous de me le dire — quand vous y serez disposée.

Sur ce, il se cala sur sa selle comme s'il était prêt à patienter la journée durant.

Eh bien, il pouvait toujours attendre, pensa Sarah en regardant droit devant elle, les mâchoires serrées. Elle ne lui dirait rien.

Il laissa échapper un gloussement amusé.

— C'est cela, battez-moi froid tant que vous le pouvez encore, Sarah. Car, une nuit prochaine, murmura-t-il en se penchant de nouveau vers elle pour lui caresser la joue du revers de la main, quand il fera noir et que le feu ne sera plus que braise…

Sa voix avait pris des intonations graves et profondes qui, dans le dos de Sarah stupéfaite, déclenchèrent de longs frissons.

— … quand vous n'aurez plus que moi pour vous protéger du froid et des ténèbres… alors, vous me direz tout.

4

Le feu crépitait, leur procurant chaleur et lumière dans la petite clairière où ils s'étaient installés pour la nuit. Après toutes ces semaines passées à la cour, William et le comte avaient décidé de se reposer dans un endroit calme et aéré. Ils avaient donc dressé le camp non loin de la route au lieu d'aller chercher un gîte dans le prochain village.

Ankylosée par leur longue chevauchée, Sarah aurait préféré le confort d'un lit. Mais elle n'avait pas envie de se disputer avec ses compagnons de voyage pour de telles vétilles et s'était résignée à se contenter, en guise de couche, d'une simple couverture étalée sur le sol.

Installée contre le tronc d'un arbre mort, elle avait étendu ses jambes devant le feu pour en savourer la chaleur, quand elle remarqua que les deux hommes étaient en train de parler d'Arnyll. Sans rien laisser paraître, elle focalisa son attention sur la conversation.

— Je m'étonne que tu ne l'aies pas occis sur-le-champ, avoua le comte Hugh tout en cassant une branche qu'il jeta dans les flammes.

William haussa les épaules.

— Je ne crois pas que cela aurait beaucoup plu à la reine.

— En effet, convint Hugh en pouffant.

— Te rappelles-tu comment lady Waltrop a réagi en tombant sur le corps de ce vieillard dans la grand-salle ? demanda alors Adrienna à Sarah en s'asseyant auprès d'elle.

Bien que le décès de cet homme n'ait rien eu de très comique sur le coup, Sarah ne put s'empêcher de sourire.

— Aliénor a bien cru que lady Waltrop allait succomber à une attaque, acquiesça-t-elle.

Adrienna éclata de rire, bientôt imitée par Sarah.

— Je pense qu'à sa place, reprit Sarah quand elle eut retrouvé son souffle, j'aurais été pour le moins surprise, moi aussi, de remarquer qu'un cadavre était en train de me fixer par-dessus l'assiette de mon petit déjeuner !

— De quoi était-il mort au juste ? s'enquit Hugh.

— Nul n'a pu le déterminer, répondit Sarah. Il ne présentait aucune blessure apparente.

— Il n'empêche que j'ai eu de la peine pour lui, murmura Adrienna. A-t-on découvert au moins de qui il s'agissait ?

— Je ne me souviens plus de son nom, mais je sais que dans sa jeunesse il faisait partie de la garde rapprochée de la reine. Comme il était très âgé et qu'il n'avait aucun parent pour le recueillir, Aliénor continuait à lui confier de menues tâches pour lui permettre de rester à la cour…

Sarah s'interrompit soudain en voyant les trois autres la considérer avec perplexité.

— Qu'y a-t-il ? Pourquoi me regardez-vous comme ça ?

— Il se trouve, répondit Adrienna, que personne, avant toi, n'a été capable de m'en dire autant.

— Vous me paraissez en effet bien renseignée, renchérit William en la scrutant à travers les flammes. Curieux, non ?

— Curieux ? Que voulez-vous dire ?

— La position d'un courtisan, intervint Hugh, tout comme l'état de ses finances, ne sont pas sujets dont la reine a coutume de discuter en présence d'une simple suivante.

— Ah, je comprends, fit Sarah tout en maudissant intérieurement sa maladresse. Vous n'ignorez pourtant pas que j'étais une de ses espionnes. Sans doute ne se sentait-elle pas tenue à la même discrétion avec moi qu'avec d'autres suivantes de sa cour.

Cette explication dut satisfaire Adrienna qui parut se détendre.

— Tu dois être soulagée, j'imagine, de ne plus avoir à jouer ce rôle détestable, dit Adrienna.

Sans quitter la jeune femme des yeux, Sarah avait conscience du regard attentif de William posé sur elle. Il était clair qu'il avait détecté une bizarrerie dans ses propos ou dans son comportement et que, s'il n'avait pas encore mis le doigt dessus, il guettait chez elle l'erreur susceptible de lui en livrer la clé.

— Oh, oui, c'est un considérable soulagement ! dit Sarah en soupirant de façon appuyée.

— Je ne sais pas ce que j'aurais eu le plus de mal à supporter dans ta situation, continua Adrienna : espionner pour la reine ou avoir la réputation d'être une… catin.

William ne laissa pas à Sarah le temps de répondre.

— Une mauvaise réputation n'est préjudiciable qu'à celui qui en est victime, énonça-t-il, tandis qu'espionner pour un tiers peut causer du tort à beaucoup, et parfois même se révéler fatal.

Sarah sentit son estomac se nouer. Aliénor lui avait clairement laissé entendre que ce serait l'élimination physique de William qui lui permettrait à terme de se remarier. Or, si elle n'avait aucune envie de rester sa femme, ce n'était pas au point de souhaiter sa mort.

— Je n'ai encore fait de mal à personne, lui répliqua-t-elle. Et je peux vous certifier que nul n'est mort à cause d'un renseignement que j'aurais transmis à la reine.

— Comment pouvez-vous en être aussi certaine ?

En toute franchise, elle devait bien reconnaître qu'elle en était incapable. Mais l'expression peinée qui plissait le front de William ainsi que le dessin crispé de ses lèvres la dissuadèrent de l'admettre à voix haute.

— Je ne crois pas avoir jamais communiqué à la reine d'information qui présentât une réelle importance.

— Tout renseignement, aussi anodin soit-il, est susceptible de devenir dangereux entre de mauvaises mains.

— Allons, William, cela est inutile, intervint le comte Hugh en serrant le bras de son ami.

Sarah demeurait interdite, étonnée par l'ardeur avec laquelle William avait réagi. Ce sujet semblait lui tenir à cœur.

— La reine a donc permis à l'un de ses anciens gardes de demeurer à la cour ? s'enquit alors Adrienna en secouant la tête d'un air incrédule. Je ne savais pas Aliénor aussi sentimentale.

— Pourtant, dit Sarah, il lui arrive souvent de traiter ses sujets avec bien plus de mansuétude qu'on ne l'imagine.

— Oh, oui, rétorqua William en la fixant du regard, nous n'avons pas manqué de remarquer nous-mêmes la compassion de Sa Majesté.

— J'ai dit « souvent », pas « toujours », répliqua Sarah en haussant les épaules. Avec moi, en tout cas, elle a toujours été... juste.

William nota l'hésitation de Sarah et se demanda si, même

dans son esprit à elle, le terme était bien approprié. Ce fut cependant Adrienna qui en fit tout haut la remarque.

— Juste ? répéta-t-elle. Comment peux-tu dire une chose pareille ? Si se servir de toi pour opérer ses manœuvres en sous-main était juste, alors je suis vraiment heureuse qu'elle n'ait jamais jugé bon d'être « juste » avec moi !

William vit son épouse froncer les sourcils en se tournant vers Adrienna.

— Toi, lui dit-elle, quand tu es venue à la cour, tu étais déjà une adulte. De plus, tu avais une dot et tu pouvais espérer un bon mariage. Moi, je n'étais qu'une enfant dont la famille ne voulait plus, et tous mes biens se résumaient aux hardes mal taillées que je portais sur le dos. Eh bien, Aliénor m'a non seulement offert le gîte et le couvert, mais elle m'a également donné la possibilité d'apprendre à lire et à écrire.

Sarah pinça la jupe de sa robe, une toilette mordorée bien plus adaptée à la cour qu'à un voyage à cheval.

— Je lui dois pratiquement tout, poursuivit-elle. Depuis les habits que je porte aujourd'hui…

Elle porta une main aux pendentifs qui ornaient l'extrémité de ses tresses.

— … jusqu'à ces babioles hors de prix.

— Je suis désolée, balbutia Adrienna en lui touchant le bras. Je…

— Non, coupa Sarah en s'écartant. Je ne cherche pas à t'apitoyer. Je ne me plains pas de mon sort. Je désirais seulement t'expliquer en quoi j'étais redevable envers la reine.

William réfléchit un instant aux propos que venait de tenir sa jeune épouse. Puis il se leva, quittant Hugh pour aller aider Adrienna à se lever et prendre sa place auprès de Sarah.

— Vous vous trompez, vous savez, lui dit-il. Cette période de votre vie est désormais révolue. Vous ne devez plus rien à la reine. Aliénor n'est plus votre maîtresse.

— Maîtresse ? articula Sarah en se renfrognant. L'expression est étrange. Je n'appartiens pas à Sa Majesté, tout de même.

— Comment décririez-vous alors votre ancienne position à la cour ? intervint Hugh. Vous dépendiez d'elle pour votre nourriture, votre logement et vos vêtements. En échange, elle vous utilisait à sa convenance. N'est-ce pas là le type de relation existant entre un domestique et son maître ?

— Non. Mettons plutôt que je lui rendais service en remerciement de sa générosité.

— De toute façon, dit Hugh, comme elle vous avait acceptée à la cour, elle devait avoir promis à votre père de prendre soin de vous.

— Sans doute. Mais je n'ai plus reparlé à mon père depuis qu'il m'a amenée à Poitiers.

— Depuis combien de temps viviez-vous auprès de Sa Majesté ? demanda William.

— Environ douze ans. Je n'avais pas encore fêté mon septième anniversaire quand je suis arrivée avec mon père à la cour d'Aquitaine. S'il avait eu assez d'argent, je pense qu'il m'aurait plutôt mise en pension dans un couvent.

William se fit alors la remarque que Sarah avait plus de points communs avec lui qu'elle ne l'imaginait. Ainsi, elle avait été aux ordres de la reine presque aussi longtemps que lui-même avait été retenu captif.

— Et votre mère ? s'enquit-il en se glissant un peu plus près d'elle.

Sarah contempla le feu un moment sans répondre.

— Je me souviens à peine d'elle, murmura-t-elle enfin.

— Est-elle décédée ?

— Pas exactement, dit Sarah en ramassant une brindille qu'elle se mit à casser en tout petits morceaux.

William jeta un coup d'œil en direction de Hugh et d'Adrienna. Assis l'un contre l'autre, ceux-ci devisaient à voix basse. Considérant de nouveau sa jeune épouse, il posa une main sur ses doigts tremblants.

— Que lui est-il arrivé ?

Sarah détourna les yeux et retira ses mains. Se rapprochant plus encore, William la prit par les épaules et la força à s'appuyer contre lui.

— Que s'est-il passé, Sarah ?

— Je l'ai tuée, lâcha-t-elle dans un souffle.

— A six ans ? J'en doute, lui affirma-t-il, songeant qu'il fallait être insensé pour persuader une fillette d'une horreur pareille. Comment est-elle morte ?

Pendant quelques secondes, il crut qu'elle ne lui répondrait pas.

— J'étais en train de jouer avec ma poupée dans l'escalier, quand ma nourrice est venue m'emmener au lit.

Elle marqua une brève pause, comme si elle mobilisait ses souvenirs.

— Plus tard dans la nuit, j'ai été réveillée par un cri de ma mère. Elle avait trébuché sur la poupée que j'avais laissée sur une marche et était tombée au bas de l'escalier.

William resserra son étreinte autour de ses épaules.

— Ce n'était pas votre faute, lui chuchota-t-il à l'oreille.

— Si, c'était ma faute. Mon père l'a portée avec la poupée jusque dans leur chambre. Après qu'elle a rendu son dernier soupir, il m'a jeté la poupée à la figure en hurlant que j'avais tué sa femme, ainsi que le bébé qu'elle attendait. Il m'a ensuite ordonné de reprendre ma poupée et de ne plus jamais reparaître devant lui.

William sentit son cœur se serrer pour la petite fille qu'elle avait été jadis. Il imaginait sans peine sa peur et sa confusion.

— Il ne pensait pas ce qu'il disait, Sarah. C'étaient des paroles de colère dictées par le chagrin.

Elle se débattit contre sa poitrine, le souffle haletant.

— Laissez-moi. Je n'arrive plus à respirer.

Il desserra quelque peu sa prise, mais sans la libérer totalement.

— Mon père savait très bien ce qu'il disait, reprit-elle. Je me suis cachée dans une des salles du donjon, ne mangeant que lorsqu'on se rappelait suffisamment mon existence pour m'apporter des provisions.

Elle toucha sa cicatrice.

— C'est à partir de ce moment-là, aussi, que j'ai appris qu'il valait mieux pour moi ne plus croiser le chemin de mon père.

Atterré d'apprendre qu'un homme pouvait infliger un tel traitement à son propre enfant, William resta coi. Son père qui aurait dû la protéger, s'occuper d'elle, avait au contraire représenté pour elle un danger. Ce comportement indigne faisait rugir le sang à ses oreilles. Elle n'était encore qu'une enfant ! Comment cet homme avait-il pu oser s'en prendre à elle, fût-ce sous l'emprise du chagrin ?

Le contact des doigts de Sarah contre sa joue le détourna de l'envie aussi soudaine qu'irrépressible de tuer ce père ignoble.

— Arrêtez, William.

Il secoua la tête, s'efforçant de refouler la soif de vengeance qui le dévorait.

— Que j'arrête quoi ?

— De vous inquiéter pour cette gamine. Elle a survécu.

William continuait de secouer la tête. Survécu ? Il savait d'expérience ce qu'il pouvait en coûter de simplement « survivre ». Lui-même avait dû y consacrer toute sa ruse et toute sa force. Une enfant de six ans était dépourvue de l'une comme de l'autre. Et Sarah n'avait jamais mérité cela.

Lui prenant la main, il frotta sa joue contre sa paume avant d'y déposer un baiser.

— Comment avez-vous fini par vous retrouver à la cour d'Aliénor ? reprit-il plus calmement.

— Les hommes de mon père l'avaient persuadé de m'emmener à l'abbaye la plus proche, mais là-bas on a exigé de lui une pension pour moi, si bien que je suis revenue avec lui à la maison. Après cela, ils ont insisté pour qu'il me confie au couple royal, estimant qu'Henri et Aliénor seraient mieux placés que lui pour me trouver une famille d'adoption.

— Et finalement la reine a préféré vous garder auprès d'elle. Pour quelle raison ?

— Je l'ignore, répondit-elle en haussant les épaules. A l'époque, je n'en avais cure. J'avais appris à ne pas voir trop loin. Je savais seulement que si j'étais obéissante, je continuerais à manger à ma faim et à disposer d'un abri. Qu'aurais-je pu souhaiter de plus ?

De la nourriture et un gîte... William était effaré de constater à quel point, pour survivre, la petite fille de six ans qu'était alors Sarah avait dû restreindre son entendement comme ses désirs à ceux d'un animal.

— Et votre père, qu'est-il devenu ?

— Je n'ai plus eu l'occasion de le revoir ni de lui parler depuis le jour où il m'a laissée à la cour... Et c'est peut-être mieux ainsi, ajouta-t-elle avec un demi-sourire mal assuré.

Il n'était guère étonnant qu'elle se soit, depuis lors, pliée aux quatre volontés de sa souveraine, songea William. Et il comprenait mieux à présent pourquoi elle avait soutenu que celle-ci s'était montrée juste avec elle. Au vrai, avec un tel passé, elle aurait sans doute éprouvé la même reconnaissance pour quiconque lui aurait témoigné autre chose que de la hargne ou du ressentiment.

Il prit sa joue au creux de sa main pour caler doucement sa tête contre son torse. Ne sachant ni que dire ni que faire, il se dit que le mieux était encore de lui apporter tout le réconfort possible.

Sarah ferma les paupières en sentant l'haleine tiède de William lui effleurer la joue. Elle avait conscience que, poussée par le souci de s'expliquer, elle avait sans doute trop parlé et lui en avait révélé bien plus sur elle qu'elle n'en avait jamais eu l'intention. Pire, elle lui avait certainement donné l'impression d'avoir besoin de sa sympathie, voire de sa pitié, alors qu'elle ne souhaitait ni l'une ni l'autre.

Le devinant sur le point de l'embrasser, elle plaqua une main sur sa poitrine pour le repousser doucement.

— Non, William.

Il s'inclina en arrière, l'air perplexe.

— Sarah, je…

— Non, répéta-t-elle, ne soyez pas triste pour moi. Je ne suis plus l'enfant de jadis. Ce qui est arrivé à la Sarah de ce temps-là n'a aucune incidence sur ma vie d'aujourd'hui. Je n'ai ni besoin ni envie de votre compassion.

— Aucune incidence ? répéta-t-il en la relâchant. Je crois plutôt, moi, que cela a influencé chacun de vos actes depuis cette sombre époque.

— Comprenez-vous au moins pourquoi je ne considère

pas la reine Aliénor ni ses exigences du même point de vue que les autres ?

Ce qu'il pensait, pour sa part, c'était que sans avoir connu la blessure des fers ni le poids des chaînes, Sarah n'en avait pas moins été tout autant esclave que lui-même.

— Je puis le concevoir, Sarah, mais là où je ne vous suis plus, c'est quand vous prétendez qu'elle aurait eu raison d'agir ainsi. Elle s'est servie des circonstances contre vous, voilà tout.

Ce fut au tour de Sarah de demeurer perplexe.

— Se servir d'autrui n'est-il pas la règle générale en ce bas monde ? La plupart des mariages ne sont-ils pas des accords fondés sur le partage des parts apportées au couple par chacun ? Les forteresses ne sont-elles pas toutes défendues par des hommes ayant le talent et la formation requis pour le poste qu'ils y occupent ? Je ne vois pas ce que vous pouvez reprocher à Aliénor.

William se passa le doigt le long de la mâchoire.

— Les mots me manquent pour argumenter contre vous, Sarah. Permettez-moi simplement de vous rappeler que vous n'êtes plus désormais sous la coupe de la reine. Et je ne doute pas que vous finissiez par découvrir combien cette nouvelle existence peut être différente de celle que vous avez vécue jusqu'à présent. Par différente, j'entends plus libre.

Excepté qu'elle était encore sous la coupe de la reine, pensa Sarah. Et qu'en conséquence sa vie n'était pas près de changer. Faute de pouvoir s'en ouvrir à William, elle sonda un moment les profondeurs de l'obscurité, au-delà de son épaule, songeuse.

— Nous verrons bien, dit-elle enfin.

Il se pencha légèrement sur le côté afin de capter de nouveau son regard, lui donnant ainsi à comprendre, sans prononcer un mot, qu'il avait éventé son stratagème. Elle en fut quelque peu confuse : ses interlocuteurs étaient d'ordinaire bien incapables de s'apercevoir qu'elle ne les regardait pas vraiment, même lorsque son visage était tourné dans leur direction. Elle avait décidément reçu pour mari un homme d'une redoutable perspicacité.

— Je vais à présent m'occuper des chevaux, annonça-t-il en se levant avant de l'embrasser sur le front. Nous pourrons ensuite nous retirer pour la nuit.

Sarah demeura silencieuse. Une fois seule, cependant, elle jeta un coup d'œil anxieux vers le ciel qui s'assombrissait.

En temps normal, elle appréciait l'obscurité et la solitude qu'on y trouvait. Elle avait naguère l'habitude d'arpenter le palais d'Aliénor à la nuit tombée, été comme hiver. La compagnie des étoiles scintillantes était alors la seule qui la réconfortait. Elle aimait ces heures nocturnes pour leur tranquillité. Elle pouvait ainsi se retrouver seule avec ses rêves, ses désirs. Si seule que, par moments, elle avait l'impression de s'anéantir dans le poudroiement des astres.

Mais ce soir... Ce soir elle craignait le lever de la lune et les questions sans réponse que la nuit lui apporterait.

Le remords la tourmentait. Le bon sens avait beau lui dicter de continuer à cacher la vérité à William, de se protéger de cet homme auquel elle n'avait pas choisi de sceller son destin, elle avait l'estomac noué à l'idée de devoir se jouer de lui de la sorte. Car même si leur mariage n'était pas censé durer, force lui était de reconnaître que, jusqu'à présent, il s'était montré gentil avec elle. Et qu'au cours de cette très longue journée, il lui avait suffi d'un seul baiser pour la laisser... pantelante de désir. Il n'était jusqu'à ses taquineries qui ne la ravissent, quand bien même elle les accueillait avec un froncement de sourcils.

Surtout, après l'avoir poussée aux confidences, il l'avait écoutée. Et même quand ses aveux avaient paru l'horrifier, il ne l'avait pas arrêtée.

Pour autant, il fallait bien qu'elle dissuade son cœur de se laisser aller ainsi. Après tout, ce n'était pas sur de simples gestes de gentillesse qu'on pouvait fonder une union. Les images de leur couple qui pouvaient s'insinuer dans son esprit étaient seulement inspirées par la pitié qu'elle éprouvait pour l'enfant qu'elle avait été jadis. De fait, ces souvenirs étaient encore trop vifs dans sa mémoire pour ne pas l'anéantir chaque fois qu'elle y repensait. Elle avait seulement besoin d'un peu de solitude pour se ressaisir.

Résolue à ne pas fléchir, elle se leva pour se diriger vers le ruisseau près duquel ils avaient établi leur campement. William la suivit de loin d'un regard qu'elle devina si intense qu'elle en eût presque senti la brûlure dans son dos. Il n'émit cependant aucun commentaire.

— Lady Sarah, lança soudain le comte, ne vous éloignez pas seule.

Aussitôt, comme s'il n'avait attendu que ce signal, William fut à son côté et, baissant les yeux sur elle, la scruta attentivement. Il garda toutefois le silence et l'escorta sans un mot jusqu'à un endroit retiré dans le sous-bois. Il la laissa ensuite se glisser seule au creux d'un buisson et monta la garde jusqu'à ce qu'elle le rejoigne sur la berge du ruisseau.

Elle plongea ses mains dans l'eau glacée en espérant que le froid calmerait le tremblement que ce bref instant d'isolement n'avait su apaiser. Le frémissement ne la quittant pas, elle s'aspergea le visage pour dissiper au moins la chaleur qui lui rougissait les joues.

— Allons, Sarah, venez, murmura enfin William.

Au ton qu'il employa, elle eut l'impression qu'il s'adressait à un chien rétif, mais s'abstint de lui en faire la remarque et lui emboîta silencieusement le pas. A leur retour au campement, elle vit que Hugh et Adrienna s'étaient blottis l'un contre l'autre sous une couverture, de l'autre côté du feu.

Subitement terrifiée par ce qui allait suivre, Sarah demeurait figée sur place, les yeux fixés sur William qui, ayant choisi un endroit pour la nuit, était occupé à le dégager des branchages et des cailloux qui le jonchaient. Il y étala ensuite des couvertures, puis s'assit sur le tronc d'arbre pour retirer ses bottes avant de s'étendre sur la couche improvisée et de lui tendre les bras, dans une muette invite à le rejoindre.

Tiraillée entre l'envie de fuir à toutes jambes et le désir de rejoindre son mari, Sarah éprouvait surtout le besoin de se terrer quelque part, pour se cacher non seulement de lui, mais aussi d'elle-même, de tout ce qu'elle était devenue… et de tout ce qu'elle ne serait jamais.

En un bref moment d'indécision, la réalité de sa situation l'accabla d'un coup : elle était une menteuse, une espionne, la catin de la reine. Toutes les rumeurs qui couraient naguère sur son compte se remettaient brutalement à la hanter, achevant de la persuader qu'elle serait pour toujours incapable d'échapper au destin qui lui avait été imposé.

Des larmes irrépressibles vinrent brouiller sa vue. Un cri de désespoir se bloqua dans sa gorge, manquant de l'étouffer. Elle détourna les yeux. William émit un juron à voix basse et, se rasseyant, tendit la main vers elle pour l'attirer sous la couverture.

Sitôt allongée, elle roula sur le flanc. La prenant alors par la taille, William la serra étroitement contre lui.

— Cette journée n'a que trop duré, chuchota-t-il. Je ne vous tourmenterai plus, Sarah. Essayez de dormir.

Soulagée d'apprendre qu'elle n'aurait pas à subir un autre interrogatoire, elle ferma les paupières.

Le sommeil, hélas, se refusait à elle. Mais comment aurait-elle pu s'assoupir en sentant le corps de William le long du sien et les battements puissants de son cœur dans son dos ? Chacune de ces pulsations semblait aggraver le remords qui la taraudait.

D'un autre côté, plus le temps passait sans que William ne cherche à la posséder, plus elle doutait de parvenir à accomplir la mission que lui avait confiée Aliénor. Et un échec risquait de lui coûter la vie. Cependant, si elle trahissait William, ce serait lui qu'elle perdrait. Quant à dissuader la reine de le tuer, elle n'y comptait guère : jusqu'à présent, elle n'avait jamais réussi à faire revenir Aliénor sur aucune de ses décisions. Les revirements d'Aliénor ne dépendaient que d'elle-même.

Le martèlement qui ébranlait son crâne était presque insupportable. Et à force de refouler ses larmes, sa gorge était serrée au point de gêner sa respiration.

Relâchant sa taille, William porta une main à sa joue et essuya du pouce la larme qui y avait roulé sans même qu'elle en ait conscience.

— Du calme, Sarah, lui dit-il. Je ne vous veux aucun mal.

Elle renifla.

— Je sais, lâcha-t-elle d'une toute petite voix, avant de regretter aussitôt ces paroles.

Se redressant sur un coude, il se pencha sur elle pour étudier son profil.

— Alors pourquoi pleurez-vous ?

— Pleurer ? Mais de quoi parlez-vous ? Je ne pleure pas. Quelle raison aurais-je de pleurer ? Aucune. Tout va bien. Dormez.

Elle avait débité cette tirade à une telle allure qu'elle ne douta pas un instant d'avoir persuadé William qu'elle mentait.

— Tout de même, lui murmura-t-il dans le creux de l'oreille, vous devez bien comprendre qu'en jacassant ainsi, vous avez peu de chance de me convaincre de votre sincérité.

Comme ce n'était pas une question directe, Sarah préféra rester coite.

William entreprit alors de déposer de petits baisers sur sa nuque. Le cœur de Sarah se remit à battre la chamade et un brusque vertige la saisit.

— C'est curieux, reprit-il sans cesser de l'embrasser, car je vous aurais crue… bien plus douée que cela… pour le mensonge.

Ses caresses déclenchaient de longs frissons le long de son échine.

— Moi aussi, dit-elle sans réfléchir.

L'entendant pouffer, elle laissa échapper un grognement de désarroi qui s'acheva en un hoquet de surprise incrédule : ce chenapan venait de la manipuler en beauté. Elle repoussa son avant-bras pour le forcer à la libérer.

Au lieu de la relâcher, il la renversa sur le dos.

— Franchement, Sarah, comment avez-vous pu réussir à espionner pour le compte de la reine ?

Voilà une question dont elle aurait aimé connaître elle-même la réponse. Jamais aucun des hommes qui étaient jusqu'alors parvenus à s'isoler assez longtemps avec elle pour tenter de la séduire ne l'avait désorientée à ce point — ni n'avait provoqué en elle d'aussi étourdissantes sensations.

Dans la lueur mourante du feu de camp, elle pouvait à

peine distinguer la silhouette de William. Toujours haussé sur un coude, il s'inclina de nouveau vers elle.

— Vous ne savez peut-être pas mentir, mais vous trompez quand même bien votre monde.

Il écarta de son visage une mèche de cheveux avant de caresser du bout du doigt sa joue et ses lèvres. Sarah sentait littéralement sa peau brûler à son contact.

Se penchant davantage, il l'embrassa sur le coin de la bouche.

— Je me demande quelle part de vérité contiennent au juste les rumeurs qui vous concernent, dit-il encore.

Par chance, il ne parut pas vouloir s'appesantir sur le sujet. Cependant, lorsqu'elle voulut s'écarter de lui, il passa une jambe par-dessus les siennes, prévenant ainsi toute tentative de fuite. Elle se raidit et demeura immobile dans l'attente de ce qu'il allait lui dire — ou lui faire.

— Vous m'avez assuré ne pas me vouloir du mal, jugea-t-elle opportun de lui rappeler.

— Du mal? répéta-t-il tout en effleurant sa lèvre inférieure, ce qui suscita en elle un incoercible tremblement. Cela vous fait-il du mal?

Elle détourna la tête.

— Je vous en prie. J'aimerais me reposer un peu.

Elle l'entendit soupirer, tandis qu'il prenait sa joue dans le creux de la paume, l'obligeant à le regarder de nouveau.

— Juste un baiser et je vous laisse dormir, chuchota-t-il.

Elle pinça les lèvres et le gratifia d'un bécot furtif sur la bouche.

— Voilà pour votre baiser.

— Vous appelez cela un baiser?

Sans lui laisser le temps de répondre, il l'embrassa à son tour. Et pour la première fois depuis l'enfance, Sarah sentit le poids glacé de la terreur peser sur sa poitrine. Son pouls était si fort et si rapide qu'elle en avait le tournis. La terre elle-même, sous les couvertures, lui semblait sur le point de chavirer.

La panique s'empara d'elle. Elle était en danger. Elle devait absolument arrêter William, trouver un moyen de le ramener à la raison.

Comme devinant son affolement, il approfondit son baiser. Elle voulut lever les bras pour le repousser, pour échapper au torrent d'émotions qui menaçait de l'engloutir, mais ses mains, loin de lui obéir, saisirent William par les épaules et le collèrent à elle dans un effort désespéré pour assurer son équilibre.

Ce fut lui qui, finalement, s'écarta d'elle. Avec un gémissement rauque, il appuya son front contre le sien.

— *Cela*, c'était un baiser, chuchota-t-il avant de rouler sur le dos en la serrant contre lui. Vous pouvez dormir, à présent.

Sarah contempla les braises rougeoyantes par-dessus la poitrine de William, craignant pour sa part que son cœur ne parvienne jamais à se calmer suffisamment pour lui permettre de trouver le sommeil.

5

Sarah se pencha par-dessus le bastingage pour cacher son malaise. Les voyages en mer ne lui avaient jamais réussi et elle détestait traverser la Manche.

Au moins n'était-elle pas la seule dans cette situation, Adrienna paraissant tout aussi peu dans son assiette qu'elle-même. La seule différence était que cette dernière avait le comte à ses côtés.

— Etes-vous toujours aussi malade à bord d'un bateau ?

Elle sursauta. William s'était glissé derrière elle sans un bruit.

— Oui. Et j'espère vivement que je n'aurai pas à franchir une nouvelle étendue d'eau avant longtemps.

William se mit à lui frotter le dos. Elle se laissa réconforter, le front appuyé contre la rambarde.

— Redressez-vous et ouvrez les yeux, dit-il en s'accoudant près d'elle et en la prenant dans ses bras. Tant que vous ne regarderez pas les vagues, vous devriez pouvoir supporter les mouvements du navire.

Elle fixa les rouleaux écumeux et déglutit avec peine.

— Mais il n'y a rien d'autre à voir !
— Si : le ciel.

Sarah ferma les paupières.

— Je préfère encore ne rien regarder du tout.

— Cela ne fera qu'empirer votre malaise, ne croyez-vous pas ?

Elle sentit son estomac tanguer, incapable d'imaginer que cela pouvait être pire encore.

— Comment cela ?

Il revint se placer derrière elle.

— Si vous gardez les yeux baissés sur l'eau, vous n'aurez plus conscience que du spectacle de la houle.

Elle n'était que trop d'accord avec cette remarque.

La plaquant contre son torse, William la força à se tenir droite.

— Et si vous continuez à fermer les paupières, ce sera dans tout votre corps que vous la percevrez.

Elle gémit.

— Relâchez-moi, je vous en prie.

Il l'étreignit encore plus fermement.

— Non. Portez plutôt votre attention sur le ciel. Lui, il ne bouge pas.

Trop faible pour protester plus avant ou pour tenter de se dégager, elle ploya la nuque en arrière, la tête posée sur l'épaule de William, et se mit à fixer l'azur limpide.

Le tangage venant à s'accentuer, William écarta les jambes, les plantant sur le pont de part et d'autre de Sarah qui, étonnée, constata qu'il arrivait à contrebalancer parfaitement les oscillations du bateau. A son grand soulagement, ses haut-le-cœur s'apaisèrent quelque peu.

— Pourquoi êtes-vous si gentil avec moi ?

— Parce que vous êtes malade.

Elle se rencogna contre la tiédeur de son buste.

— Et si je ne l'étais pas ?

— Alors, lui murmura-t-il dans le creux de l'oreille, je ne vous tiendrais pas dans mes bras.

Cette réponse donna à la jeune femme matière à réflexion. Ce n'était donc pas par gentillesse qu'il se montrait aussi serviable avec elle, mais par obligation. Non qu'elle y attache du reste la moindre importance, car elle n'aspirait pas à sa sollicitude. Néanmoins, cela ne laissait pas de la chagriner.

— Comme je ne suis plus malade, vous pouvez me relâcher, maintenant.

William lui obéit sans un mot. Ses bras cessèrent de l'enlacer et son torse de la réchauffer.

William observait Sarah à la dérobée, tenté de franchir la distance qui les séparait pour l'obliger à chevaucher près de lui. Il craignait cependant que cette manœuvre ne se solde par un échec, vu le silence presque total que la jeune femme lui opposait depuis leur débarquement, et qu'elle ne retombe dans son mutisme sitôt qu'il s'éloignerait d'elle de nouveau.

Elle ne desserrait les lèvres que lorsqu'on s'adressait directement à elle et s'abstenait alors d'émettre la moindre remarque personnelle. Elle n'avait pourtant pas eu l'air trop gêné de dormir avec lui la nuit dernière, songea-t-il, ni refusé son soutien pendant la traversée de la Manche. Pourquoi paraissait-elle désormais comme coupée du reste du monde ?

Ne lui ayant donné aucune raison de se comporter ainsi, il n'était pas dupe de son attitude et ne lui trouvait rien de normal.

Quoique ses années de captivité ne lui aient guère offert d'occasions de fréquenter les femmes en particulier, il avait dû apprendre à jauger les personnes, car tout un chacun pouvait se révéler un adversaire, et sa survie dépendait alors souvent de sa capacité à déchiffrer postures et mimiques.

Avec le temps, il avait notamment fini par s'apercevoir qu'une soudaine démonstration d'affection ou d'intérêt annonçait généralement le pire. Quand, par exemple, leurs geôliers gratifiaient l'un d'entre eux d'un supplément de nourriture, lui permettaient de souffler pendant l'entraînement ou lui témoignaient soudain de la considération, cela signifiait généralement que l'individu en question avait été choisi pour mourir dans l'arène.

Malheureusement, l'inverse était souvent vrai aussi, si bien que lorsqu'on était privé de repas et mis à l'isolement, cela laissait tout autant présager une issue fatale.

Et, dans les deux cas, le trépas n'était jamais rapide ni indolore.

Pour simplement avoir une chance de survivre, les prisonniers en arrivaient également à se manipuler les uns les autres. Si un homme commençait ainsi à se rapprocher d'un de ses compagnons d'infortune et à se lier d'amitié avec lui, cela pouvait être dans le but de découvrir ses faiblesses et de les utiliser plus tard contre lui.

Certains avaient cependant des intentions plus tortueuses encore. Stefan d'Arnyll, notamment, prenait grand plaisir à démolir moralement ses futurs adversaires et n'avait aucun scrupule, après avoir gagné leur confiance, à rapporter toutes leurs confidences à leurs geôliers qui pouvaient ensuite s'en servir pour casser la résistance des plus rétifs d'entre eux.

A cause d'Arnyll, William avait appris que son esprit aussi pouvait recevoir le fouet. Mais il avait découvert également que, parfois, s'acharner sur un homme ne le brisait pas. Qu'au contraire cela avait pour seul effet de le rendre plus fort.

Il jeta un nouveau coup d'œil à sa femme. Elle avait tellement tenu, la veille au soir, à lui expliquer comment elle en était venue à espionner pour la reine que son insistance même lui avait paru suspecte. D'autant plus qu'à aucun moment elle n'avait laissé entendre que cette période-là était révolue. Ce qui l'inclinait à penser que, peut-être, elle ne l'était pas en effet.

D'ailleurs, Aliénor avait, à la réflexion, accepté un peu trop facilement son mariage avec Sarah. Après tout, il n'avait ni titre ni fortune. S'il avait officiellement demandé la main de lady Sarah de Remy, toute la cour à n'en pas douter se serait moquée de lui.

La reine était une experte de l'intrigue. Et à Poitiers, son fief, c'était elle qui tirait toutes les ficelles. Il ne pouvait donc que s'interroger sur ce qui avait pu la pousser à donner pour mari à l'une de ses suivantes les plus proches un aussi mauvais parti que lui. A la différence de Hugh, il n'avait jamais présenté le moindre intérêt aux yeux d'Aliénor.

La conclusion s'imposait d'elle-même : la reine avait contraint Sarah à l'épouser afin de pouvoir, par l'intermédiaire de cette dernière, surveiller les faits et gestes du comte. Restait à savoir dans quel but…

En tout cas, il ne tolérerait pas que l'on s'en prenne à Hugh. Le comte de Wynnedom, Guy de Hartford et lui-même étaient plus liés que des amis et avaient partagé plus d'une cellule au cours de leur captivité. Dans un lieu où l'amitié menait le plus souvent à la mort, ils s'étaient mutuellement voué une loyauté sans faille. Maintes fois chacun d'eux s'était littéralement retiré le pain de la bouche pour le donner à l'autre, et tous trois avaient souvent goûté ensemble à la morsure du fouet.

William posa encore les yeux sur Sarah. Lassé à la fin

par son silence obstiné, il étouffa un juron, fit une embardée et arracha la bride des mains de la jeune femme.

— Nous vous rejoignons dans un instant, lança-t-il à Hugh et à Adrienna qui les précédaient.

— William ! s'exclama Sarah. Qu'est-ce qui vous prend ?

Ignorant sa question, il fit tourner leurs montures dans la direction opposée.

Ils savaient que les hommes du comte étaient dans les parages, les suivant pour assurer la protection de leur seigneur depuis leur débarquement. William, qui les connaissait tous, savaient néanmoins pouvoir compter sur leur discrétion : ils continueraient d'escorter Hugh sans les déranger.

William démonta avant de nouer les brides des chevaux à une branche basse. Sarah n'avait pas encore touché le sol à son tour qu'il la saisissait dans ses bras et la serrait contre lui.

— Mais qu'est-ce qui vous prend ? protesta-t-elle en essayant de le repousser. Laissez-moi !

William n'avait certes pas une grande expérience des femmes, mais il avait néanmoins appris deux ou trois choses sur la sienne. Aussi, lui agrippant d'une main les cheveux et la tenant de l'autre fermement plaquée contre lui, n'hésita-t-il pas à lui renverser la tête en arrière pour étouffer ses cris avec ses lèvres.

Il savait qu'elle lui en voudrait, mais il n'en avait cure. Il en avait assez de se montrer gentil avec elle. Jusqu'à présent, cela ne l'avait mené nulle part.

Et puis, sans encore bien connaître Sarah, il était sûr, au moins, qu'elle ne refuserait pas son baiser, lequel était, après tout, l'arme parfaite pour dégeler leurs rapports. A vrai dire, c'était la seule qu'il avait à sa disposition.

Alors que, comme il l'avait prévu, elle posait les mains

sur ses épaules pour lui rendre son baiser, il s'aperçut que cette arme pouvait se révéler à double tranchant.

Il avait souhaité lui embraser les sens afin de l'inciter à baisser sa garde, or voici que c'était son cœur à lui qui semblait s'emballer, son propre sang qui rugissait à ses oreilles. Il sut alors qu'un seul baiser ne lui suffirait pas, que le simple contact des lèvres de Sarah contre les siennes et la tendre pression de ses rondeurs contre sa poitrine n'étancheraient pas la soif qui le consumait.

Il la voulait toute. Il souhaitait sans doute qu'elle partage ce sentiment, il aurait été prêt à l'admettre, mais il avait également conscience qu'une bonne dose de colère attisait en cet instant son désir.

Or ils étaient mariés. En d'autres termes, bon gré, mal gré, Sarah lui appartenait.

— Vous n'avez aucun droit ni aucune raison d'agir ainsi, Sarah, lâcha-t-il d'une voix rauque.

Elle le contempla avec étonnement, ses grands yeux lumineux se détachant sur l'incarnat de ses joues échauffées.

— De quoi parlez-vous ?
— Me battre froid de la sorte — c'est injuste.

Alors même qu'il prononçait ces mots, William se rendit compte qu'ils sonnaient comme une supplique, un aveu de faiblesse. Mais qu'y pouvait-il ? Aurait-il su changer la nature de ses émotions ?

Sarah cilla deux fois avant de lui répondre.

— Vous me reprochez de ne pas vouloir coucher avec vous ?

— Non... Enfin, si, se reprit-il, poussé par la franchise.

Mais ce n'était non plus l'exacte vérité.

— C'est en partie à cause de cela, rectifia-t-il. Je vous trouve trop renfermée en vous-même. J'ai bien remarqué la distance que vous maintenez entre nous ainsi que l'indifférence que vous opposez à toutes mes tentatives de conversation. Vous ne m'adressez la parole que lorsque vous y êtes contrainte et forcée.

Sarah avait du mal à en croire ses oreilles. Cependant la vigueur avec laquelle il avait empoigné sa natte, la rage à peine réprimée qui frémissait sous son ton douloureux ainsi que l'intensité et la dureté de son regard la dissuadaient vivement de prendre ces accusations sur le mode de la plaisanterie.

Elle l'avait délibérément ignoré pour que, dégoûté, il finisse par la laisser tranquille, mais cette tactique se retournait à présent contre elle. Car William n'était nullement dégoûté. Il était furieux. Et sa fureur outrepassait les limites d'un simple courroux.

Elle se demanda comment elle avait pu ne pas anticiper cette réaction. Etait-elle donc aveugle à ce point ?

Elle ferma les yeux pour oublier la sensation trop familière de contraction qui lui oppressait la poitrine. Si elle avait été incapable de voir venir cette confrontation, c'était parce qu'elle avait été trop occupée à pleurer sur son sort.

Tout en contemplant le feu la veille au soir, elle avait décidé de se protéger de William en l'empêchant de trop se rapprocher d'elle. Et l'attitude de ce dernier sur le bateau, ce matin-là, l'avait confortée dans sa résolution. Elle ne voyait pas d'autre moyen de se prémunir contre le remords qui risquait de l'accabler à l'issue de sa mission.

Malheureusement, le stratagème consistant à ignorer son mari et à l'éviter autant que possible semblait bien se solder par un désastre. Elle avait noté les coups d'œil subreptices qu'il lui lançait et senti les regards de plus en plus noirs dont il la toisait. Elle aurait dû se douter que William de Bronwyn n'était pas le genre d'homme à se fondre sans mot dire dans le décor. Elle aurait dû mettre un terme à ce jeu dangereux avant qu'il soit trop tard.

En vérité, elle trouvait maintenant son plan aussi égoïste que puéril. Il suffisait de voir où tout cela l'avait menée… Comme elle relevait la tête vers William, elle étouffa un hoquet de frayeur en avisant le regard ouvertement concupiscent qu'il portait sur elle.

Elle avala péniblement sa salive avant de reprendre la parole.

— William, murmura-t-elle, je…

Il l'interrompit encore une fois en l'embrassant. Elle ne put que s'accrocher à ses épaules pour ne pas être terrassée par le vertige que lui procurait cette caresse brûlante.

Tout en cédant à la fièvre que William lui communiquait ainsi, elle ne put s'empêcher de se demander quel sort il lui avait jeté pour vaincre aussi aisément ses résistances et comment un simple baiser était capable de lui dérober énergie et volonté au point de la laisser au bord de la pâmoison.

Mais surtout, pourquoi n'était-elle donc jamais rassasiée de ses baisers ?

Elle avait bien conscience que, si tel était le désir de William, il n'aurait aucune difficulté à la coucher sur le sol pour achever de faire d'elle sa femme dans tous les sens du terme. Elle savait qu'en ce cas, elle ne ferait rien pour l'arrêter.

— Pourquoi vous comportez-vous ainsi ?

Il avait soudain cessé de l'embrasser et elle sentit son haleine brûlante contre son oreille tandis qu'il prononçait ces mots.

— Je ne sais pas, William, répondit-elle, prise au dépourvu. Je ne sais vraiment pas.

Il se mit à lui mordiller doucement le cou, puis à calmer

les morsures avec de petits baisers. Secouée par de longs frémissements intérieurs, Sarah ploya la nuque pour mieux s'offrir à ses caresses.

— Ah, Sarah, je n'en peux plus de vos demi-vérités et de vos mensonges.

Cette remarque toucha en elle un point sensible. Comment avait-il réussi à la percer à jour ? Et que voulait-il dire par là au juste ? Qu'avait-il l'intention de lui faire ? Toutes ces questions tournoyaient dans son esprit. Mais avant qu'elle puisse en tirer la moindre conclusion, il recommença à l'embrasser avec ardeur.

Sarah fut reprise par le délicieux vertige. Cette fois, l'intention de William semblait claire : il paraissait déterminé à la priver de toute faculté de penser ou de former des idées cohérentes.

Elle se serra contre lui et noua les bras autour de son cou. En réponse, il lui caressa le flanc avant de prendre un de ses seins dans le creux de sa paume et d'en effleurer la pointe. Elle gémit sourdement sous l'afflux de sensations qui l'envahissait.

Quel besoin aurait-elle pu avoir de penser clairement et de manière cohérente quand il la serrait aussi fort, qu'il la caressait aussi adroitement et qu'il l'embrassait avec une telle fougue ?

— Ah, Sarah, chuchota-t-il d'une voix rauque qui la porta au comble de l'excitation. Quel jeu jouez-vous donc avec moi ?

Incapable de proférer la moindre parole, elle secoua la tête tout en se collant encore plus étroitement contre lui.

— Espionnez-vous toujours pour le compte de la reine ?

Sans lui laisser le temps de répondre, il caressa ses lèvres entrouvertes du bout de la langue. Sarah frémit de plaisir et perçut le sourire que provoquait en lui cette réaction. Il renouvela sa caresse.

— Alors, Sarah ? insista-t-il.

— Oui. Je…

S'entendant prononcer ces mots, elle se figea net sans terminer sa phrase. Le désir qui irradiait tout son corps s'évanouit aussitôt, la laissant dans un froid glacial.

William la relâcha et s'écarta d'elle.

Pour ne pas avoir à subir l'expression de colère désabusée qui devait se peindre sur son visage, Sarah détourna les yeux. C'était donc cela ! A aucun moment il ne l'avait désirée. A aucun moment non plus l'indifférence qu'elle lui marquait ne l'avait réellement dérangé. Ce qu'il souhaitait, c'était seulement lui soutirer un aveu, et c'était à cette fin qu'il l'avait manipulée.

Et elle, elle était tombée dans le piège comme une petite fille naïve et écervelée !

Elle se tint le ventre à deux mains pour essayer de réprimer les haut-le-cœur qui la secouaient. Si seulement elle avait suivi le conseil avisé de la reine, si elle avait tenu son mari à distance, rien de tout ceci ne serait arrivé !

Elle était la seule et unique responsable de cet échec.

La voix de William trancha alors dans ses ruminations apitoyées aussi aisément qu'une épée pénétrant dans la cire tiède.

— Expliquez-vous.

— Que je m'explique ? répéta-t-elle sans se retourner, avant de hausser les épaules de désespoir. Que voulez-vous que je vous dise ? Qu'il est probable que je meure de vieillesse au service de Sa Majesté ? Que je n'ai nul moyen de me soustraire à ce destin ?

— Ce moyen, vous l'avez obtenu en quittant la cour avec la bague au doigt. Vous n'êtes plus obligée d'obéir à

Aliénor, Sarah. Pourquoi, alors, vous complaisez-vous dans cette position servile ? J'aimerais vraiment le savoir.

— Je…

— Ayez au moins la courtoisie de me regarder quand vous me parlez.

Sarah se mordit la lèvre. Elle ne voulait pas lever les yeux vers lui. Elle ne voulait pas voir le dégoût qui devait se lire dans son regard — même si elle avait pourtant cherché toute la journée à provoquer ce sentiment chez lui. Mais ce qu'elle refusait surtout, c'était qu'il voie en pleine lumière l'humiliation qui l'accablait.

Elle n'en eut pas le choix, car il la fit pivoter sur place.

— Je vous ai demandé de me regarder, Sarah.

Il eut beau la relâcher aussitôt, elle garda les paupières étroitement closes, ébranlée par ce ton d'une implacable sévérité. Seule une phrase tournoyait indéfiniment dans sa tête : « C'est ta faute, *ta* faute… »

Après avoir pris une profonde inspiration, elle rouvrit enfin les yeux et osa soutenir le regard de William. Ce qu'elle vit alors fugitivement dans ses yeux lui coupa tant le souffle qu'elle manqua trébucher.

Au lieu de la rage ou du dégoût hautain qu'elle attendait, elle était quasiment certaine d'avoir distingué, dans les yeux de William… comme de la peine, oui, de la peine mêlée de perplexité. La perplexité était compréhensible — mais de la peine ? Non, se dit-elle finalement, elle avait dû rêver.

Elle serra les dents pour se donner la force de résister au remords qui la rongeait de plus en plus et ne rouvrit la bouche que lorsqu'elle fut assurée de pouvoir s'exprimer sans se couvrir de honte.

Mais elle avait à peine ouvert la bouche lorsque des cris et des bruits de sabots la coupèrent dans son élan.

William la saisit immédiatement à bras-le-corps pour la

hisser sur son cheval, avant de l'orienter dans la direction prise par le comte.

— Partez, vite, lui ordonna-t-il.

Redoutant que les hommes qui les chargeaient ne soient envoyés par la reine, Sarah obtempéra sans discuter. N'ayant pas le moindre renseignement à fournir à Aliénor, elle ne voulait pas risquer de perdre la vie à cause de ce retard. Elle se pencha donc en avant sur l'encolure de son cheval et le talonna vivement.

Parmi le fracas des sabots heurtant le sol et les battements assourdissants de son propre cœur, elle reconnut distinctement le sifflement caractéristique d'une lame qu'on sortait de son fourreau. Elle ne put s'empêcher de jeter un coup d'œil par-dessus son épaule.

— Non! cria William. Filez, vous dis-je!

Elle n'était pas en position de discuter, aussi relança-t-elle sa monture de plus belle. Elle galopait maintenant à une telle vitesse à travers taillis et fourrés qu'elle en avait la nausée. A aucun instant, pourtant, elle ne ralentit l'allure, se fiant aveuglément pour sa sauvegarde à l'homme même qu'elle avait projeté de trahir.

Relevant la tête, elle aperçut Hugh de Wynnedom et Adrienna qui chevauchaient devant elle à bride abattue. Jetant un regard derrière lui, le comte la repéra et prit aussitôt la tête de la cavalcade, plaçant ainsi les femmes entre lui et William, qui les rattrapait.

A l'orée une petite clairière, Hugh sauta d'un bond à terre.

— Continuons à couvert, commanda-t-il.

Tous démontèrent à leur tour pour quitter le sentier avec leurs chevaux et se dissimuler dans le sous-bois.

— Je n'entends plus nos poursuivants, murmura Sarah

au bout d'un moment, reprenant à peine son souffle. Etait-il vraiment nécessaire de quitter le chemin ?

— Ce n'est pas parce que vous ne les entendez ou ne les voyez pas qu'ils ont renoncé pour autant à nous traquer, répondit William.

— Mais comment se cacher de quelqu'un qu'on ne peut ni entendre ni voir ?

William se porta à sa hauteur.

— Si vous préférez vous assurer qu'ils sont bien toujours à notre poursuite, libre à vous de les attendre ici.

A son ton crispé, Sarah comprit qu'il ne plaisantait pas. Elle secoua la tête.

— Non. J'aime mieux rester avec vous.

Il eut un haussement de sourcil, mais s'abstint de tout autre commentaire. Sarah en fut soulagée. Il ne lui avait déjà que trop prêté attention pour la journée.

Ils continuèrent à se frayer un chemin à pied dans le sous-bois pendant ce qui parut à Sarah une éternité.

Epuisée et affamée, elle commençait à perdre toute notion du temps, quand William la prit par le coude et, saisissant la bride de son cheval, l'obligea à ralentir puis à s'arrêter.

Elle retint sa respiration. Il n'allait tout de même pas reprendre leur discussion maintenant ?

— Il faut que nous parlions.

Elle jeta un coup d'œil à Hugh et Adrienna avant de reporter son regard sur William.

— Ici ?

Il tendit les doigts vers ses cheveux pour en ôter une brindille, hésitant ensuite un bref instant avant de retirer sa main.

— Non, car j'ai bien conscience des mesures à prendre pour vous tirer les vers du nez, et le cadre de cette forêt manque singulièrement d'intimité pour se prêter à ce genre d'exercice.

La lueur qui dansait dans ses prunelles ainsi que la moue que dessinaient ses lèvres indiquaient clairement à Sarah ce qu'il entendait par là. Elle frémit, mais se retint de hurler et ravala sa salive.

— Quelles sont au juste vos intentions ? Tourner mon propre corps contre moi pour me forcer aux confidences ?

William se mit à effleurer sa bouche du bout des doigts. Comme elle tressaillait malgré elle, il haussa nonchalamment les épaules.

— Cela semble une méthode efficace, en tout cas.

— Oh ! Vous n'êtes qu'un…

Elle bafouilla sans parvenir à trouver d'insulte assez blessante pour le châtier de sa froideur calculatrice.

En désespoir de cause, elle se tut et prit une profonde inspiration, tout en le foudroyant du regard.

— Et comment saurez-vous que je ne vous mens pas ?

Il plaqua sa main contre sa tête. Elle voulut s'écarter, mais il n'eut qu'à serrer les doigts dans ses cheveux pour l'empêcher de bouger.

— Parce que je ne cesserai de vous le demander, répondit-il en se penchant vers elle. Encore et encore…

Il se rapprocha jusqu'à porter ses lèvres tout contre son oreille.

— … et encore.

Sarah avait horreur de la facilité avec laquelle il la réduisait ainsi à sa merci. Comme elle le haïssait pour cela ! Mais c'était elle-même qu'elle détestait plus encore, car tout en maudissant sa faiblesse, encore en cet instant elle ne pouvait s'empêcher de fermer les paupières dans l'attente de son baiser.

Mais nul baiser ne venait, et lorsqu'elle rouvrit les yeux elle se sentit comme épinglée par le regard acéré de William. Ulcérée d'avoir été manipulée une fois de plus, elle leva un pied pour l'écraser de toutes ses forces sur l'une des bottes de William.

Elle le vit accuser le coup avec une certaine satisfaction — mais l'instant d'après il l'attirait contre lui pour l'embrasser enfin.

Il la repoussa dès qu'il la sentit se détendre entre ses bras. Elle s'essuya la bouche du dos de la main.

— Comptez-vous user de cette manœuvre chaque fois que vous souhaiterez me punir ou que vous aurez besoin d'exercer votre empire sur moi ?

William ne considéra nullement la question comme injuste. Il estimait au contraire qu'il méritait le dédain de la jeune femme. Mais il n'allait certainement pas reculer maintenant en quémandant son pardon. Il n'avait que faire de son pardon. Ce qu'il voulait de sa part, c'était de la sincérité. Et ce n'était certes pas trop exiger de son épouse.

Loin de s'excuser, il la toisa donc d'un regard peu amène.

— S'il n'y a pas d'autre moyen pour obtenir de vous des réponses, oui, dit-il froidement.

Puis, sans attendre sa réponse, il désigna de la main Hugh et Adrienna qui poursuivaient leur chemin.

— En avant, dit-il.

Sarah se redressa de toute sa taille, ce qui porta ses yeux à peu près au niveau de la poitrine de William.

— En avant ? répéta-t-elle en mettant les poings sur les hanches. Vous croyez-vous donc en train de parler à un chien ?

William plongea son regard dans celui de Sarah. Pardieu ! Si elle avait seulement soupçonné quel effet ravageur produisaient sur lui le bleu étincelant de ses yeux et le rouge flamboyant de ses pommettes lorsqu'elle se fâchait ainsi, elle aurait peut-être ravalé sa hargne et filé rejoindre les autres…

Par chance, elle ne paraissait pas s'en rendre compte. Elle semblait au contraire persuadée que, lorsqu'il la touchait et l'embrassait, son seul but était, pour reprendre ses propres termes, d'exercer son empire sur elle… ou de la punir.

A cette pensée, il laissa échapper un grognement de frustration. En vérité, il aurait préféré se couper le bras droit plutôt que de porter la main — ou les lèvres — sur elle dans un accès de colère.

Bien sûr, elle finirait par s'apercevoir de l'effet qu'elle avait sur lui. Mais tant qu'elle semblait l'ignorer, quel mal y avait-il à en tirer avantage ?

— Etes-vous devenu sourd ? Je vous demande si vous pensez parler à votre chien.

— A mon chien ? dit-il avec un haussement de sourcil. Non. Un chien, lui, m'écouterait.

Les jurons qui s'échappèrent alors de la bouche de Sarah le laissèrent pantois. Il n'aurait jamais imaginé que des lèvres aussi adorables puissent prononcer de pareilles grossièretés. Il garda cependant cette pensée pour lui et ne dit mot, tandis qu'elle récupérait la bride de son cheval pour aller rejoindre les autres, à grandes enjambées rageuses.

Il la suivit des yeux en secouant la tête. Hugh allait certainement penser qu'il perdait le peu de bon sens que lui avait alloué le Seigneur. Et il n'aurait peut-être pas tort. Mais d'un autre côté, tout était bon pour extorquer des aveux à Sarah.

Il était confiant dans l'issue de cette confrontation. Il estimait avoir plus de volonté qu'elle. Il finirait par remporter la bataille, c'était certain. Les paroles qui lui échappaient parfois quand elle était sous le feu du désir semblaient suggérer qu'elle était bien moins déterminée à garder ses secrets qu'il n'était lui-même résolu à les lui arracher.

Il savait aussi qu'une fois cette victoire acquise, il lui faudrait guerroyer tout autant, sinon plus, pour gagner cette fois sa confiance.

Certes, leur mariage avait été conclu et célébré à la hâte. Et elle n'avait pas désiré cette union. Pourtant, c'était ainsi : ils seraient unis jusqu'à ce que la mort les sépare. Et il n'était pas question que le reste de leur vie commune se passe à se chamailler.

Interrompant brusquement ses pensées, un craquement de brindilles mit aussitôt William en alerte. Dégainant silencieusement ses armes, il brandit épée et couteau, en position de combat.

6

Sitôt que le premier homme eut émergé des fourrés, William rengaina ses armes avec un soupir de soulagement. C'était un des soldats de Hugh qui suivaient leur seigneur à distance. Sans doute avaient-ils engagé le combat avec leurs poursuivants.

Reprenant son chemin, il atteignit le comte en même temps que l'escorte.

— Douze gardes voyagent avec nous, était alors en train d'expliquer Hugh à son épouse.

— Onze, milord, corrigea Alain, le commandant du détachement.

William inspecta rapidement leur groupe.

— Qui manque à l'appel ? s'enquit-il.

Alain se tourna vers lui.

— Osbert a reçu une flèche qui lui a été fatale.

— Au moins n'a-t-il pas été pris vivant, répondit impulsivement William.

Le garçon semblait en effet trop jeune pour être capable de supporter les affres de la captivité.

— Il va falloir restituer son corps à sa famille, ajouta William en examinant les selles des chevaux alentour.

— C'est moi qui l'ai transporté, messire, l'informa un des hommes en s'avançant avec son cheval.

Voyant Sarah retenir brusquement sa respiration, William vint se placer à côté d'elle. Il ne voulait pas qu'elle soit effrayée... ni qu'elle se donne en spectacle. A sa grande surprise, elle réagit en se rapprochant encore davantage de lui.

Il jeta un bref coup d'œil au cadavre jeté sur la selle et hocha la tête.

— Bien. Sa mère vous remerciera.

William se rendit alors compte qu'il avait outrepassé les bornes de l'amitié aussi bien que celle de la préséance.

— Milord, murmura-t-il à l'adresse de Hugh, je...

— Non, non, mon ami, je t'en prie, l'interrompit ce dernier. Continue donc.

William reporta son attention sur les soldats.

— Et ceux qui nous ont pris en chasse, de qui s'agissait-il ? Etaient-ce Arnyll et ses sbires ?

— Oui, il s'agit bien de lui. Mais il n'a plus désormais que trois hommes au lieu de quinze, proclama Alain avec fierté, ce qui déclencha les cris de victoire des autres soldats. Utiliser les arcs au lieu des épées, comme vous nous l'aviez suggéré, s'est révélé très efficace.

William rumina ces informations. Arnyll les poursuivait donc comme il s'en était douté. Fort heureusement, Alain avait écouté son conseil quant au choix des armes. A courte distance, une flèche, même tirée par un archer médiocre, risquait peu de manquer sa cible, si bien que les combattants de Hugh avaient pu éliminer la majorité des séides d'Arnyll tout en restant hors de portée de leurs lames.

William leva une main pour réclamer le silence.

— Et Arnyll lui-même ? s'enquit-il.

— Il a fui par le nord. Nous ne l'avons pas pourchassé longtemps. J'ai jugé préférable de revenir auprès du comte.

— Je vous en félicite, approuva Hugh en s'avançant. Accordons-nous une bonne nuit de sommeil et nous pourrons repartir d'un pied gaillard demain matin.

— Nous avons repéré une hutte vide près d'un cours d'eau tout près d'ici, annonça Alain en désignant l'ouest. Certains d'entre nous peuvent aller là-bas monter le camp tandis que les autres iront chercher du gibier.

William ouvrit la marche avec Sarah et arriva bientôt sur les lieux. Comme Alain l'avait indiqué, il y avait bien une hutte vide. C'était en réalité un abri très sommaire, comportant une unique fenêtre qui ouvrait à l'est et, pour l'heure, se trouvait dans la pénombre.

Lorsqu'il en poussa la porte, celle-ci, au lieu de pivoter, s'effondra sur le sol de terre battue en soulevant de fines volutes de poussière. Sarah bondit en arrière en voyant un long animal se faufiler vivement par la fenêtre avant de disparaître dans les bois. Il se déplaçait avec une telle rapidité que William n'eut pas le temps de voir s'il s'agissait d'une hermine ou d'une belette.

— Après vous, dit Sarah en désignant la porte.

Après avoir redressé le battant contre un mur, William inspecta l'intérieur de la cahute. Il n'entendit ni ne distingua rien de suspect, mais comme il ne souhaitait pas courir le risque de se retrouver nez à nez avec un autre occupant muni de griffes et de dents, il jugea plus sage de disposer d'une source de lumière avant de se hasarder plus avant.

Il ressortit et entreprit de dégager un emplacement pour le foyer, pendant que Sarah allait s'asseoir sur un rocher où Adrienna la rejoignit bientôt.

Lorsque William et Hugh eurent allumé le feu, ils allèrent ramasser assez de bois pour l'alimenter jusqu'au lendemain matin.

— Les hommes ont l'air de t'écouter, remarqua Hugh

alors qu'ils repartaient dans le sous-bois après avoir déposé un premier fagot.

William tiqua, conscient d'avoir usurpé une autorité qui n'était pas la sienne en interrogeant les membres de leur escorte.

— Pardonne-moi, je n'avais pas l'intention de prendre ta place. Il m'arrive simplement d'oublier que tu es maintenant comte…

— Mon ami, coupa Hugh en lui tapotant le bras, je n'ai rien à te reprocher. Au contraire…

Il s'interrompit pour regarder du côté de la clairière.

— J'ai besoin d'un capitaine pour ma garde, reprit-il. Quelqu'un qui serait en mesure de préparer mes hommes au combat.

— Aurais-tu donc subitement oublié les rudiments des arts martiaux ? dit William tout en se penchant pour prendre une branche morte.

— Bien sûr que non : je te surpasse toujours en ce domaine.

— Tiens donc ! rétorqua William en se redressant de toute sa taille, un demi-sourire aux lèvres. Je serais curieux de savoir comment tu t'y prendrais pour me battre.

— Quand tu veux et avec l'arme que tu veux.

William fronça les sourcils, comme s'il réfléchissait sérieusement à cette proposition absurde.

— La masse, énonça-t-il enfin.

Hugh secoua la tête.

— Tu as trop d'allonge.

— La pique, alors.

— Toujours non.

— La hache ?

— Mais non, répliqua Hugh en soupirant. Choisis donc quelque chose qui ne te donne pas tant l'avantage.

Comme Hugh était décidément parti pour plaisanter, William décida de lui répondre sur le même ton.

— Je sais, fit-il en claquant des doigts. Les boules !

Il désigna la clairière du menton.

— Nous avons assez de place au campement, non ? reprit-il. Il ne reste plus qu'à nous trouver des projectiles et un cochonnet.

— Un jeu ? s'étonna Hugh en croisant les bras. C'est tout ce que tu as réussi à trouver ?

— Eh bien, si c'est encore trop dur pour toi, je dois bien avoir une paire de dés dans mes fontes…

— Je me rends ! s'exclama Hugh en levant les mains. Je ne suis même pas capable de l'emporter sur toi dans une joute oratoire. Je ne vais certainement pas prendre le risque d'être humilié dans un jeu de hasard.

— A ta guise, fit William tout en ramassant une nouvelle branche.

Quand ils eurent rassemblé chacun un nouveau fagot, William se racla bruyamment la gorge.

— A part cela, reprit-il, de quoi voulais-tu me parler au juste ?

Hugh lui lança un bref coup d'œil.

— Suis-je donc transparent à ce point-là ?

— Mettons que tu ne m'es pas opaque, dit William en souriant. Et j'ai remarqué que tu as généralement tendance à plaisanter avant d'entrer dans le vif du sujet.

— Tu me connais trop bien, admit Hugh en soupirant. Eh bien, comme je te le disais tout à l'heure, j'ai besoin d'un capitaine pour mes gardes… Et j'aimerais que ce soit toi.

— Pourquoi moi ?

— Parce que tu as ma confiance.

— Je n'ai aucune expérience du commandement.

Ils étaient revenus dans la clairière. Hugh déposa son

chargement près du feu et attendit que William l'ait imité avant de lui répondre.

— Moi non plus, dit-il.

— Dans ce cas, ne vaudrait-il pas mieux que tu choisisses un ancien chef de guerre ?

— Mes hommes n'ont nul besoin d'être menés à la baguette. Ils savent obéir. Je voudrais seulement qu'ils apprennent à mieux se battre. Toi, je sais qu'ils t'écouteront. Et je sais aussi que, s'ils ne t'écoutent pas, tu sauras rapidement obtenir leur respect.

William songea à ce que cette proposition impliquait. Le roi lui avait proposé d'aller occuper pour lui un donjon sur les marches galloises. Toutefois, l'avait prévenu Henri, pour se rendre là-bas, il aurait à accomplir un long et pénible voyage, et devrait donc avoir rassemblé au préalable une escorte conséquente. En outre, à en croire la description qu'Henri lui avait faite de la place forte et de la région, il était à craindre que le séjour dans cet avant-poste ne soit pas de tout repos.

Il jeta un coup d'œil à Sarah. Voilà bien longtemps qu'elle n'avait plus logé dans une citadelle... Les rigueurs de la vie militaire risquaient d'être rudes pour cette femme accoutumée depuis l'enfance au luxe de la cour. Et il avait juré de veiller sur elle et de la protéger — or, comment y parvenir dans un bâtiment conçu pour accueillir des garnisons et doté de commodités des plus spartiates ? Sans compter qu'entre les opérations de surveillance et de maintien de la paix, les exercices et l'entretien de l'édifice, il n'aurait guère de temps pour elle.

Et quand bien même elle parviendrait à s'adapter d'elle-même à ces nouvelles conditions d'existence, c'était l'entraîner dans une entreprise bien longue et périlleuse.

S'installer avec elle chez Hugh ne serait peut-être pas,

après tout, une si mauvaise idée que cela. Cela n'aurait rien de définitif. Ils demeureraient là-bas jusqu'à ce qu'il ait fini d'entraîner les gardes du comte et de recruter ses propres hommes.

— Si j'accepte ton offre, déclara-t-il à son ami, ce sera seulement pour une période déterminée.

Hugh hocha la tête.

— Je comprends. Je ne m'attendais d'ailleurs pas à ce que tu restes plus d'une année avec moi.

William espérait bien de son côté que l'entraînement des guerriers de Hugh exigerait moins de temps que ça. Il y avait, enfin, un dernier détail à régler.

— Si je deviens ton chef des gardes, est-ce que cela fera de moi… un de vos sujets, milord ?

Hugh afficha un air innocent.

— Tu ne trouves donc pas que le titre de lord Hugh sonne bien ?

— Cela dépend.

— De quoi ?

D'un mouvement rapide, William faucha les jambes de son ami, qui tomba par terre en jurant.

— De ta bonne volonté, répondit William en lui tendant la main. Je crois que tu manques de pratique, toi aussi. Tu deviens lent. Je devrai t'entraîner aussi.

Hugh prit sa main en souriant et se releva.

— Marché conclu ! Ainsi je pourrai te rendre la monnaie de ta pièce…

William éclata de rire.

— Nous verrons cela. D'ici là, tu auras intérêt à suivre mes conseils pour améliorer ta rapidité.

— Dois-je en conclure que tu acceptes ma proposition ?

William poussa un soupir.

— Ai-je le choix ? Tu n'as plus vraiment les capacités requises pour assurer la formation de tes propres soldats. Cela doit être lié au mariage, je suppose, ajouta-t-il en coulant un regard en direction des femmes.

— A propos de vie conjugale…

— Non, répliqua William en levant une main. Je ne souhaite pas parler de la mienne.

— Si tu n'as pas encore consommé ton union avec Sarah, tu sais, il t'est encore possible de te débarrasser d'elle.

La suggestion de Hugh alluma chez William une flambée de colère qui le surprit lui-même. Pour ne pas céder à l'envie subite de porter la main sur son ami, il recula d'un pas.

— Je ne souhaite en aucune façon me débarrasser d'elle.

— William, c'est uniquement ton besoin de protéger la veuve et l'orphelin qui t'a poussé à l'épouser. Un tel sacrifice de ta part n'était absolument pas nécessaire. Je te donne la permission de la répudier ; je pourrais m'arranger pour qu'elle soit confiée à la personne de son choix.

— Tu me donnes la permission ? gronda William en serrant les poings, soulevé par un désir de violence de plus en plus impérieux. Comme c'est magnanime de votre part, milord.

Hugh écarquilla les yeux, surpris par le ton de son ami.

— Je voulais simplement te soulager d'une obligation que tu n'as pas à assumer.

— Tu parles d'elle comme d'un poids mort qui m'encombrerait.

— Et ce n'est pas ce qu'elle est pour toi ?

— Non. Loin de là, répondit William avec vigueur tout en regardant Sarah sur son rocher.

— Ah, je vois, murmura Hugh avant de se pencher vers lui. Prends donc ton plaisir avec elle, cela te calmera.

— Comme toi ? Le plaisir que vous prenez ensemble, Adrienna et toi, a manifestement rendu ton existence beaucoup plus agréable, à ce que je constate.

Hugh accueillit la pique d'un haussement d'épaules.

— Touché, reconnut-il. Une épouse entêtée est notre croix à tous les deux sur cette terre.

Entêtée n'était pas exactement le terme que William aurait employé pour qualifier sa propre femme, mais il préférait ne pas trop s'appesantir sur le sujet.

— Alors, nous repartons tous en direction de Wynnedom demain matin ? s'enquit-il.

— Toi, Sarah et mes hommes, précisa Hugh. Adrienna et moi nous rendons à Hallison.

C'était là qu'habitait le père d'Adrienna, sur qui Hugh avait une revanche à prendre, ce que William savait fort bien : c'était en effet le seigneur de Hallison qui avait vendu Hugh à un marchand d'esclaves.

— Vous n'y allez tout de même pas seuls ?

Le voyage jusque là-bas n'était pas exempt de tout danger.

— Parce que tu veux me dicter ma conduite, maintenant ? répondit Hugh sèchement. Je t'ai demandé d'être le capitaine de mes gardes, pas ma nourrice.

— Je te devais bien cela pour avoir voulu me priver de Sarah.

— D'accord, cela suffit… Que me suggères-tu ?

William aurait aimé que son ami prenne avec lui l'intégralité de leur escorte, mais il savait qu'il n'accepterait jamais cette proposition.

— Trois hommes me suffiront pour gagner Wynnedom, déclara-t-il.

— J'ai à effectuer un trajet moins long que toi. Je te donne sept hommes.

— C'est trop.

Hugh le foudroya du regard.

— Six. Il est hors de question que tu partes pour Wynnedom avec moins de six hommes.

William réfléchit. Cela laissait seulement cinq gardes pour accompagner Hugh et sa femme. Mais Alain avait assez d'expérience pour valoir deux soldats.

— Soit, convint-il, mais Alain vous suit.

— Si tu continues comme cela, nous serons encore là demain matin à en discuter.

— Pourquoi pas ? dit William d'un ton dégagé. Cela dit...

Il désigna l'autre bout de la clairière.

— ... ton épouse est en train de s'éloigner dans les bois... toute seule.

Hugh se tourna juste à temps pour voir Adrienna disparaître derrière un arbre. Etouffant un juron, il se précipita à sa poursuite, lançant à William par-dessus son épaule qu'il demanderait son avis à Alain.

Persuadé qu'Alain se rangerait à ses vues, William esquissa un sourire de satisfaction, puis marcha tranquillement vers Sarah. Celle-ci soutint son regard tandis qu'il la rejoignait.

— Avez-vous faim ? lui demanda-t-il en s'asseyant près d'elle sur le rocher.

— Oui, mais je crois que nous n'allons plus tarder à pouvoir nous rassasier, dit-elle en désignant les hommes du comte qui revenaient justement dans la clairière avec du gibier.

Elle considéra de nouveau William.

— Pourquoi cette dispute avec le comte ?

— Quelle dispute ?

— Vous l'avez envoyé à terre et, à un moment, je vous ai vu serrer les poings. J'en ai conclu que vous vous disputiez.

— Vous avez eu tort. C'est juste notre manière à nous de converser.

Elle détourna la tête.

— Dans ce cas, il vaudrait mieux que votre prochaine « conversation » se déroule en privé.

— Pourquoi donc ?

— C'est un comte, William. Un *comte*. Vous lui manquez grandement de respect en ayant une telle attitude à son égard.

William réprima un rire incrédule. D'abord Hugh lui disait comment se conduire avec son épouse, et voilà maintenant que celle-ci voulait lui dicter son comportement envers son ami !

— Il a été mon ami longtemps avant d'être comte, Sarah.

— Il n'empêche qu'il l'est aujourd'hui.

— Puisque cela vous dérange tant, je vous promets de mieux me contrôler en public durant notre séjour à Wynnedom.

— Nous nous rendons donc à Wynnedom ?

William lui trouva subitement un ton bien pétulant et un regard singulièrement brillant.

— J'ai accepté d'entraîner pendant un temps les gardes du comte, expliqua-t-il en se renfrognant. Nous allons donc prendre quelques hommes avec nous pour aller à Wynnedom, les autres devant servir d'escorte à Hugh qui veut emmener Adrienna chez son père, à Hallison.

— Non, répondit Sarah en se redressant d'un bond. Vous ne pouvez faire cela.

Elle se mit à arpenter la clairière.

— Tiens donc ? Et pourquoi ? s'enquit William en s'adossant contre le rocher.

Dans sa fébrilité, la jeune femme manqua trébucher et recouvra de justesse son équilibre.

— Parce que c'est imprudent. Nous devrions à tout prix rester ensemble.

Sans s'en rendre compte, elle avait haussé la voix, au point d'attirer l'attention de certains des soldats. Se levant à son tour, William la prit par le bras et l'entraîna dans la hutte.

Les hommes avaient balayé l'intérieur et disposé des paillasses sur la terre battue. Un petit feu brûlait dans un foyer creusé à même le sol. William poussa Sarah sur une des couches improvisées et alla bloquer l'entrée avec le battant dégondé. La jeune femme voulut se redresser.

— Ne bougez pas, lui dit-il.
— Mais que faites-vous ?
— Je m'apprête à avoir une petite discussion en tête à tête avec mon épouse et je ne souhaite pas être interrompu.
— Attention, William : je vais crier.
— Je vous en prie.

Il déboucla son ceinturon et son épée tomba à terre, bientôt suivie par sa tunique.

Sarah ouvrit des yeux ronds dont la prunelle se mit à étinceler à la lueur des flammes.

— Vous n'iriez pas jusqu'à…

Se laissant tomber près d'elle, il entreprit de dénouer sa ceinture. Elle frappa ses mains, mais ses coups semblaient avoir autant d'effet sur lui qu'une brise sur un bloc de granit.

Ayant envoyé la ceinture au sol, William empoigna l'ourlet de sa robe. Elle agrippa ses poignets, ce qui ne l'empêcha nullement de retrousser la robe, et il ne fut obligé de libérer ses mains que pour faire passer celles de Sarah à travers les manches.

Il devint dès lors peu envisageable pour Sarah de s'échapper de la cabane, puisqu'elle n'avait plus sur elle que ses bas, ses souliers et sa chemise.

— Je n'irais pas jusqu'où ? demanda-t-il en jetant la robe.

Sarah se saisit d'une couverture et s'en couvrit le buste.

— Vous m'aviez juré que vous n'iriez pas jusqu'à…

Il lui arracha la couverture des mains ; elle émit un couinement effrayé qu'il salua d'un rire narquois. Puis, se penchant vers elle, il la força à s'allonger sur la paillasse.

— Je vous jure, Sarah, que si vous persistez à ne pas terminer vos phrases, je risque d'avoir envie de revenir sur ma promesse de ne pas vous faire du mal !

— Vous me faites peur, avoua-t-elle sans détour, tout en essayant de rouler hors de sa portée. Laissez-moi donc tranquille, William.

— Et vous, vous me rendez fou, répliqua-t-il en la ramenant sous lui sans effort. Aussi ne suis-je pas près de vous laisser tranquille.

Elle se mit à trembler de tous ses membres et détourna la tête.

— Que voulez-vous, à la fin ? demanda-t-elle d'une voix tremblante.

Il effleura sa joue du bout des doigts, fasciné par le contact velouté de sa peau.

— Vous le savez très bien.

Sarah ferma les yeux. Oh, oui, elle savait ce qu'il voulait. Il voulait qu'elle rompe son serment d'allégeance envers la reine. Et si une partie d'elle-même en mourait d'envie, une autre partie, celle qui craignait la mort, lui intimait le silence. Mais ce qu'elle aurait dû redouter, n'était-ce pas avant tout cet homme qui la plaquait à présent sur la paillasse et dont ne la séparait plus que le mince tissu de sa chemise ? Et pourtant : ni ses caresses subtiles, ni son haleine brûlante, ni même la pression de sa cuisse musculeuse entre ses jambes ne lui inspiraient la moindre peur...

Non, cette chaleur subite qui l'envahissait ne devait rien à l'effroi. Cette chaleur, elle la reconnaissait : c'était le signe indubitable d'une trahison imminente de son propre corps.

Sarah rassembla le peu de courage qui lui restait et appuya ses paumes sur la poitrine de William pour le repousser.

— Allez-vous-en, dit-elle dans un souffle.

Il rit de nouveau, cette fois tendrement, tout contre son oreille.

— Pas cette fois-ci, ma jolie.

— Je vous méprise, lâcha-t-elle, regrettant aussitôt de n'avoir su mettre plus de conviction dans sa voix.

Il se mit à lui embrasser le cou jusqu'à ce que des torrents de frissons lui chatouillent le dos.

— Voilà une belle histoire à raconter à nos enfants plus tard, murmura-t-il.

— Nos enfants ? Nous n'aurons jamais d'enfant, dit Sarah dans un rire incrédule, espérant que la colère amènerait William à cesser cette délicieuse torture.

— Tiens donc ?

Saisissant l'ourlet de sa chemise, il la fit remonter le long de ses cuisses avec une lenteur à la rendre folle.

— Parce que j'en ai décidé ainsi, parvint-elle à déclarer avant de frémir en sentant l'air froid sur ses jambes.

Il caressa alors ses cuisses avec le dos de la main. Une fois de plus, elle tenta de rouler sur le côté pour lui échapper, mais avec toujours aussi peu de succès, la manœuvre ayant pour seul résultat de faciliter la tâche à William pour lui ôter sa chemise, qu'il s'empressa de jeter à l'autre bout de la pièce.

Puis il se redressa sur les genoux, une jambe toujours coincée entre les siennes, et baissa les yeux sur elle. La lumière vacillante du feu semblait allumer dans ses yeux la promesse de félicités inouïes.

Sarah croisa les bras sur sa poitrine nue.

— William, je vous en prie…

— A quoi bon ces suppliques, Sarah ? rétorqua-t-il en décroisant ses bras, les plaquant contre la paillasse. Ne m'avez-vous pas dit qu'une femme n'était qu'un bien parmi les autres ?

— Si, admit-elle.

Elle ferma les yeux et s'efforça d'apaiser les pulsations frénétiques de son cœur. Mais elle le sentit au contraire battre plus fort, dans l'attente de la première caresse de William.

Celle-ci vint, différente toutefois de ce à quoi elle s'attendait : elle sentit la main calleuse de William tracer une traînée de feu sur son ventre avant de redescendre se poser sur sa hanche.

— Qu'est-ce qui pourrait me retenir de vous traiter comme n'importe laquelle de mes autres possessions ? reprit-il.

Elle ouvrit la bouche pour répondre, mais il lui posa aussitôt un doigt sur les lèvres.

— Réfléchissez bien avant de parler, Sarah.

Elle leva les yeux vers lui. De façon frappante, le désir qu'elle lisait dans son regard n'avait rien d'avide. Ce qu'elle voyait, c'était du désir, mais un désir brillant d'un éclat de braise plutôt que de flamme, un désir de sensations plus durables et plus profondes qu'une simple jouissance passagère.

Comme elle connaissait bien ce désir-là ! C'était celui des êtres assoiffés de contacts humains et de rapports fraternels, le genre de désir qui ne saurait se satisfaire d'une étreinte à la sauvette dans la pénombre. Ce désir, c'était le même que le sien.

Si bien que lorsque William prit son visage entre ses mains et qu'il lui caressa doucement les joues, elle le laissa faire sans plus chercher à l'écarter.

— Vous vous retiendrez vous-même de me traiter comme n'importe quelle possession, William, murmura-t-elle.

Il releva lentement la tête.

— En raison de ma taille et de ma carrure, on me suppose fréquemment un manque de jugeote et de maîtrise de soi. Mais sachez que je sais mieux me contrôler qu'aucune de vos connaissances passées ou futures. Ne commettez pas l'erreur de me prendre pour un demeuré, Sarah. Je ne suis dépourvu ni de sagacité ni d'instruction.

Sarah se sentit rougir : cette erreur de jugement, elle n'avait pas été bien loin de la faire.

— Vous êtes nue devant moi, poursuivit William. Vous n'auriez aucun moyen de m'empêcher de vous posséder comme une brute si tel était mon bon plaisir. Absolument aucun. Ni Hugh, ni aucun des hommes de notre escorte n'interviendrait si vous hurliez. Personne ne viendrait à votre secours, Sarah, personne.

Elle le scruta du regard. Il disait vrai, elle le savait bien. Et à cause de sa réputation, elle était bien sûr la candidate parfaite pour se retrouver contre son gré dans ce type de situation. Mais pourquoi au juste William lui donnait-il cet avertissement ?

Elle posa une main sur son bras.

— Pourquoi me dites-vous tout cela ?

— Pour que vous me fassiez confiance, Sarah, répondit-il en se penchant vers elle. Chaque fois que vous serez tentée de vous défier de moi, rappelez-vous seulement qu'après vous avoir déshabillée et réduite à ma merci, je n'ai pas cherché à abuser de vous. Et que, jusqu'à présent, je ne vous ai donné aucun motif de me craindre. Avec moi, vous êtes totalement en sécurité, j'aimerais que vous en soyez convaincue.

Sarah se répéta ces mots. La confiance... Un simple mot, mais qui signifiait tellement ! Pouvait-elle se fier à William ? Et si elle s'y risquait, lui accorderait-il en retour sa confiance ?

Elle prit une profonde inspiration. Il fallait maintenant que son ventre se décrispe et que son cœur ralentisse quelque peu.

Alors l'aveu lui sembla monter de lui-même à ses lèvres.

— Oui, William. Je suis toujours espionne pour la reine. Elle m'a donné pour mission de recueillir le maximum de renseignements sur vous et sur le comte.

Elle ferma les paupières et attendit sa réaction. Il allait se mettre à hurler, laisser libre cours à sa fureur...

Mais William se contenta de serrer les dents et se leva pour renfiler sa tunique. Bouclant son ceinturon, il désigna ses vêtements jetés en tas.

— Rhabillez-vous et venez manger, dit-il sans la regarder.

Et sans lui laisser le temps de recouvrer l'usage de la parole, il sortit de la cabane.

7

William traversa le campement en direction de l'épais taillis qui se dressait de l'autre côté de la clairière. A chacune de ses enjambées, il sentait la rage contracter sa poitrine un peu plus, tandis que son estomac se nouait sous l'effort qu'il devait déployer pour ignorer le chaos tumultueux auquel se trouvait réduite sa prétendue « maîtrise de soi ».

Il se passa une main dans les cheveux et s'étonna de constater qu'elle ne tremblait pas tant que cela. Bon sang, mais à quoi s'était-il donc attendu ?

— Messire William ?

Regardant à peine le garde qui l'avait hélé, William leva la main et secoua la tête, espérant que l'homme comprendrait son besoin de solitude.

Pour l'instant, il n'avait vraiment pas envie d'être contraint de formuler des idées cohérentes. En dehors du souvenir des courbes délicates de Sarah, son esprit était vide de toute pensée — de toute pensée rationnelle, du moins.

Il fallait qu'il se concentre sur leur prochain voyage vers Wynnedom. Arnyll était toujours en liberté, prêt à les attaquer de nouveau, et comme il avait échoué une première fois, il veillerait sûrement à ne pas commettre les mêmes erreurs la fois suivante, ce qui le rendrait plus dangereux. Son devoir à lui était d'assurer la sécurité de Hugh tout comme celle de Sarah.

Ah, Sarah… Des visions de sa peau douce et pâle, de son ventre plat et de ses hanches pleines ne cessaient de le hanter, de fouetter son désir inassouvi… C'était à devenir fou.

Il aurait dû lui en vouloir et il lui en voulait… jusqu'à un certain point. Elle avait enfin avoué ce qu'il avait déjà deviné : elle était toujours aux ordres de la reine Aliénor. Cette pensée le rendait malade.

Et, naturellement, la souveraine avait sommé Sarah de collecter autant de renseignements que possible sur lui-même et le comte — voilà qui expliquait pourquoi la reine avait accepté si facilement ce mariage qui, pourtant, lui coûtait en apparence une espionne.

S'ils n'avaient pas été si éloignés de Poitiers, il aurait sans doute été tenté de la renvoyer à la cour d'Aliénor. Mais c'était désormais impossible. Les soldats manquaient pour lui fournir une escorte et il n'était pas cruel au point de la jeter seule sur les routes ; femme sans protecteur, elle aurait risqué pire que la mort. Il était hors de question qu'il ait ce remords-là sur la conscience.

Au reste, qu'il le veuille ou non, elle était désormais son épouse. Et, il devait bien se l'avouer, elle l'ensorcelait. Quoiqu'il reconnût que cette fascination était de nature purement physique, il ne pouvait nier l'attirance qu'elle exerçait sur lui. Il ne le souhaitait pas, d'ailleurs. Pas encore, du moins.

Pour l'heure en tout cas, il devait impérativement se concentrer sur la tâche qui lui incombait.

Les gardes de Hugh avaient prouvé leur efficacité contre Arnyll. Bien qu'en nombre inférieur et dénués d'expérience, ils avaient réussi à sortir victorieux de l'escarmouche. Il fallait dire, aussi, qu'Arnyll ne s'attendait pas à une riposte pareille. Hugh n'ayant pas emmené son escorte avec lui en Aquitaine, le félon n'avait dû apprendre l'existence de cette dernière qu'en voyant fondre sur lui les flèches qu'elle lui décochait.

Mais désormais il connaissait ses effectifs et ne commettrait plus l'erreur de prêter le flanc à une nouvelle attaque surprise. En d'autres termes, il prendrait soin de surveiller leurs mouvements. Une question, dès lors, se posait : une fois que le groupe se serait divisé en deux parties, laquelle suivrait-il de préférence ? Qui Arnyll visait-il principalement ? Lui-même ou le comte ? Il plissa les yeux et reporta son attention sur la clairière. Une seule personne était à même d'éclairer sa lanterne : Sarah.

Restait à savoir si elle allait être disposée à lui fournir cette information après l'humiliation qu'il venait de lui infliger.

Du bout des doigts, il frotta le chaume qui lui couvrait les joues, se demandant s'il oserait de nouveau abuser de son autorité sur elle. Elle ne se laisserait pas séduire aussi facilement une deuxième fois. L'air de stupéfaction outragée qui se lisait sur son visage lorsqu'il avait quitté la hutte laissait augurer une réaction assassine si jamais il réessayait de la manipuler de manière aussi éhontée. Il la soupçonnait même d'être capable de se servir de sa dague contre lui !

Il ne put cependant s'empêcher de sourire en envisageant ce défi. Et bien qu'il reconnaisse la déloyauté du procédé, son usage n'en avait pas moins égayé sa soirée.

Le corps de la jeune femme, ses soupirs de plaisir, tous les signes d'une sensualité exacerbée envahirent alors derechef sa mémoire et il pensa en se renfrognant qu'un tel stratagème risquait d'être à double tranchant, car son utilisation pouvait aussi bien se retourner contre lui.

Pourtant, s'il avait épousé Sarah, cela n'avait pas été sous la pression de tendres sentiments. Comme le roi Henri lui avait promis une place forte, aussi délabrée et mal placée soit-elle, il avait jugé le moment venu de songer à sa descendance ainsi qu'à celle qui la lui donnerait. En bref, il avait estimé qu'il lui fallait une châtelaine. Quand il avait rencontré Sarah pour la première fois, dans la chambre de Hugh, et qu'il avait vu son air perdu, il avait éprouvé l'envie irrépressible de la protéger et d'assurer sa sécurité.

Qu'elle soit une des catins d'Aliénor ne l'avait guère gêné sur le coup. Il en allait désormais tout autrement. Elle œuvrait encore en sous-main pour la reine ! Mais il n'avait pas hésité à se servir contre elle de ses émotions, et elle avait peut-être dorénavant moins besoin d'être protégée *par* lui que *de* lui.

Se fier à lui ? se répéta Sarah tout en enfilant sa robe en jurant entre ses dents. Et quand donc avait-il pu la mériter, sa confiance ?

Elle ramassa sa ceinture par terre et la noua autour de sa taille avant de rajuster sa toilette. Puis, avec un lourd soupir, elle se laissa retomber sur la paillasse.

C'était justement pour se prémunir contre de telles désillusions qu'elle avait jusqu'à présent évité tout contact physique ou émotionnel trop étroit avec autrui. Dès l'enfance elle avait appris à réprimer en elle le besoin désespéré d'être aimée et choyée, sachant d'expérience que le prix pour le satisfaire s'avérait au final toujours trop élevé. D'abord c'était son père qui l'avait rejetée, ensuite, quand elle avait commencé à devenir femme, c'étaient les autres filles de son âge qui l'avaient ostracisée. Les jeunes hommes avaient été tout aussi décevants, cessant de lui manifester le moindre intérêt quand elle ne voulait pas partager leur lit. Même la reine, qui l'avait pourtant bien traitée à son arrivée à la cour, avait exigé d'être remboursée de sa générosité sitôt que Sarah était passée à l'âge adulte.

Non, se fier à William comportait trop de risque. Il venait d'ailleurs de le lui prouver. Elle ne voulait plus souffrir à cause de sa propre naïveté. Et puis comment aurait-elle pu lui faire confiance alors qu'elle se méfiait d'elle-même ?

Elle n'avait que trop conscience de ses faiblesses. Non qu'elle soit incapable de maîtriser le feu de la passion que William semblait avoir le don d'allumer dans ses veines, mais il se trouvait qu'en plus de son désir, il réveillait aussi en elle son inextinguible soif d'affection. Et ce besoin-là était autrement plus difficile à dompter.

Elle venait encore d'y céder malgré elle — et qu'est-ce que cela lui avait rapporté ? Le retour de cette si familière sensation d'oppression dans la poitrine et l'impression presque insupportable que son cœur s'était comme figé.

Oh, elle n'en voulait pas à William. Il n'était que l'instrument de son malheur. C'était de son propre chef qu'elle s'était ouverte à lui, s'exposant ainsi à la punition qui ne manquait jamais de s'ensuivre. Et maintenant il lui fallait trouver, vaille que vaille, un moyen de refermer cette porte qu'elle avait imprudemment entrebâillée.

— Sarah ? Je te croyais endormie…

Elle secoua la tête pour s'éclaircir les idées et leva les yeux vers Adrienna, qui se tenait sur le seuil de la hutte.

— Non, je ne dormais pas, répondit-elle.

— As-tu mangé au moins ?

— Je n'ai pas faim.

En vérité, il était fort à craindre que la moindre nourriture n'achève de lui chambouler l'estomac.

Adrienna s'étendit sur la deuxième paillasse et se tourna vers elle.

— Quelque chose ne va pas ?
— Non, rien du tout.
— Vraiment ? Tu as pourtant l'air accablé.

Sarah se força à rire.

— Et pourquoi le serais-je, grands dieux ?
— William t'a-t-il parlé ?

Oh, songea Sarah, il avait fait bien plus que lui *parler* — mais elle n'était pas près d'avouer à Adrienna avec quelle facilité elle s'était laissé berner.

— Au sujet de Wynnedom et de l'escorte ? Oui, il m'en a touché deux mots.
— Et que penses-tu de son idée ? s'enquit Adrienna qui semblait perplexe.

Sarah n'avait pas d'opinion sur le sujet. Ce qu'elle savait, c'était que cette décision de scinder leur groupe en deux allait l'empêcher d'accomplir sa mission — à supposer qu'elle fût encore possible. Ou du moins la retarder, mais elle savait que la reine en serait fâchée. Pourtant, alors que cette éventualité aurait dû l'inquiéter, voire l'effrayer, elle se rendait compte que cela ne la touchait pas outre mesure.

Après tout, quel était le pire châtiment que pouvait lui infliger Aliénor ? La mort ? S'apercevoir que la perspective de son propre trépas l'émouvait si peu était pour le moins intrigant et, en un sens, alarmant... D'un autre côté, quel avenir s'offrait à elle ?

— Sarah ?

Elle secoua de nouveau la tête, s'efforçant de repousser les pensées désespérantes qui la hantaient.

— De toute manière, William et Hugh n'en feront qu'à

leur tête. Mon avis sur la question n'aura aucun effet sur leur décision, dit-elle.

Adrienna garda le silence quelques instants.

— Sarah, je vois bien qu'il y a un problème, reprit-elle enfin. Peut-être puis-je t'aider.

— Et pourquoi aurais-tu envie de m'aider ?

— Parce que je sais ce que tu as vécu à la cour et que j'ai bien conscience que la reine était la seule véritable responsable de mon enlèvement. Je ne t'en veux pas, Sarah. Et comme Hugh tient William en très haute estime, j'aimerais que toi et lui soyez heureux ensemble.

Sarah émit un soupir désabusé. Si seulement Adrienna savait…

— Je n'ignore pas que tu étais censée épouser Hugh, ajouta cette dernière en se rasseyant sur la paillasse.

Sarah cilla. Etonnamment, elle avait oublié ce petit détail.

— Moi, murmura-t-elle, tout ce que je voulais, c'était me marier avec n'importe quel seigneur riche et titré. Et au bout du compte, je me retrouve avec un mercenaire sans le sou.

— William est un homme de valeur ! se récria Adrienna.

Regrettant visiblement cet emportement, elle se rapprocha de Sarah et lui toucha le bras.

— Peut-être qu'avec le temps vous finirez par vous attacher l'un à l'autre.

Sarah s'écarta d'elle.

— Avec le temps ? William n'est que mon mari, rien de plus, répliqua-t-elle en essayant d'ignorer le pincement qui lui tiraillait l'estomac. Il n'a jamais été question de sentiments entre nous.

— Jusqu'à présent. Mais ne serait-il pas préférable, pour toi comme pour lui, que vous… révisiez cette opinion ?

— Mais qu'espères-tu au juste, Adrienna ? Que nous nous aimions ? dit Sarah en levant les yeux au ciel. Ne comprends-tu pas que l'amour n'existe que dans les contes et les chansons des troubadours ? C'est un songe creux et on ne fonde pas un mariage sur des songes creux.

— Ne peut-on s'unir pour d'autres raisons que la recherche d'un surcroît de richesses ou de titres ?

— Entre gens qui n'ont rien, certainement, lâcha cyniquement Sarah.

Elle douta cependant du sens de ses propres paroles, reconnaissant en son for intérieur que tout le monde possédait au moins quelque chose en ce bas monde, même si ce n'était pas un bien tangible.

Adrienna baissa les yeux.

— Je te plains, Sarah.

Refusant toute démonstration de pitié, Sarah se redressa d'un bond.

— Je n'ai pas besoin qu'on pleure sur mon sort, rétorqua-t-elle. Je n'ai pas peur d'être lucide sur ce que j'ai comme sur ce que je n'aurai jamais. Quant à toi, je te conseille vivement d'arrêter de rêver. Poursuivre une chimère est le meilleur moyen de gâcher sa vie ou de finir le cœur brisé.

Sur ces mots, Sarah quitta la cabane. Elle ne désirait aller nulle part en particulier, seulement trouver un endroit tranquille et isolé pour réfléchir.

Malheureusement William la vit quitter la hutte et marcha aussitôt vers elle. Elle jura et fit volte-face pour prendre la direction du ruisseau, ne se sentant guère d'humeur à entamer avec William le genre de « discussion » que celui-ci semblait affectionner.

L'appelant en vain, il la rattrapa en quelques enjambées et lui barra le passage.

— Il faut que nous parlions, dit-il.

— Non. Nous avons déjà assez *parlé*, merci.

— Si vous souhaitez des excuses pour ce qui s'est passé tantôt…

Elle releva les yeux vers lui.

— A quel jeu jouez-vous cette fois-ci ? coupa-t-elle. Quelle est la nouvelle tactique que vous avez décidé d'employer ?

— Un jeu ? Mais je ne joue pas, Sarah.

Il lui prit le bras. Elle ne put retenir un petit gloussement moqueur. Ni la réponse de William, ni la situation dans son ensemble n'étaient en rien risibles, mais il fallait qu'elle rie plutôt que de hurler de frustration.

— Très bien, j'accepte vos excuses, dit-elle en dégageant son bras. Maintenant, laissez-moi tranquille.

— Comme je n'ai rien fait de mal, je ne comptais pas m'excuser, précisa-t-il avant de s'effacer et de la suivre le long du sentier qui contournait la clairière. Et je n'ai pas non plus l'intention de vous laisser seule. Cela m'est impossible.

— Il n'y a pourtant rien de plus simple, dit-elle sans ralentir ni même le regarder. Vous tournez les talons et vous allez rejoindre le reste de l'escorte auprès du feu.

— Vous ne comprenez pas.

— J'en comprends toujours assez.

Elle trébucha sur une racine mais repoussa la main qu'il lui tendait.

— Et ce que je comprends, c'est que vous essayez un nouveau stratagème pour me manipuler. A moins, ajouta-t-elle en se retournant brusquement vers lui, que vous ne preniez simplement plaisir à me tourmenter... Désirez-vous que j'ôte moi-même ma robe cette fois-ci ?

Comme il se tenait coi, elle lui désigna les sous-bois.

— Peut-être préférez-vous que nous nous retirions à l'écart pour cela ? suggéra-t-elle avant d'empoigner l'ourlet de sa toilette. Ou cet endroit vous convient-il autant qu'un autre ?

La raideur soudaine de William, la crispation de ses mâchoires ainsi que la tension visible de ses épaules l'avertirent qu'elle était peut-être allée trop loin. Reculant d'un pas, elle relâcha le bas de sa robe qui retomba sur ses chevilles.

Son instinct lui soufflait de prendre la poudre d'escampette, mais la lueur meurtrière qui s'était allumée dans les prunelles de William la figeait sur place. Elle se sentit les jambes subitement cotonneuses, et voulant fuir la menace qu'elle avait elle-même provoquée, elle se contenta d'effectuer un nouveau pas en arrière.

Juste au moment où elle allait pivoter sur elle-même pour s'enfuir, William lui attrapa le bras et la plaqua rudement contre lui. Ayant perdu tout espoir de lui échapper, Sarah comprit qu'il était dans son intérêt de cacher le début de panique qui commençait à la gagner.

Elle se raffermit, s'éclaircit la gorge et riva son regard dans le sien.

— Oui, je sais : vous êtes bien plus grand et plus fort que moi. N'en avons-nous déjà pas convenu ?

Il lui sourit d'un air qui n'exprimait aucun amusement, mais véhiculait une promesse qui lui glaça le sang. Elle eut un hoquet de saisissement.

— Lâchez-moi, William.

— Non. Je ne suis pas l'un de vos caniches de cour que pouvez mener par le bout du nez. Vous avez épousé un soldat aguerri, Sarah, et il serait peut-être temps que vous appreniez ce que cela implique.

Elle soutint son regard, refusant de s'avouer vaincue alors même qu'elle savait la bataille perdue d'avance.

— Et quelles sont au juste vos intentions, *soldat*? User de vos poings pour me remettre à la place qui me revient?

Sans desserrer son étreinte sur son biceps, William se mit à avancer, l'obligeant du même coup à reculer.

— Je dois avouer que l'idée ne manque pas d'attrait.

— Vous n'iriez tout de même pas jusque-là!

— Pour quelqu'un qui me connaît si mal, je trouve que vous répétez cela un peu trop souvent. Je me demande comment vous réagirez en découvrant votre erreur.

Sarah demeura silencieuse un moment. Jusqu'alors, elle n'avait jamais vraiment songé qu'elle pouvait avoir de véritables raisons de le craindre... S'était-elle trompée?

— Vous m'avez assuré tout à l'heure que je serais toujours en sécurité avec vous, lui rappela-t-elle. M'auriez-vous menti?

— Etre en sécurité ne signifie pas avoir le droit de dire ou de faire ce que l'on veut. Vous êtes ma femme, Sarah, et vous n'avez déjà que trop tardé à vous comporter comme telle.

Elle savait exactement ce qu'il sous-entendait par là, mais choisit de feindre l'incompréhension.

— Me comporter comme telle? Qu'entendez-vous par là, William? Que je devrais être humble et obéissante? Qu'il vous serait agréable que je me soumette à chacun de vos ordres et que je m'empresse de satisfaire vos moindres caprices?

— Ce serait un bon début, convint-il.

— Quoi? s'exclama-t-elle.

Sa question avait retenti dans la nuit deux octaves plus

haut qu'elle ne l'avait souhaité. Elle ravala sa salive et s'efforça de dominer son émotion.

— Vous n'êtes pas sérieux ? dit-elle d'un ton plus assuré.

Il s'immobilisa et la relâcha enfin.

— Nous allons bientôt le savoir. Entrez là-dedans.

Décontenancée, elle se retourna et avisa avec stupeur le petit abri de toile qui avait été dressé pour eux en bordure du campement. Une torche plantée non loin de là dans le sol lui révélait que la tente improvisée était constituée de couvertures jetées sur des cordes tendues et que, quoique proche des sentinelles de faction cette nuit-là, elle leur procurerait toujours trop d'intimité à son goût.

— Non, articula-t-elle en secouant la tête. Nous disposons d'une hutte idéale pour passer la nuit.

— Elle revient au comte et à sa femme, répliqua William en soulevant le rabat fermant l'abri. Et puis ce n'est pas une proposition, Sarah, c'est un ordre : entrez là-dedans.

— Ne serait-il pas plus prudent de rester avec les autres ? dit-elle dans un effort désespéré pour retarder l'inévitable.

— Nous ne serons pas loin d'eux. Allons, glissez-vous là-dessous.

Elle le dévisagea avec angoisse.

— Nous n'allons quand même pas… Vous n'allez pas… Vous…

Il la poussa vers l'ouverture de la tente.

— Nous n'allons pas quoi ? Consommer ce mariage ? Il en serait pourtant temps, non ?

Elle voulut partir mais il lui barra le chemin.

— Vous pouvez entrer là-dedans de votre volonté ou bien traînée par les pieds. A vous de choisir.

Choisir ? se répéta-t-elle. Quel choix pouvait-elle avoir

en l'occurrence ? Elle s'efforça de dominer le tremblement qui lui secouait les membres et, sachant William parfaitement capable de mettre sa menace à exécution, se coula dans l'abri avant de s'agenouiller sur la paillasse qui y avait été étalée.

William la suivit et rabattit derrière lui le pan de couverture servant de porte à la tente, les plongeant dans une demi-pénombre à peine dissipée par la lueur de la torche qui filtrait à travers la couverture. Il enleva ensuite bottes et tunique avant de s'allonger près d'elle sur le flanc et de lui tendre la main.

— Venez, lui dit-il.

Elle croisa les bras sur son ventre et secoua obstinément la tête. Sans en tenir aucun compte, il l'attira d'autorité contre lui.

— Si nous étrennions une autre méthode cette fois-ci ? suggéra-t-il.

Elle aurait préféré pour sa part ne rien essayer du tout, mais elle était à peu près certaine de ne pas avoir le choix en ce domaine-là non plus. Les bras serrés contre son torse, le dos raidi, elle se tenait aussi loin que possible de la chaleur que diffusait le corps de William.

Il lui caressa un instant le cou avant de poser la main sur son épaule. Ses gestes étaient doux, presque délicats.

— Voyons si vous pouvez continuer à prétendre que m'épouser est la pire épreuve que vous ayez eu à subir dans votre existence…

— Je n'ai jamais dit une chose pareille.

— Ce n'était pas nécessaire. Vous n'avez pas eu besoin de mots pour me le faire comprendre.

— Et en quoi cela vous importe-t-il ? Vous m'avez contrainte à me marier avec vous. Les sentiments que nous pouvons éprouver n'ont rien à voir là-dedans.

Il rit tout bas. Son souffle souleva quelques mèches échappées des tresses de Sarah qui lui chatouillèrent les joues.

— Après cette nuit, en effet, cela n'aura plus aucune importance.

« Après cette nuit ? »

— Que voulez-vous dire ?

Elle n'avait pas plus tôt posé la question que la réponse s'imposait à son esprit.

Il lui effleura le bras du bout du doigt, précédant le trajet de ses frissons de l'épaule jusqu'au coude.

— J'en ai assez de n'être votre mari que de nom.

Sarah ferma convulsivement les paupières pour chasser les pensées qui affluaient en elle. Non, il faudrait bien plus que la rugosité de ses mains calleuses sur sa peau ou que le contact de ses lèvres contre les siennes pour la pousser à céder à ses avances.

Comme s'il avait lu dans son esprit, William l'allongea sur le dos et la surplomba de toute la masse de son torse.

— Cela ne vous inspire-t-il donc aucun commentaire ?

— Que voulez-vous que je vous réponde ? rétorqua-t-elle en maudissant intérieurement la langueur qui commençait à l'envahir d'être ainsi étendue sous lui.

Il se mit à couvrir de petits baisers la chair tendre de son cou.

— J'aimerais que vous vous décidiez une bonne fois pour toutes, murmura-t-il en traçant une ligne de baisers jusqu'à sa bouche.

Elle sentit ses lèvres frémir d'elles-mêmes à l'approche des siennes.

— Dites-moi simplement si je dois partir, Sarah... ou si je dois rester.

8

A présent, songea Sarah, elle n'avait plus d'échappatoire : ou bien elle devenait vraiment sienne, ou bien elle continuait à croire que la reine trouverait un moyen de la libérer de lui.

Mais elle était bien en peine de savoir quelle voie choisir.

Elle serra les dents.

Aliénor n'était pas près de la rendre à son existence de célibataire sans attache, au moment où elle allait précisément se trouver dans l'impossibilité de recueillir les renseignements dont la reine avait besoin pour déjouer les hypothétiques manœuvres du roi Henri.

D'un autre côté, si elle ne se refusait pas à William maintenant, en aurait-elle jamais la liberté plus tard ?

— Je… Je ne sais pas, bredouilla-t-elle, désorientée.

— Laissez-moi alors vous aider à vous décider, déclara-t-il en relâchant ses poignets.

Il s'était exprimé d'une voix rauque, tout contre son oreille, dans un chuchotement grave qui se propagea en elle comme une onde apaisante, chassant de son esprit toute colère, toute crainte d'être encore une fois manipulée par lui, d'être victime d'une nouvelle ruse destinée à lui arracher d'autres confidences compromettantes. Si bien que, lorsqu'il prit un de ses seins dans le creux de sa paume et qu'il se mit à en taquiner la pointe, elle ne lui opposa plus aucune résistance.

Avec un allant qu'elle ne cherchait plus à retenir, elle cambra voluptueusement les reins, renvoyant au lendemain doutes et mépris d'elle-même.

William commença à retrousser sa robe et sa chemise. L'air froid de la nuit lui glaça les jambes. Mais elle n'eut même pas le temps de frissonner : William la réchauffait déjà de ses mains calleuses.

La sentant entièrement offerte, il promena ses doigts sur ses cuisses avec une lenteur délibérée, avant de caresser ses hanches puis son ventre, chacun de ses mouvements remontant un peu plus les vêtements, jusqu'à ce qu'il puisse les faire glisser par-dessus sa tête.

Cette nuit…, pensa Sarah. Oh, oui, cette nuit elle était prête à prendre le risque de céder au besoin d'amour qui la dévorait.

William se pencha sur elle et captura de ses lèvres le soupir de résignation qui s'échappait de sa bouche. Le baiser, d'abord tendre et doux, devint rapidement plus fiévreux, lui donnant le tournis et creusant en elle le désir d'un contact plus intime encore…

Glissant les mains sous la chemise de William, elle se mit à son tour à lui caresser le dos. Sa peau était tiède sous ses doigts. Elle percevait sous ses doigts les longues cicatrices qui striaient ses omoplates. Elle se demanda un instant ce qui avait pu laisser des marques aussi longues et fines, mais elle eut tôt fait de ne plus y penser en le sentant palper ses rondeurs.

A son grand étonnement, il lui permit d'explorer son corps sans broncher. Elle put ainsi s'émerveiller à loisir du jeu de ses muscles puissants sous sa peau à la fois épaisse et douce. S'enhardissant, elle posa les doigts sur son torse et effleura ses mamelons. Il enfouit son visage contre son cou.

Pensant avoir commis une maladresse, elle ressortit précipitamment ses mains de sa chemise.

William se redressa alors sur les genoux et faillit déchirer sa tunique dans sa hâte à l'ôter. Il prit ensuite les paumes de Sarah pour les reposer sur sa poitrine.

— Non. Continue, je t'en prie.

Le timbre bas et sourd de sa voix dissipa les dernières hésitations de Sarah qui reprit avec ardeur son exploration. Le contraste de leurs corps l'émerveillait. Là où son propre corps s'épanouissait en tendres rondeurs, le sien s'affirmait en méplats vigoureux.

Et pourtant la chair de William tressaillait sous ses doigts tout comme la sienne avait frémi sous ses mains expertes, son cœur battait aussi vite et aussi fort que le sien et son souffle haletant se mêlait à sa propre respiration.

Les caresses qu'elle lui prodiguait répondaient-elles chez lui à un besoin d'affection identique au sien ? Et ce besoin devenait-il, à l'instar du sien, toujours plus intense, toujours plus exigeant, comme si une douleur lancinante ne cessait de réclamer en lui un apaisement qui tardait à venir ?

Elle cambra le dos et riva ses doigts sur ses épaules avec un gémissement de frustration. Elle perçut un bref frémissement sous ses mains, puis William s'agenouilla de nouveau entre ses jambes.

— Tu sais exactement ce que tu veux, Sarah, n'est-ce pas ?

Elle dut laisser passer deux ou trois battements de cœur avant de pouvoir formuler une réponse cohérente.

Trompé sans doute par sa réputation de catin, William lui supposait manifestement assez d'expérience pour être capable de prendre les choses en main. Comme elle en était loin pourtant ! Si elle n'ignorait pas en quoi consistait l'acte lui-même, elle n'avait pas la moindre idée de la manière dont elle était censée se comporter. Que devait-elle dire ou faire ? Et comment ?

— Sarah ?

Elle leva les yeux vers lui. La regardant dans les yeux, il caressa son flanc d'une main avant de plaquer les doigts sur son ventre.

Elle se sentit envahie d'une indicible chaleur. Aurait-on approché une torche de sa peau qu'elle n'aurait sans doute pas éprouvé une plus vive brûlure. Puis la main de William descendit plus bas encore, et la brûlure la dévora de plus belle... Sarah sut alors ce qui allait satisfaire le besoin qui la consumait et achever de lui submerger les sens.

— Oui, dit-elle, surprise par la sensualité de sa propre voix.

Elle ferma les paupières, s'attendant à ce que William la débarrasse de ses derniers vêtements et la possède sans plus de préliminaires.

Mais elle sentit avec stupéfaction les lèvres de son mari suivre le chemin que venaient juste d'emprunter ses mains.

Elle eut l'impression de perdre pied sous les effleurements subtils de sa bouche, attisant encore le brasier ronflant en son ventre. William lui agrippa les hanches pour la maintenir.

Soudain, pour quelque obscure raison, elle éprouva le besoin de tout suspendre, de se protéger, de ne pas autant donner d'elle-même. Apeurée, elle se crispa, s'apprêtant à crier pour arrêter William. Mais cette envie s'évanouit aussitôt sous ses caresses.

Le feu la dévora alors de plus belle, anéantissant les

dernières limites qu'elle connaissait à son désir. Incapable de contrôler plus longtemps les sensations qui l'emportaient, elle se mit bel et bien à crier — mais de volupté.

Avant qu'elle ne reprenne son souffle, William la surplomba.

— Embrasse-moi, lui dit-il.

Encore retenue par un reste d'appréhension, elle lui tendit timidement les lèvres. Il accueillit son chaste baiser avec un juron étouffé avant de plaquer fermement sa bouche sur la sienne et de ravir toutes les pensées, tous les soucis qui entravaient encore son plaisir.

La respiration de Sarah se bloqua dans sa gorge. Elle noua ses jambes autour de la taille de William et se pressa contre son torse, à la recherche d'un contact plus étroit encore.

Il la serra fort contre lui, décontenancé. Quelque chose ne collait pas. Elle paraissait si hésitante, si effarouchée, à vrai dire si… inexpérimentée.

Il se rappela ce qu'il lui avait dit le jour de leur départ : que si toutes les rumeurs à son sujet étaient vraies, alors il serait un monstre issu de l'Hadès. Etait-il possible que les rumeurs courant sur lady Sarah de Remy soient tout autant exagérées ? Le doute, subitement, le prit.

A supposer que sa femme soit toujours vierge, tout ce qu'on lui avait rapporté sur son compte — et qu'il avait bêtement cru — n'était qu'un tissu de mensonges et d'inepties ! Un sourd pressentiment le dissuadait néanmoins de s'en assurer dès cette nuit.

Le désir qui le possédait se révolta contre cette pensée. Il serra les dents pour réprimer le sentiment de frustration qui l'envahissait. Après tout, personne n'avait jamais péri faute de satisfaire les élans de sa chair…

Relâchant Sarah, il roula sur le côté.

— William ? articula-t-elle aussitôt d'une voix alarmée.

— Qu'y a-t-il ?

— Je t'ai déçu ?

Il eut du mal à retenir un éclat de rire, trouvant pour le moins paradoxal d'entendre ce genre de question formulée par une créature à la réputation aussi sulfureuse.

Comme il gardait le silence, elle s'assit près de lui et fit courir ses mains sur son torse.

— Y a-t-il quelque chose que je doive… ?

— Non, coupa-t-il en lui saisissant les poignets pour qu'elle cesse d'attiser sa fièvre. Je n'attends rien de toi. Reste tranquille, c'est tout.

Déboussolée, elle se rallongea contre son flanc. Après avoir ramené sur eux les couvertures, William se tourna vers elle et lui caressa doucement le visage.

— Sarah, si je te pose une question, me répondras-tu avec franchise ?

Elle demeura coite un instant, puis hocha lentement la tête.

— Après qui Arnyll en a-t-il ?

Comme elle voulait s'écarter, il la retint près de lui.

— Sarah, il faut que je le sache.

Elle prit une profonde inspiration.

— Je l'ignore, lâcha-t-elle enfin. Je ne l'ai rencontré qu'une seule fois, et la reine ne m'a jamais parlé de lui.

William roula sur le dos, mais sans cesser de la tenir dans ses bras. Alors qu'il contemplait d'un regard vague les parois de la tente, la torche s'éteignit dehors, les plongeant dans le noir. Etait-elle sincère ? Si tel était le cas, il pouvait être la proie d'Arnyll tout autant que Hugh. Mais pourquoi ? Pour qui agissait ce scélérat ? Quel plan diabolique avait-il concocté ?

Il cessa cependant de réfléchir au problème en sentant des larmes lui mouiller la poitrine. Il n'aimait pas les pleurs. Les larmes étaient inutiles et les remords finissaient toujours par s'avérer une faiblesse. Mais bien qu'il ne s'estime nullement responsable de ces larmes, il se sentit pourtant aussitôt coupable.

Il serra Sarah plus étroitement contre lui, espérant apaiser son chagrin. Mais la vigueur de son étreinte eut pour seul effet de la réveiller en sursaut : c'était dans son sommeil qu'elle pleurait.

William soupira. Il s'était décidément mis dans de beaux draps… Il avait épousé la femme la plus belle, la plus sensuelle et la plus désirable qu'il ait jamais connue. Et il ne lui accordait pas la moindre confiance.

Comment l'aurait-il pu, alors qu'elle venait de lui avouer qu'elle les espionnait toujours, Hugh et lui, pour le compte d'Aliénor ? Et pour couronner le tout, il la soupçonnait fort de ne pas être du tout celle qu'elle prétendait être.

Constatant, au rythme de nouveau régulier de sa respiration, qu'elle s'était rendormie, il se mit à lui caresser doucement les cheveux.

— Ah, Sarah, que vais-je donc faire de toi ?

Sarah fixait un point imaginaire situé entre les oreilles de son cheval. Elle ne sentait presque plus son dos et ses épaules à force de s'être contrainte à garder une posture rigide au cours de la majeure partie des deux interminables journées qui venaient de s'écouler.

La veille, en émergeant du sommeil, elle s'était sentie accablée par le fardeau d'un regret qui ne l'avait pas quittée depuis. Bien qu'elle se soit depuis longtemps juré de ne plus jamais pleurer sur rien, elle savait qu'elle avait sangloté dans son sommeil, et cela sans raison apparente. Pis encore : à un moment donné, durant la nuit, alors qu'elle n'avait pas tout à fait sombré dans les bras de Morphée, il lui avait semblé que William lui caressait les cheveux et qu'il lui parlait à voix basse et presque… tendre.

Manifestement, elle avait dû rêver. Ou plus exactement faire un cauchemar : vu l'indifférence qu'il lui avait témoignée la veille avant de la laisser dormir seule sur sa paillasse, et le soin qu'il paraissait prendre encore aujourd'hui à l'éviter, il était clair qu'il fuyait sa présence comme son contact.

Pourquoi ? Et, surtout, pourquoi cette froideur marquée l'épuisait-elle autant ? Au lieu de se lamenter sur son isolement, elle aurait dû au contraire s'en réjouir et en être soulagée. Or elle était loin d'éprouver le moindre soulagement.

C'était William qui, finalement, avait mis un terme à la consommation de leur union. A ce souvenir, elle baissa la tête pour cacher la rougeur qui lui montait aux joues — car elle avait conscience que, s'il avait au contraire persisté à vouloir la posséder, elle ne l'aurait pas arrêté.

L'idée de coucher avec une catin lui avait-elle été brusquement intolérable ? Ou bien avait-elle commis quelque impair qui lui avait révélé qu'elle n'était pas aussi expérimentée que sa réputation le laissait entendre ?

Elle ignorait la réponse. Comment aurait-elle pu le savoir ? Jamais elle ne s'était retrouvée nue devant un homme, son rôle de catin de la reine s'étant jusqu'alors limité à des promesses en l'air, entretenues par quelques baisers volés.

Cela étant, elle ne voyait pas pourquoi William irait se soucier de savoir si son épouse avait perdu ou non sa virginité. Et elle ne se hasarderait certainement pas à lui en parler : ce serait reconnaître que, sur ce point aussi, elle lui avait menti.

Sa situation n'aurait pu être pire, se dit-elle avec désespoir. Non seulement elle était dans l'impossibilité d'accomplir la mission que lui avait confiée la reine, mais voilà que son mari paraissait en outre lui en vouloir pour une raison dont elle ne pouvait même pas s'enquérir !

Sans compter que William n'avait naturellement pas eu l'air de la croire quand elle lui avait répondu qu'elle ignorait pratiquement tout d'Arnyll. C'était pourtant la stricte vérité. Elle n'avait croisé le chemin de cet individu qu'une seule et unique fois, dans les appartements privés d'Aliénor.

Elle tressaillit au souvenir de cette réunion. Elle n'avait été en présence d'Arnyll que quelques instants, ce qui lui avait déjà paru trop long... Sous sa politesse hypocrite, elle avait aussitôt perçu un esprit froid, cruel et calculateur. Cette rencontre, pour brève qu'elle ait été, lui avait suffi pour juger ce courtisan au regard fixe de serpent : c'était un être vil et sans scrupule, et elle avait tout fait ensuite pour l'éviter.

Quoi que pût en penser William, elle n'avait aucune idée des raisons pour lesquelles Arnyll les traquait — ni de quelle personne il recherchait au juste.

Elle était décidément dans une situation plus que délicate. Aliénor lui en voudrait. William lui en voulait déjà. Et elle se méprisait elle-même.

La voix de William l'arracha à ses ruminations moroses.

— Nous allons camper ici.

Elle ne l'avait pas entendu approcher son cheval du sien. Elle se tourna vers lui pour lui répondre, mais sa langue resta collée à son palais soudain asséché.

Il s'était habillé avec une élégance qu'elle ne lui avait jamais vue jusqu'à présent, pas même à la cour. La culotte qu'il portait épousait le galbe de ses jambes et soulignait le dessin massif de ses cuisses. Celles-ci, du moins, étaient couvertes — à la différence de ses bras, que sa chemise laissait nus, exposant ainsi aux regards sa musculature de guerrier puissant.

En guise d'armure, il avait revêtu une simple cotte de mailles s'arrêtant juste au-dessus de l'épais ceinturon de cuir qui lui ceignait la taille et qui semblait uniquement servir à souligner la robustesse de son torse.

Deux épées croisées dans son dos lui donnaient en outre l'allure magnifique d'un combattant des temps anciens. De même que l'indifférence apparente qu'il paraissait accorder à sa propre protection — car il n'était pourvu ni de bouclier ni de heaume, préférant manifestement l'attaque à la défense.

D'ailleurs, si l'on considérait sa prestance, son expression implacable et la présence des armes qui dépassaient au-dessus de ses épaules, cette absence d'armure apparaissait plus comme une menace que comme une faiblesse.

Sarah dut admettre, en son for intérieur, que le spectacle que lui offrait ainsi son mari était plutôt impressionnant. Et attirant...

Atterrée par cette pensée qu'elle refusait, elle détourna les yeux vers le ciel pour obliger ses sens à s'apaiser avant de prendre la parole.

— Mais il reste encore plusieurs heures avant la tombée de la nuit, remarqua-t-elle.

— Je le vois bien.

— Pourquoi alors ne pas continuer à avancer ?

Les sourcils de William disparurent sous la frange de cheveux qui lui barrait le front.

— Parce que j'ai décidé qu'il était temps de s'arrêter.

Sarah se retint de tendre la main pour dégager la mèche qui lui frôlait les yeux et ferma les siens, affolée par son inconséquence. Que lui arrivait-il, à la fin ? Après deux jours de silence buté, il ne daignait lui adresser la parole que pour lui donner des ordres, et voilà qu'elle tombait sous le charme de sa musculature et de sa chevelure !

Elle immobilisa son cheval au milieu de la route.

— Bien, milord. Dans ce cas, arrêtons-nous.

William se contenta de secouer la tête avant de la contourner pour se diriger vers la clairière devant eux. Cinq des six gardes qui les accompagnaient l'imitèrent. Le dernier marqua une halte près de Sarah.

— Milady ?

Elle le regarda sans parvenir à se souvenir de son nom. Il lui revint finalement, perçant le brouillard qui engourdissait son esprit.

— Tout va bien, Matthew, lui répondit-elle. Rejoignez donc les autres. Je vous suis dans un instant.

Le jeune homme lança un coup d'œil en direction de William.

— C'est impossible, madame. Je ne saurais vous laisser seule.

Etant donné que son mari semblait ne pas s'en soucier, pensa Sarah, pourquoi ce simple soldat devrait-il avoir de pareils scrupules ?

— Les autres sont juste à côté, répliqua-t-elle en désignant la clairière. Que croyez-vous qu'il puisse m'arriver entre ici et cette clairière ?

— Je ne crois rien, madame. J'obéis aux ordres.

« Madame »… On ne l'avait pas appelée ainsi depuis son départ de la cour. Or, l'entendant dans la bouche de cet homme, elle se rendait compte que ce n'était pas pour lui déplaire.

Elle jeta un coup d'œil vers son mari. Elle ne connaissait pas assez William pour savoir si l'attention d'un autre homme, aussi innocente soit-elle, n'allait pas le courroucer encore davantage, et elle ne souhaitait pas attirer sur ce pauvre garçon la colère d'un aussi formidable guerrier. Elle avait conscience que ce serait se risquer sur un terrain dangereux.

— Je vous en prie, messire Matthew. Je désire seulement un moment de solitude.

Le jeune homme fronça les sourcils, regarda de nouveau en direction de la clairière.

— Je ne saurais approuver cela. Mais si vous y tenez vraiment…

— J'y tiens, Matthew.

Heureusement, il ne chercha pas à discuter plus avant et la laissa seule. Sarah relâcha sa position sur la selle. Elle n'avait aucune hâte d'aller retrouver William et les autres.

Le soleil qui filtrait à travers le couvert des ramures lui chauffait le haut du crâne. Elle leva son visage pour le présenter aux rayons bienfaisants. Une légère brise lui caressait les joues. Elle inspira profondément pour imprégner ses poumons des fragrances printanières. Une impression de sérénité la gagnait. Elle aurait bien voulu rester là jusqu'au soir…

Soudain, un bras puissant la ceintura avec force.

— Lâchez-moi ! hurla-t-elle avant de lancer le bras par réflexe, frappant son agresseur à la tempe.

— Il suffit !

Le rugissement de William la figea net. Elle baissa les yeux vers son mari.

— Mais qu'est-ce qui te prend de venir te glisser comme cela derrière moi ?

Il la fit descendre de cheval.

— Et toi, qu'est-ce qui te prend de rester seule ici, loin des gardes ?

Sitôt qu'il l'eut déposée à terre, elle se libéra de son étreinte.

— J'aurais pu te blesser, dit-elle.

— Avec quoi ? Ton cri ?

Le ton arrogant de William réveilla son ressentiment.

— Ne te moque pas de moi, dit-elle en pointant un doigt sur la poitrine. Si j'avais eu une dague à la main, j'aurais pu t'infliger de graves dommages.

— Arrête.

Elle plissa les yeux.

— Que j'arrête quoi ? demanda-t-elle sans cesser de lui tapoter le torse.

— Ça, répliqua-t-il en lui attrapant la main. Arrête ça.

Elle tendit son autre main pour recommencer son geste.

— Attention, Sarah…

Elle ne percevait pas de colère dans son ton, mais plutôt de l'énervement et de l'irritation, et en tira l'impression qu'il était tout aussi prêt qu'elle-même à une confrontation ouverte. Eh bien, tant mieux. Il était temps d'assainir l'atmosphère. Laisser libre cours à leur frustration y contribuerait peut-être.

Elle avançait le doigt pour lui tapoter encore une fois la poitrine, quand il effectua un pas en avant, puis un autre, l'obligeant ainsi à reculer, jusqu'à ce qu'elle se retrouve le dos contre un tronc d'arbre.

Plaquée contre le torse massif de William, elle inspira profondément et leva les yeux vers lui.

— Chercherais-tu à m'intimider ?

— Non. Si tel était le cas, tu serais déjà en train de trembler.

— Ainsi, tu te juges capable de m'inspirer une telle frayeur ?

Il lui redressa le menton d'un doigt.

— Ma chère moitié, j'ai dû tuer des hommes à mains nues pour survivre. Crois-moi si je t'affirme que je sais faire peur.

Sarah considéra son mari, horrifiée. Tuer des hommes à mains nues pour survivre… Quel genre d'existence pouvait mener à de telles extrémités ? Elle préférait ne pas même y songer.

Elle écarta la tête pour échapper à sa main.

— Oh, oui, je suis certaine que tu saurais me terroriser. Mais pour cela, tu serais obligé de m'accorder un minimum d'attention, or je doute que cela soit près d'arriver.

— Qu'y a-t-il, Sarah ? M'en voudrais-tu de t'avoir ignorée ces deux derniers jours ?

— Naturellement, répondit-elle, ne voyant aucune raison de lui mentir.

— Bien… Tu sais désormais ce que l'on ressent dans ce cas-là.

— C'était donc pour me rendre la monnaie de ma pièce ? Mais au contraire de ton indifférence, la mienne était parfaitement justifiée !

— Tiens donc ! Et qu'est-ce qui la justifiait, je te prie ?

— Mon déplaisir d'avoir été obligée de t'épouser.

— Je n'en étais pas plus heureux que toi.

— Tu as pourtant demandé ma main à la reine ! lui rappela-t-elle, choquée par cet aveu.

— J'ai demandé en mariage une des catins d'Aliénor. Et j'ai comme le sentiment d'avoir également été berné sur ce point-là.

Sarah comprit alors que provoquer cette dispute était une

erreur. Elle aurait mieux fait de feindre la soumission. Ses pires craintes se réalisaient : William avait suspecté son inexpérience. Comment allait-elle réagir à présent ?

Mais elle n'eut pas le loisir de réfléchir au moyen de se tirer de ce mauvais pas, car William se serra encore plus contre elle.

— Tout n'est-il donc chez toi que mensonge, Sarah ? N'y a-t-il pas en toi la moindre once de franchise et d'honnêteté ? Si Aliénor a accepté notre mariage, c'était uniquement pour te donner ainsi l'opportunité de m'espionner, n'est-ce pas ?

Elle garda le silence.

— Tu ne vas tout de même pas continuer à le nier ?

Elle secoua la tête.

— Non, puisque je l'ai déjà reconnu.

— Oui, tu l'as reconnu — mais longtemps après que nous avions quitté Poitiers et seulement parce que je t'y forçais.

— William, je…

— Et ta famille ? Ton père, ta mère ? La raison pour laquelle tu as été confiée à la reine ? Tout cela était-il faux aussi ?

— Non ! protesta-t-elle, la gorge serrée. Non. C'est vrai.

Il se pencha vers elle jusqu'à frôler son oreille des lèvres.

— Ne t'avise pas de commencer à pleurer, murmura-t-il.

Elle déglutit avec peine.

— J'ai tué ma mère, et mon père ne me l'a jamais pardonné, murmura-t-elle d'une voix éteinte. C'est pour cela que j'ai fini par me retrouver à la cour.

— Non, Sarah, répliqua William avant de lui embrasser la tempe. Tu n'as pas tué ta mère.

Mais elle n'avait pas envie d'en discuter. William, lui, n'était pas là jadis. Elle savait très bien comment les choses s'étaient passées.

— Et Arnyll ? reprit-il. Ne m'as-tu rien caché à son sujet ?

Elle secoua de nouveau la tête.

— Non, rien. Je te le jure.

Il se redressa, mais sans se reculer.

— Et ai-je bien épousé une des catins de la reine ?

Elle leva les yeux vers lui. Son regard étincelait d'une fureur qui démentait le ton réconfortant de ses précédentes paroles. Oh, oui, il n'y avait pas de doute, il était bel et bien furieux. Mais la colère de William réveillait aussi la sienne.

— Est-ce là ton idéal ? Coucher avec une traînée ?

— Je n'en espérais pas moins.

Peu désireuse de confirmer ses craintes, Sarah décida que le moment était venu de le persuader qu'elle n'avait pas usurpé sa réputation : elle glissa les mains sous son large ceinturon de cuir.

— En ce cas sois rassuré, dit-elle. C'est bien une catin que tu as pour femme.

Comme il ne pipait mot, elle se demanda s'il lui fallait aller plus loin pour le convaincre.

Elle se mit à tirer sur sa ceinture avec un sourire crâne.

— Cela ne t'effraie-t-il pas un peu ? dit-elle pour le provoquer.

D'un mouvement aussi soudain que brutal, William la plaqua une nouvelle fois contre l'arbre. Elle émit un cri de stupeur avant de se ressaisir, s'efforçant d'ignorer la pression douloureuse de la cotte de maille contre sa poitrine ainsi que la rage qui émanait de lui en ondes torrides, telle la chaleur échappée d'un brasier ardent.

— Très bien, William, dit-elle en feignant de se gausser. Montre-moi à quel point tu as envie de la petite traînée que je suis.

— Ne me provoque pas, Sarah, gronda-t-il.

Le timbre grave de sa voix, la convoitise qui luisait dans ses yeux réveillèrent le désir de Sarah et débridèrent sa gouaille.

— Et pourquoi pas ? C'est cela que tu veux, non ? A moins que tu ne m'en méprises que plus encore ?

— Cela serait difficile.

Comme il avait le ventre pressé contre le sien, Sarah ne pouvait que constater la vigueur de son prétendu « mépris » à son égard. Pourtant, il était surprenant qu'il ne cherche nullement à l'attirer loin des regards de l'escorte qui les observait à distance. Voulait-il donc seulement la soumettre à sa volonté ? Mais c'était là le genre de duel qu'elle n'avait pas l'habitude de perdre.

— Eh bien, moi, je ne te déteste point, William, déclara-t-elle tout en caressant ses bras musculeux du bout des ongles. Et je ne pense pas non plus que tu me haïsses.

Et sans lui laisser le temps de répliquer, elle plongea la main dans sa chevelure et lui ploya la tête en arrière.

— Embrasse-moi, William, susurra-t-elle tout contre ses lèvres.

A son grand soulagement, il ne se fit pas prier. Comme elle s'y attendait, son baiser n'eut rien de tendre, mais elle-même, en cet instant, n'aspirait pas précisément à la tendresse ni à la délicatesse.

Elle était en rage. Et il semblait plus enragé qu'elle. Elle avait envie de fondre cette rage commune en une passion partagée pour qu'elle s'éteigne d'elle-même. Peu lui importait que ce fût bien ou mal, ou que William s'en offusque.

Loin d'en paraître révolté, cependant, William répondit avec fougue à son audace, prenant possession de sa bouche avec une ardeur sans retenue.

Mais Sarah ne voulait pas rester sur sa faim. Elle en voulait plus. Aussi noua-t-elle ses jambes autour de sa taille et se mit-elle à gémir quand il glissa les mains sous ses fesses pour mieux la caler contre lui.

Ce fut lui qui mit fin à leur baiser. Redressant la tête dans un grognement essoufflé, il enfouit ensuite son visage au creux son cou.

— Sarah, qu'es-tu en train de faire ?

Elle resserra l'étreinte de ses cuisses autour de sa taille, frustrée.

— Uniquement ce que tu désires de moi.

— Ah, tu manques cruellement d'expérience pour jouer ainsi avec le feu. Tu risques de te brûler.

— Et alors ? Brûle-moi donc, William. Aurais-tu oublié que je suis une des catins de la reine ?

— Je n'oublie rien, répliqua-t-il en la relâchant.

L'air qui s'engouffra alors entre eux ne parvint guère à rafraîchir les ardeurs de Sarah. Elle se tendit vers lui afin de jouir encore de sa proximité et de sa chaleur, mais il l'esquiva en reculant d'un pas.

— Du travail m'attend.

Elle lui saisit la main pour essayer de le ramener près d'elle.

— Ici aussi, tu as du pain sur la planche, dit-elle, provocante.

Il se libéra sans peine.

— Ce n'est ni le moment ni l'endroit pour donner libre cours à ses appétits.

Elle se renfrogna. Ainsi donc, elle avait vu juste : il désirait uniquement la mettre à l'épreuve.

— Bien, fit-elle en serrant les dents. Va donc.

Elle le contournait pour aller récupérer sa monture quand deux bras puissants la ceinturèrent une nouvelle fois. William la pressa contre lui, rallumant d'un coup la passion dont il venait de moucher la flamme.

— Plus tard, promit-il tout bas. Quand nous aurons monté le camp et que nous nous serons restaurés. Nous aurons alors tout le temps de profiter l'un de l'autre.

Puis il s'en retourna vers le campement, la laissant toute vibrante de désir inassouvi.

9

William se tenait accroupi derrière un buisson, espérant capturer un ou deux lièvres de plus pour leur repas. Il avait emmené deux soldats avec lui, confiant aux quatre autres la surveillance du camp et la protection de Sarah.

Au bout de deux heures de chasse, ils avaient réussi à attraper deux lièvres, mais cela lui semblait encore insuffisant. Il aurait besoin de prendre des forces pour tenir la promesse qu'il venait de faire à sa femme.

Son cœur ruait dans sa poitrine comme un étalon sauvage à la perspective d'aimer Sarah la nuit durant. Comme elle s'enflammait vite, sous l'effet de la passion ou de la colère… Aussi vite que lui-même ! Il n'en avait été que trop douloureusement conscient lorsqu'elle avait tenté de le persuader qu'elle méritait sa réputation de catin. Se seraient-ils trouvés dans un endroit un peu retiré qu'il l'aurait à coup sûr possédée sur-le-champ.

Décidément, cette petite avait le don de lui mettre les sens à l'envers. En sa présence, il avait même parfois l'impression de perdre complètement la raison. Du reste, elle-même ne semblait pas toujours se comporter de manière très rationnelle. Il ne s'en plaignait pas : il avait plutôt apprécié la démonstration de sensualité dont elle l'avait gratifié tout à l'heure. Au lieu de frémir sous son courroux, elle lui avait renvoyé sa colère à la face.

Il fallait reconnaître qu'elle savait lui tenir tête comme aucune femme auparavant, et il l'admirait pour cela. Qu'elle se soit rebellée contre lui parce qu'elle était animée d'une volonté aussi forte que la sienne, ou plus simplement par manque de jugeote, peu importait au fond : la manœuvre de Sarah avait réussi, il était conquis.

Un mouvement dans les fourrés retint soudain son attention. Il fit signe à Paul sur sa gauche, puis à Simon sur sa droite. Les deux soldats s'approchèrent à pas comptés de l'endroit qu'il leur avait désigné, une flèche encochée à la corde de leur arc.

Juste au moment où ils s'apprêtaient à décocher, un cri déchira l'air. Des oiseaux s'envolèrent brusquement des arbres et le lièvre qu'ils visaient fila comme l'éclair dans la profondeur du sous-bois. William se redressa d'un bond, dégainant ses deux épées dans le même mouvement : il avait reconnu la voix de Sarah.

Il se rua vers la clairière et, à l'instant où il l'atteignait, faillit trébucher sur le corps d'une des sentinelles. Les trois autres gisaient non loin de là, face contre terre. Sarah n'était visible nulle part.

— Sarah ! hurla-t-il.

Pas de réponse.

Ses deux compagnons de chasse débouchèrent à leur tour sur le lieu du carnage et s'immobilisèrent juste derrière lui.

— Mes… Messire William ? balbutia Paul, sous le choc.

William inspecta aussitôt le pourtour de la clairière. Les chevaux avaient également disparu, sans doute dispersés par les ravisseurs. Deux séries d'empreintes de tailles inégales, près du tronc couché où il avait vu Sarah assise pour la dernière fois, indiquaient qu'au moins deux personnes s'en étaient prises à elle.

Il reporta son attention sur les soldats gisant à terre. Des flèches qui saillaient de leur gorge, ils étaient morts sur le coup.

Il tiqua en avisant le jeune Matthew, dont c'était la toute première mission. La colère le submergea. Ce garçon, mort si jeune !

Se penchant sur le corps le plus proche, il le retourna sur le dos et découvrit un rouleau de parchemin glissé sous sa cotte de mailles. Il le déroula. Griffonné à la hâte, le message qu'il portait était parfaitement compréhensible. William dut déglutir à plusieurs reprises pour réprimer les nausées qui lui soulevaient l'estomac.

Arnyll venait de capturer Sarah pour la revendre à Aryseeth, le maître des esclaves du seigneur Sidatha.

Les souvenirs de ses années de captivité, des souffrances infernales qu'il avait subies sous la férule de ce tortionnaire affluèrent aussitôt à la conscience de William. Il sentit ses jambes sur le point de se dérober sous lui. Il avait peur, affreusement peur — non pour lui-même, mais pour elle. Nul ne méritait de supporter les épreuves qu'il avait dû endurer dans les geôles de Sidatha, surtout pas une femme, et encore moins Sarah, *sa* femme.

Aryseeth la dépouillerait de la moindre parcelle d'énergie et de volonté. Il emploierait sur elle des méthodes qui la réduiraient promptement à l'état d'une loque n'aspirant plus qu'au soulagement du trépas.

Il aurait préféré prendre sa place plutôt que de la savoir subissant un tel traitement. C'était du reste le marché que lui proposait précisément le message — un marché de dupes, il le savait fort bien. Néanmoins, il n'avait d'autre choix que de se rendre à Kendal.

Et si, comme il le craignait, Sarah ne recouvrait pas sa liberté en échange de la sienne, il pourrait alors au moins la tuer afin de lui épargner les supplices d'Aryseeth — seule et unique preuve d'amour qu'il aurait jamais l'occasion de lui donner !

— Milord ?

Chassant ces horribles pensées de son esprit, William fit un effort surhumain pour reprendre pied dans le réel en s'adressant aux deux soldats.

— Retrouvez les chevaux, ordonna-t-il.

Les deux hommes s'éloignèrent.

— Soyez sur vos gardes et restez ensemble, ajouta-t-il.

Il comptait entreprendre d'enterrer les corps de leurs camarades. Ensuite, lorsqu'ils auraient récupéré une monture pour chacun, il dépêcherait les deux hommes auprès du roi Henri avant de se lancer seul à la poursuite des ravisseurs de Sarah.

Mais auparavant, il avait une chose à faire. Une chose qu'il n'avait jamais faite pour lui-même dans la solitude : sitôt les gardes partis, et pour la première fois de sa vie, il tomba à genoux et supplia Dieu de veiller sur Sarah.

— Il vous tuera pour cela, siffla Sarah entre ses dents.

Assise par terre, elle foudroyait du regard Richard de Langsford et Stefan d'Arnyll qui se tenaient de l'autre côté du feu de camp.

— Et j'espère qu'il procédera avec lenteur, ajouta-t-elle.

Elle peinait toujours à croire qu'en l'espace de quelques secondes, ces deux courtisans serviles aient réussi à éliminer quatre soldats et à l'enlever sur leurs chevaux. Mais il lui suffisait de tirer sur la corde qui lui liait les poignets dans le dos pour se convaincre du succès de leur attaque éclair.

Elle comprenait mieux l'insistance avec laquelle William avait cherché à apprendre tout ce qu'elle savait sur Arnyll et regrettait maintenant d'avoir tout fait pour éviter ce dernier à la cour d'Aliénor — autrement elle aurait pu donner à William des renseignements qui auraient peut-être permis à celui-ci de déjouer les plans de cette vermine…

A cette pensée, elle ferma les yeux, accablée par sa propre bêtise : comme elle regrettait d'avoir tant rechigné à renseigner William, au point de l'obliger à la faire parler de force !

— Où m'emmenez-vous ?

Arnyll se contenta de rire avant de hocher la tête à l'adresse de son compagnon.

Langsford se leva et contourna le feu, le visage traversé d'un rictus sardonique.

Sarah se rencogna contre l'arbre auquel elle était attachée, regrettant de ne pouvoir disparaître à l'intérieur même de son tronc. Elle comprit son erreur en voyant le sourire mauvais du complice d'Arnyll s'élargir plus encore.

S'efforçant de réprimer sa peur, elle redressa fièrement l'échine.

— Que faites-vous donc avec un coquin de son espèce ? demanda-t-elle à Lansgford en lui désignant Arnyll.

Richard la gifla à toute volée.

— La ferme, catin.

Secouant la tête pour reprendre ses esprits, Sarah ignora son injonction. Elle avait déjà reçu des coups autrement plus violents, dont elle portait encore la trace. La gifle de

Richard lui avait juste fendu la lèvre. Elle lui cracha avec mépris son propre sang au visage.

— Recommencez et William de Bronwyn vous écrasera à mains nues quand il vous aura retrouvés.

Au vrai, c'était là son seul espoir : que William se lance à sa recherche. De retour au campement, constatant sa disparition et trouvant les quatre sentinelles assassinées, se pouvait-il qu'il décide de poursuivre simplement son chemin ? Elle refusait de l'envisager un seul instant.

Et même s'il ne voulait la récupérer que parce qu'elle lui appartenait, elle lui en serait reconnaissante. Elle ne méritait ni n'espérait la moindre tendresse de sa part. Pas après la comédie mensongère qu'elle lui avait jouée.

Empoignant sa natte, Richard l'enroula autour de sa main et secoua la tête de la jeune femme jusqu'à ce qu'elle en claque des dents, tout en la contemplant d'un regard narquois, presque amusé.

Cet homme était un monstre, elle le comprit alors. Tous les deux, Arnyll et lui, étaient des créatures sans scrupule et sans pitié.

Alors qu'elle allait sombrer dans l'inconscience sous la douleur qui lui déchirait le crâne, elle entendit Arnyll s'approcher, et les secousses cessèrent d'un coup. Rouvrant les paupières, elle vit que ce dernier avait posé une main sur l'épaule de son comparse.

— Doucement, lui dit-il. Ne va pas abîmer notre récompense.

— J'ai bien le droit de m'amuser un peu avec elle, non ? répliqua l'autre sur le ton d'un petit garçon qu'on voudrait priver du jouet qu'il était en train de casser.

— Oh, je ne t'interdis pas de prendre du plaisir avec elle, répondit Arnyll avant de se pencher vers Sarah et de saisir le devant de sa robe pour l'obliger à se relever. Arrange-toi simplement pour que cela ne se voie pas.

Le peu de courage que Sarah avait su opposer à William, et à Richard lui-même, s'évapora dès l'instant où ses yeux plongèrent dans les prunelles mornes et froides d'Arnyll. C'était de toute évidence un être dépravé et malade. Elle n'avait aucune envie de tester ses limites.

— Bientôt, murmura-t-il, tu apprendras à trembler chaque fois que tu sentiras ne serait-ce que mon regard peser sur toi.

Sarah sentit le désespoir la gagner. « Seigneur Dieu, pria-t-elle en silence, faites que William me retrouve au plus vite. »

Apparemment satisfait de la sentir frémir devant lui, Arnyll la lâcha. Au bord de l'évanouissement, Sarah se laissa glisser le long de l'arbre sans se soucier des liens qui lui meurtrissaient la chair des poignets.

— Que sais-tu au juste de ton mari ? reprit Arnyll.

Comme elle ne répondait pas, il lui tapota le flanc de la pointe de sa botte.

— Rien, finit-elle par avouer.

Et c'était vrai. A son grand désarroi, elle devait admettre qu'elle ignorait tout de William. Son âge, l'endroit où il habitait, le lieu où il était né, si d'autres membres de sa famille étaient en vie — elle n'en savait rien.

Arnyll laissa éclater son rire fourbe. Elle leva les yeux vers lui.

— T'es-tu jamais demandé où il avait récolté toutes les cicatrices qui lui balafrent le corps ? lui demanda-t-il.

Si, bien sûr que cette question lui avait traversé l'esprit, mais elle n'avait pas songé à la poser à William, supposant qu'un jour il lui en parlerait de lui-même.

Elle s'abstint toutefois de s'en ouvrir à ses ravisseurs,

comptant plutôt sur son silence pour les inciter à lui livrer des informations qu'elle pourrait ensuite utiliser contre eux. Car si par malheur William ne venait pas la sauver, il lui faudrait bien trouver un moyen pour leur échapper par elle-même.

— Ton mari, Sarah, n'est qu'un esclave. Ou, plus exactement, un guerrier esclave formé pour assassiner sur ordre, déclara alors Arnyll avant de s'esclaffer d'un rire détestable et de s'agenouiller devant elle. Bronwyn et ses compagnons ont faussé compagnie à leur maître. Et j'ai pour mission de les ramener à lui en me servant de toi et des autres épouses de ces messieurs.

Sarah ne laissa rien paraître de sa stupeur. De quels compagnons s'agissaient-ils ? Le comte Hugh ?

— Tu vas bientôt devoir apprendre à Adrienna à se comporter en catin, ajouta Richard avec un sourire glacial.

Sarah aurait voulu hurler qu'elle n'était pas une catin, que sa réputation à la cour n'était qu'un stratagème destiné à endormir la méfiance des personnes que la reine la chargeait d'espionner. Elle eut cependant la sagesse de continuer à tenir sa langue.

Arnyll se mit à lui caresser le cou avant de refermer doucement les doigts dessus, son visage exprimant une sérénité presque inhumaine qui le rendait encore plus effrayant.

— Toi et les autres femmes allez sous peu connaître le sort de vos époux, susurra-t-il avant de marquer une pause et d'en profiter pour resserrer sa prise, l'étouffant à moitié. Enfin, quand je dis « époux », c'est une façon de parler : vos noces seront annulées puisque les esclaves n'ont pas le droit de se marier. Mais ne t'inquiète pas, tu auras quand même quelqu'un pour partager ton lit toutes les nuits. Aryseeth y veillera.

Il retira enfin sa main et se redressa.

— Ça y est ? s'enquit Richard d'un ton jaloux. Tu as terminé ?

— Pour l'instant, oui.

Comme il se penchait à son tour vers la jeune femme, Arnyll le retint par le bras.

— Nous aurons déjà à répondre du coup qui lui a fendu la lèvre, Langsford. Ne l'esquinte pas plus.

— Mais…

Arnyll envoya son comparse à terre d'un croc-en-jambe avant de sortir sa dague qu'il pointa contre son cou.

— J'ai changé d'avis, dit-il d'une voix monocorde. Tu pourras déjà t'estimer heureux si Aryseeth ne nous fouette pas pour l'avoir marquée. Or il est exclu que je subisse cette humiliation à cause de toi. Compris ?

— Soit, à ta guise, souffla Richard tout en repoussant Arnyll. Je n'y toucherai pas.

L'autre hocha la tête.

— Si cela te chante, tu peux la ligoter à cet arbre pour la nuit.

Tandis qu'Arnyll retournait s'asseoir devant le feu de camp, Langsford alla chercher une longueur de corde dans les fontes de sa selle et revint attacher Sarah au tronc, prenant un plaisir manifeste à comprimer ses seins et à les effleurer sous prétexte de vérifier la tension du lien. Cela fait, il s'accroupit devant la jeune femme.

— Cela devrait aller comme ça, murmura-t-il. Tu n'iras nulle part cette nuit.

Il jeta un coup d'œil en biais vers Arnyll.

— Mais ça ne me gênerait nullement que tu essaies, précisa-t-il. Au contraire…

Sarah plaqua un sourire sur son visage et leva les yeux vers lui. Bien sûr, rien ne le réjouirait plus que de la voir se débattre vainement. Elle ne lui donnerait pas ce pauvre plaisir.

— Non, je crois que je suis très bien installée ainsi, dit-elle en soutenant son regard..

Une fois seule, elle appuya la tête contre l'arbre et songea. Ainsi William aurait été esclave ? Elle n'arrivait pas à saisir exactement ce que cela signifiait. Oh, elle n'avait pas de mal à concevoir qu'il ait été retenu prisonnier quelque part — mais qu'est-ce qu'Arnyll avait pu vouloir dire en affirmant qu'il avait été formé pour tuer sur ordre ? Car pour avoir reçu autant de coups de fouet, il avait dû s'abstenir de se montrer aussi obéissant et aussi bien « formé » qu'Arnyll le prétendait…

Elle frémit devant l'image qui venait de se former dans son esprit. L'idée qu'on puisse infliger une punition aussi dégradante à son imposant mari lui semblait presque impensable. Elle était certaine, en tout cas, qu'on avait été obligé de le contraindre auparavant à l'immobilité. Et cela n'avait pas dû être sans difficulté.

Mais qui lui aurait fait cela ? Quel genre de barbare sans cœur oserait maltraiter ainsi son prochain ?

Elle déglutit avec peine, et dut soudain bloquer sa respiration pour refouler les larmes qui lui montaient aux yeux. La peur menaçait de l'envahir totalement. Seigneur, que lui réservait l'avenir ?

10

Avec une lugubre détermination, William chevauchait en direction de Kendal. L'allure régulière qu'il imposait à son cheval, de l'aube jusqu'au crépuscule, l'avait amené en quelques jours à proximité de sa destination.

Il redoutait à chaque instant d'arriver trop tard pour éviter à Sarah de goûter aux tortures d'Aryseeth. Cette éventualité soulevait en lui un effroi dont il ne parvenait à se défaire.

Il craignait que son indocile épouse ne se fasse tuer pour s'être montrée insolente envers le maître des esclaves. Ou, pire encore, que son tempérament explosif ne finisse par lui valoir d'être brisée encore plus rapidement que les autres.

Combien de fois n'avait-il pas été le témoin de semblables déchéances chez ses compagnons de captivité ? Certains débarquaient au donjon de Sidatha pleins de feu et de rage, emportés par leurs propres émotions. Ceux-là, Aryseeth les opposait immédiatement à un adversaire bien plus faible qu'eux afin de conforter leur arrogance et de leur donner une fallacieuse impression de supériorité. Puis il les enfermait dans une oubliette avec les rats et le cadavre de l'homme qu'ils venaient juste de tuer. S'ils réussissaient à survivre à une semaine d'obscurité, de solitude, de soif et de faim, ainsi qu'aux assauts de la folie, ils étaient transférés ensuite dans une cellule.

C'étaient ces hommes-là qui flanchaient les premiers. Parce qu'ils ne savaient pas se dominer.

Ils n'en avaient pas moins été choisis au départ parce qu'ils possédaient la force physique nécessaire pour endurer les tortures qu'appliquait systématiquement Aryseeth aux nouveaux « achats » de son seigneur pour casser leur volonté ou, à tout le moins, obtenir d'eux toutes les apparences de la soumission.

William ne voyait même pas Sarah passer cette première étape sans que sa personnalité en soit totalement anéantie. Et il se refusait farouchement à ce que cela lui arrive.

Le cœur serré, il chassa de son esprit les visions atroces qui le hantaient pour mieux se concentrer sur l'exécution de son plan.

Devant lui, un autre cavalier surgit alors brusquement sur le chemin. Avec un juron, il tira sur la bride de sa monture qui se cabra en hennissant.

— Pour l'amour du ciel, Hartford ! s'exclama-t-il après avoir repris le contrôle de l'animal. Qu'est-ce qui te prend de débouler comme cela sous les sabots de mon cheval ?

Guy, comte de Hartford, était un autre de ses anciens compagnons de captivité. Avec Hugh, ils avaient tous trois recouvré la liberté au même moment.

— Curieuse façon de saluer une connaissance, répliqua Hartford.

Rapprochant son cheval de Guy, William lui envoya un coup de poing amical dans l'épaule.

— Celle-ci te convient-elle mieux ?

Guy se frotta l'épaule en grimaçant.

— Pas vraiment, non, avoua-t-il avant de dévisager son ami. Je pense que tu te rends comme moi à Kendal ?

William laissa échapper un gémissement navré.

— Pardieu, ils ont aussi enlevé Elizabeth ?

Bien qu'il n'ait jamais eu l'honneur d'être présenté à l'épouse de Guy, ce dernier leur en avait beaucoup parlé en captivité — comme si évoquer sa femme était ce qui lui permettait de tenir.

— Oui. Et je crois comprendre qu'elle n'est pas la seule dans ce cas.

— Ils ont pris ma femme, Sarah.

— Ta femme ? Tu es marié ? fit Guy avec des yeux ronds. Par quel miracle ? Comment as-tu réussi à trouver une femme qui soit prête à te supporter ?

William haussa les épaules.

— Je ne lui ai pas laissé le choix.

Malgré la gravité de la situation, Guy ne put s'empêcher de rire.

— Le pire est que je suis sûr que tu n'exagères pas ! dit-il avant de reprendre son sérieux. Mais, j'y songe, Hugh n'est-il pas avec toi ?

— Nous nous sommes séparés juste avant l'enlèvement de Sarah, expliqua William avant d'orienter de nouveau son cheval dans la direction de Kendal, désireux de repartir au plus vite. Et si nous poursuivions cette conversation en chemin ? Nous sommes en train de perdre un temps précieux à bavarder ainsi.

— Voilà un empressement pour le moins étonnant chez un homme qui prétendait jadis que la patience était la meilleure alliée du combattant.

— Je n'étais pas encore marié à l'époque.

— Ah, comme cela change en effet le point de vue qu'on peut avoir sur le monde ! s'exclama Guy avant de tendre la main pour tapoter l'épaule de William. Allons, détends-toi, Bronwyn. Si tu es trop crispé, tu ne pourras pas te concentrer et tu ne nous seras plus d'aucune utilité à l'instant fatidique.

William le foudroya du regard.

— Me détendre ? Je me détendrai quand ma femme sera en sécurité dans mes bras.

Guy leva les yeux vers le ciel qui s'assombrissait.

— Alors ne tardons pas à établir le camp pour la nuit. Si nous reprenons la route assez tôt demain matin, nous pouvons gagner Kendal avant l'arrivée de Hugh.

— A supposer que sa femme ait également été enlevée.

— As-tu jamais vu Aryseeth faire les choses à moitié ?

— Non, dut admettre William. En vérité, je ne serais même pas étonné d'apprendre que Hugh est déjà là-bas.

— J'espère qu'en ce cas, il aura la sagesse de ne pas se lancer seul à l'attaque et qu'il aura compris que nous sommes en route pour le rejoindre.

William désigna la prochaine clairière qui se présenta à eux.

— Voilà un endroit aussi bon qu'un autre pour passer la nuit.

Sarah rampa vers le fond de la tente, aussi loin que possible du rabat qui en fermait l'entrée. La chaîne qui lui entravait les chevilles cliqueta dans son mouvement.

Elle prit une profonde inspiration en frissonnant. Comment William avait-il pu survivre à la captivité ? Voilà à peine deux jours qu'elle était retenue prisonnière ici, et elle aurait déjà été heureuse de pouvoir s'ôter la vie si elle en avait trouvé le moyen.

Non que ce porc immonde d'Aryseeth l'ait beaucoup

malmenée jusqu'à présent. Mais il n'en exerçait pas moins sur elle une pression morale constante, l'accablant de menaces, évoquant les traitements qu'il lui réservait après la mort de William, une mort dont il prenait un plaisir évident à lui décrire par avance tous les détails.

Affolée par tant d'horreurs, elle n'avait pu s'empêcher de l'agonir d'injures. Il l'avait réduite au silence d'un revers de sa grosse main d'obèse.

Le coup lui avait permis de retrouver instantanément sa lucidité, mais il avait aussi éveillé la concupiscence du maître des esclaves, qui s'était alors jeté sur elle pour l'étreindre. Fort heureusement, il s'était contenté de quelques baisers sonores sur son menton et ses joues avant de la repousser presque aussitôt.

L'incident avait cependant appris à Sarah une précieuse leçon : la malignité de ce pervers se nourrissait des émotions de ses prisonniers. Aujourd'hui, donc, quand elle avait été de nouveau traînée jusqu'à la tente de ce dernier, elle s'était efforcée d'afficher la plus parfaite indifférence à son sort.

Aryseeth avait eu beau persévérer dans ses menaces, lui narrant par le menu les tortures qu'il comptait infliger à William, elle était demeurée stoïque… pendant un temps.

Mais elle avait fini par perdre cette maîtrise — quoique moins vite que la fois précédente. Peut-être arriverait-elle, demain, à tenir un petit peu plus longtemps…

Demain… Elle étouffa un sanglot. Comme si elle avait encore un avenir !

Le rabat de la tente s'écarta. Sursautant, elle s'empressa de s'essuyer le visage pour cacher la trace de ses larmes.

Un homme qu'elle ne connaissait pas se glissa par l'ouverture et s'approcha d'elle avec un linge noué en baluchon. Il lui tendit le paquet. Sarah le considéra d'une mine suspicieuse.

L'homme secoua la tête et déballa lui-même le baluchon qui se révéla contenir quelques victuailles. Elle en eut immédiatement l'eau à la bouche. A quand remontait son dernier repas ? Elle ne parvenait pas à s'en souvenir, ne sachant plus si, avec William, elle s'était ou non arrêtée pour déjeuner le jour de son enlèvement.

Pourquoi cet homme lui apportait-il des provisions ? Elle prit le paquet et toisa l'inconnu avec un haussement de sourcils interrogateur. En guise de réponse, celui-ci se frappa le sommet du crâne avant de lever les mains aussi haut qu'il le pouvait, comme s'il voulait ainsi signifier… quoi donc ? Le ciel ? Un géant ? Baissant ensuite les bras, il se toucha les épaules avant d'écarter les mains pour évoquer une carrure deux fois plus large que la sienne.

Une taille de géant… Une imposante carrure… La jeune femme sourit. Etait-ce possible ?

— William ? Il s'agit de William ?

Il dut comprendre sa question ou, à tout le moins, reconnaître le prénom du guerrier, car il hocha vigoureusement la tête. Il s'interrompit soudain en entendant du bruit près de la tente et désigna vivement le paquet, l'invitant du geste à se sustenter sans tarder. Elle ne se fit pas prier. Il avait dû lui faire porter cette nourriture clandestinement, et il ne fallait à aucun prix qu'il ait à s'en repentir.

Quand elle eut terminé, elle rendit le linge à l'homme.

— Merci, murmura-t-elle.

Il recula vers l'entrée en hochant la tête et sortit promptement.

L'estomac rempli, Sarah se sentit un peu ragaillardie. Peut-être parviendrait-elle à tenir un jour de plus… Un seul.

Mais plût au ciel que William la délivre le lendemain, ou elle était perdue !

— Le voici, annonça William, soulagé de constater que Guy ne s'était pas trompé.

Hugh les attendait en effet, comme Guy l'avait prévu.

Après s'être réveillés aux aurores, ils avaient levé le camp alors que le soleil pointait à peine à l'horizon, et il leur avait fallu la majeure partie de la journée pour atteindre la Cumbria.

Rejoignant Hugh au sommet de la falaise où il s'était posté, ils observèrent le fond de la vallée que parsemaient les tentes blanches d'Aryseeth.

— Sarah et Elizabeth ? s'enquit le comte sans oser les regarder.

— Oui, articulèrent en chœur William et Guy.

— Quelles sont vos intentions ? demanda Hugh d'une voix étranglée.

— Les libérer, répondit spontanément William qui n'envisageait pas d'autre ligne de conduite.

— C'est moi qu'ils veulent, repondit le comte. Je vais m'échanger contre elles.

Guy émit un reniflement incrédule.

— Et depuis quand as-tu une aussi haute opinion de toi-même ?

— Ma décision est prise et elle n'est pas négociable, répliqua Hugh en tirant sur la bride de son cheval.

William la lui arracha des mains.

— Il n'est pas question que tu ailles te livrer à ce gredin. Nous allons combattre. Ensemble.

— Je n'ai plus vraiment le choix.

William leva les yeux au ciel.

— Mais si… Tiens, voilà ce qu'il t'en coûte de ne pas t'entraîner avec tes hommes : tu deviens mou.

Hugh jura tout en essayant vainement de récupérer la bride de son cheval.

— Aucun de vous deux n'arrivera à me faire changer d'avis, les prévint-il.

— Parce que tu crois vraiment qu'Aryseeth relâchera nos femmes ? dit Guy. Si tu te livres à lui, il remerciera la bonne fortune qui, en plus de trois femmes supplémentaires, lui offre un guerrier de plus pour l'arène de son maître.

Hugh parut touché par la justesse du raisonnement. Il marqua un temps d'arrêt pour réfléchir.

— Soit, lâcha-t-il enfin, en ce cas il ne nous reste plus qu'à nous battre, je suppose.

William émit un grognement approbateur.

— Vous êtes prêts ? demanda-t-il.

Hugh contempla le ciel.

— C'est un beau jour pour mourir.

— C'en est un meilleur encore pour vivre, répliqua Guy.

Un domestique vint gratter le rabat de la tente. Aryseeth signifia d'un geste à la sentinelle qu'il pouvait l'introduire.

— Pourquoi viens-tu me déranger pendant mon repas ? lança Aryseeth au serviteur qu'il prit plaisir à voir trembler.

L'homme s'avança vers lui sur les genoux et se prosterna à ses pieds, face contre terre, les bras en croix, attendant silencieusement l'autorisation de parler.

Aryseeth le laissa dans cette position le temps de mâcher

et d'avaler un morceau de l'épaule d'agneau qu'il tenait à la main.

— Alors quoi ? rugit-il enfin.
— Seigneur, les hommes sont arrivés.

Aryseeth étouffa un cri de victoire. Il s'était bien attendu à cette réaction : il leur fallait à toute force récupérer leurs épouses.

Qui, d'ailleurs, accepterait sans broncher la perte d'un bien si précieux ? N'avait-il pas, pour des raisons semblables, effectué lui-même le long voyage qui l'avait mené jusqu'aux rives venteuses et pluvieuses du royaume d'Angleterre : dans le seul but de récupérer ce qui n'aurait jamais dû cesser d'appartenir à son maître ?

Pour Aryseeth, le vieux roi Sidatha avait été fou d'accorder leur liberté à de tels guerriers. Mais le nouveau roi était plus raisonnable. En envoyant Aryseeth en Angleterre pour négocier en son nom un traité de commerce, il lui avait également donné pour mission de ramener les affranchis — et ce par tous les moyens.

Se redressant de son trône de coussins avec nonchalance, Aryseeth se dirigea sans se presser vers l'entrée de la tente tout en continuant de ronger son épaule d'agneau.

Dehors, les trois hommes l'attendaient. Il nota qu'ils s'étaient armés comme il le leur avait appris. Et qu'ils avaient aussi revêtu la tenue de rigueur pour les prisonniers. Peut-être aspiraient-ils à retrouver sa férule. Il espérait bien que non, car cela gâcherait fort son plaisir.

Les nouveaux venus rompirent le silence les premiers en demandant des nouvelles de leurs femmes. En réponse, Aryseeth claqua des doigts, et de trois tentes sortirent des gardiens menant chacun l'une des femmes par une corde attachée à ses poignets liés. Aryseeth observa attentivement la réaction de ses anciens guerriers.

Tous trois gardèrent un visage de marbre.

— Qu'êtes-vous prêts à donner en échange de leur vie ? demanda Aryseeth.

Comme il s'y attendait, ce fut le comte Hugh qui lui répondit.

— Nous n'entendons pas les échanger. Nous sommes venus les gagner.

Aryseeth se réjouit intérieurement de cette prétention, mais feignit cependant d'en être abasourdi.

— Je dispose de quatorze soldats. Comptez-vous donc les vaincre tous ?

Hugh désigna du menton Arnyll et Langsford qui étaient venus se poster de part et d'autre du maître des esclaves.

— Avec eux, cela fera seize.

Aryseeth hocha la tête.

— Seize contre trois. Cela me paraît équilibré, dit-il.

Cependant Langsford recula.

— Pour ma part, je ne combattrai pas.

L'air indifférent, Aryseeth plongea une main dans les plis de son caftan pour en extraire une dague qu'il pointa vers Langsford.

— Soit tu te bats, soit tu meurs, énonça-t-il tranquillement.

Langsford secoua la tête avant de se jeter à ses genoux.

— Seigneur, c'est impossible...

Aryseeth l'interrompit en lui tranchant la gorge, prenant soin de s'écarter pour éviter de souiller ses babouches dans le sang qui jaillissait de son cou à gros bouillons.

— En voilà toujours un de moins, constata Hugh.

Arnyll se prosterna à son tour devant le maître des esclaves.

— Seigneur, je suis un homme libre et pourtant je vous

ai servi au mieux de mes capacités en vous apportant les femmes de ces guerriers.

— Et tu vas encore me servir cette fois-ci.

— Mais, seigneur, ils vont me tuer !

Aryseeth baissa un regard méprisant sur le courtisan.

— Je l'espère bien, cracha-t-il avant de faire signe à ses gardes. Emmenez-le se préparer. Le combat aura lieu demain matin.

Aryseeth tourna alors les talons et disparut dans sa tente.

William se joignit à Hugh et Guy qui s'étaient rapprochés des femmes. Dès qu'il eut posé les yeux sur Sarah, un cri de rage lui monta à la gorge, qu'il eut la plus grande peine à réprimer. Le spectacle de sa lèvre tuméfiée et de l'hématome qui lui marbrait le visage lui donnait envie de se jeter sur la plus proche des sentinelles pour l'étrangler séance tenante.

Devinant sa réaction, Hugh lui posa une main sur l'épaule.

— Du calme, William, chuchota-t-il. Garde cette colère pour demain.

William eut grand-peine à se maîtriser. Pourtant, il ne pouvait qu'approuver le conseil de son ami : Aryseeth ne manquerait pas de retourner contre lui cette réaction impulsive en infligeant encore plus de souffrances à Sarah. Il baissa donc les yeux et se força à respirer lentement.

Les liens qui retenaient les trois femmes furent dénoués, et ils purent chacun retrouver la sienne dans la tente où elle était assignée à demeure.

William n'avait jamais rien dit à Sarah de son existence passée. Il s'attendait à essuyer de sévères reproches une fois qu'ils seraient seuls. Ces reproches, il estimait d'ailleurs les mériter : ne l'avait-il pas entraînée dans cette situation, sans lui avoir communiqué le moindre renseignement qui aurait pu l'aider à mieux la supporter ?

Pourtant, passer la nuit avec elle sous cet abri de toile, il s'en sentait incapable. La seule idée d'y pénétrer le rendait malade. Mais il le fallait, et il voulait surtout s'assurer que Sarah n'avait pas été plus gravement maltraitée qu'il ne l'avait perçu.

Sitôt sous la tente, il attira Sarah près de la lampe à huile suspendue au poteau central. Il sentit son estomac se nouer et sa poitrine se serrer quand la lueur de la flamme éclaira son hématome.

Pour ne pas lui faire mal, il caressa doucement l'autre côté de son visage.

— Sarah, as-tu été victime d'autres sévices ?

Sarah sentit frémir son menton, mais elle parvint à refouler les larmes qui se formaient dans ses yeux et cligna des paupières.

— Quelle importance ? dit-elle.

Il lui passa le pouce sur la joue.

— Je m'apprête à risquer ma vie pour toi, alors oui, cela a pour moi une très grande importance.

Comme elle se penchait vers lui, il posa son autre main sur son épaule pour la tenir à distance : il serait dangereux pour tous les deux de se laisser aller à une trop grande tendresse. Cela risquait d'épuiser le peu de combativité qui devait encore subsister en Sarah, et de le condamner lui-même à passer la nuit à lutter contre des souvenirs émollients, au lieu de se reposer avant l'épreuve qui l'attendait le lendemain.

Il s'aperçut qu'une larme brûlante roulait le long de son pouce. Il l'essuya doucement.

— Tu ne m'as pas répondu.

Elle secoua la tête.

— On m'a seulement menacée.

Et William savait que, si par malheur Hugh, Guy et lui étaient défaits par les sbires d'Aryseeth, celui-ci n'hésiterait pas à mettre toutes ses menaces à exécution. Cette nuit, cependant, elle n'avait rien à craindre. Tant qu'elle demeurerait dans cette tente, nul ne viendrait l'importuner. Le plus dur allait être de la persuader d'y rester... sans lui.

Pour sa part, il ne pouvait s'attarder plus longtemps que nécessaire entre ces murs de toile. Déjà il avait l'impression que des fers pesaient à ses pieds, et la sensation le suffoquait, rendant sa respiration laborieuse.

Il lui fallait impérativement ressortir de là, et vite. Il était à craindre, hélas, que Sarah ne l'entende pas de cette oreille. Ce qui ne lui laissait que deux options : soit passer la nuit ici au risque de se voir diminué le lendemain dans l'arène, soit mettre Sarah en colère et provoquer une dispute entre eux deux.

Le combat avec les soldats d'Aryseeth exigerait de sa part une tension extrême, aussi bien physique que mentale. Le moindre manque de concentration se solderait par une mort immédiate.

Un différend avec Sarah pourrait toujours se régler plus tard, lorsqu'elle serait en état de comprendre ses motivations. Il arriverait bien à survivre aux remords qu'il éprouverait à la laisser seule contre son gré.

Il prit une profonde inspiration, se préparant à lui infliger la seule cruauté qu'il espérait ne jamais commettre envers elle.

— On ne te fera plus rien, maintenant que je suis là.

Sarah écarquilla les yeux, comme insultée par ce commentaire — et insultant, il l'était, même s'il veillait à ne pas le reconnaître. Avant qu'elle puisse lui répondre, il la poussa jusqu'à la paillasse étendue dans le fond de l'abri.

— Tu es épuisée, Sarah. Allonge-toi donc et essaie de dormir un peu.

Comme il s'y attendait, elle s'accrocha à lui.

— Non. J'ai besoin de toi, William. J'ai davantage besoin de toi que de sommeil.

Il l'écarta de sa poitrine, l'air sévère.

— Tu n'as peut-être pas besoin de dormir, mais moi, j'ai un combat à livrer demain et il faut que je me repose.

Elle s'allongea sur la paillasse.

— Parfait, dit-elle. Reposons-nous ensemble.

— Non, répéta-t-il tout en reculant vers l'entrée de la tente. Je ne pourrai me reposer près de toi.

Sarah se rassit aussitôt sur la paillasse pour le dévisager avec stupeur.

— William ?

— Quoi ? fit-il en soulevant le rabat de toile. Que veux-tu de moi ?

— Ne me quitte pas.

William vit les larmes sur ses joues. Il perçut aussi la peur et la peine qui altéraient sa voix, mais la sensation d'étouffement qui comprimait sa poitrine le poussait à partir sur-le-champ.

— Va dormir, Sarah.

Elle se mit à sangloter tout bas.

— Tu es la femme d'un guerrier, lui rappela-t-il alors sur un ton qu'il s'efforça de rendre le plus rude possible. Comporte-toi comme telle.

Puis il sortit de l'abri, laissant retomber derrière lui le rabat qui le coupa des gémissements de Sarah.

En colère contre lui-même et contre cette intolérable situation, il traversa le campement d'un pas furieux. En arrivant avec ses compagnons, il avait repéré un amoncellement de gros rochers sur la berge de la rivière. Ce serait un endroit aussi bon qu'un autre pour passer la nuit.

— Pas un pas de plus, esclave.

La pointe acérée d'une épée s'enfonça dans son dos.

Il se tourna lentement et toisa la sentinelle qui le menaçait.

— Ecarte ton arme de moi.

Le soldat pointa au contraire son épée sur sa poitrine.

— Voudrais-tu me donner des ordres, esclave ?

« Tu ne crois pas si bien dire », pensa William.

— Ecarte cette arme de moi, répéta-t-il, ou tu devras la ressortir de ta poitrine.

La pointe de l'épée s'insinua entre les mailles d'acier de la cotte de William. Le garde arbora un sourire faraud.

— On dirait que tu as oublié les bonnes manières... A genoux, esclave ! dit le soldat en désignant le sol.

Le sang de William ne fit qu'un tour. Cet imbécile l'avait cherché : l'instant d'après, il subtilisait son arme avec une rapidité diabolique avant de lui faucher les jambes. Il pointa ensuite l'épée sur la gorge de la sentinelle. Seul un bruit de pas accourant vers eux le retint de plonger la lame dans le corps tremblant du garde.

— Suffit ! commanda Aryseeth d'une voix tonnante depuis l'entrée de sa tente ornementée.

Les soldats qui se précipitaient sur William, l'arme au clair, s'immobilisèrent aussitôt.

Il laissa tomber l'épée à terre avant de tourner les talons et de reprendre son chemin vers les rochers. Aux gardes qui voulaient le suivre, le maître des esclaves enjoignit de réintégrer leurs quartiers.

Cet ordre surprit William. N'ayant cependant aucune envie de connaître le motif de cette petite faveur, il escalada les rochers et s'assit sur la bande de terre herbeuse qui s'étendait de l'autre côté, près de l'eau, le dos calé contre les pierres.

Il ramassa un caillou qu'il s'amusa à faire sauter dans le creux de sa paume. Il avait cru prévoir le pire, songea-t-il, mais il ne s'était certainement pas attendu à cela.

Comme il avait eu tort de ne pas prendre davantage de précautions ! Sachant Arnyll à leur poursuite, il n'aurait jamais dû quitter Sarah d'une semelle. Et voilà que non seulement la vie de sa femme était en danger, mais aussi la sienne.

La pauvre Sarah, habituée au luxe de la cour, devait être terrifiée à l'heure qu'il était, mais pour l'heure il était incapable de l'aider. Tout comme il avait été incapable de la protéger, se dit-il en lançant le caillou dans la rivière avec un juron.

Il aurait mieux valu pour elle d'être enfermée dans une des cellules de la reine Aliénor — n'importe où plutôt qu'ici !

De toute manière, la reine ne l'aurait pas gardée éternellement sous les verrous. Une fois sa colère dissipée, elle aurait sans doute ordonné la libération de sa suivante. Et même si la cour de Poitiers pouvait être considérée comme une sorte de prison dorée, au moins s'y serait-elle trouvée en sécurité...

Et puis, si elle était demeurée auprès d'Aliénor, celle-ci aurait fini par lui donner un mari digne de ce nom. Quelque riche seigneur titré qui lui aurait offert une belle place forte pour foyer. Un homme d'honneur. Au lieu de cela, et elle le savait désormais, c'était un simple esclave qu'elle avait épousé. Elle méritait mieux qu'un individu devenu un meurtrier pour survivre...

A la simple perspective de devoir renoncer à Sarah,

William dut serrer les dents pour réprimer la douleur qu'il éprouvait.

Finalement, il s'était lourdement trompé en croyant avoir définitivement échappé à son abominable condition de mercenaire servile. Le garde qui avait voulu lui imposer son autorité à l'instant en était une preuve éclatante. En réponse à ses menaces, il l'avait attaqué, sans réfléchir, mais si Aryseeth n'avait mis un terme à cette confrontation, il aurait très certainement, à l'heure qu'il était, la gorge tranchée.

Au vrai, ce n'était pas tant la violence imprudente de sa propre réaction qui le dérangeait que l'absence totale de remords qu'elle lui avait laissée. Tout ce qu'il avait ressenti sur le coup, c'était le désir atroce, le besoin insane de prendre la vie de cet homme.

Si par miracle ils parvenaient à se sortir de cet enfer, il veillerait à ce que Sarah n'ait plus jamais à affronter pareil danger. Il s'en faisait le serment. Plus, il s'arrangerait pour lui procurer tout ce qu'elle méritait sur cette terre… Même s'il devait pour sa part renoncer à faire partie de son existence. Car il était injuste que son destin de femme fût lié à celui d'un assassin.

11

Sarah, Adrienna et Elizabeth se tenaient en bordure de l'arène improvisée, attendant avec une folle anxiété le début du combat.

Après que les gardes les avaient conduites jusque-là, elles n'avaient plus échangé une seule parole. Sarah savait que ses compagnes d'infortune éprouvaient autant d'angoisse qu'elle. Elles aussi devaient se demander si elles seraient capables de supporter le spectacle de la bataille.

Cette attente lui paraissait éternelle. Elle allait finir par la rendre folle avant même de devoir assister aux horreurs du combat.

Le soleil était presque au zénith. Elle se mit à inspecter les hauteurs qui les entouraient.

— Il doit bien y avoir un moyen de s'échapper d'ici, songea-t-elle tout haut.

— Le seul moyen serait la victoire de vos maris, intervint Aryseeth qui venait de se camper devant elles. Mais à votre place, je n'y compterais pas trop. Mieux vaut vous résigner dès maintenant à faire partie de mon harem.

Il se mit ensuite à leur décrire avec force détails le sort qui les attendait à son service. Sarah ferma ses oreilles aux fantasmes de cet esprit dérangé, son attention soudain focalisée sur les trois hommes qui approchaient de l'arène depuis l'autre bout du campement. Elle n'eut que vaguement conscience d'avoir la bouche ouverte et les yeux ronds en contemplant cette apparition.

Jamais William ne lui avait paru plus puissant qu'en cet instant. Sa prestance imposante, la force et l'assurance qui rayonnaient de lui, l'auraient presque fait défaillir.

Surprenant l'attention langoureuse avec laquelle elle l'observait, William se mit à la dévorer des yeux à son tour. Sarah sentit alors tout son corps trembler d'un long frisson et sa respiration s'accélérer.

Il l'enveloppait d'un regard si intense qu'elle en percevait presque la chaleur sur sa peau. Elle dut réprimer le gémissement de frustration animal qui montait en elle.

Soucieuse toutefois de ne pas le déconcentrer, elle cessa de l'admirer aussi ouvertement pour étudier ses deux compagnons. Ce qui ne fit qu'augmenter son ébahissement : si son mari offrait à lui seul une image impressionnante, la vision du groupe qu'il formait avec ses compagnons d'armes était littéralement époustouflante.

Et quand ils se mirent à contracter leurs biceps et à gonfler leur poitrine pour montrer leur vigueur, elle poussa malgré elle un long soupir énamouré, prenant subitement conscience d'avoir retenu son souffle jusqu'alors.

— Eh bien, eh bien, murmura-t-elle.

Quiconque avait parié contre ces trois splendides guerriers allait bientôt regretter son manque de discernement, elle en était sûre. L'espoir de les voir gagner avait cédé la place en elle à la *certitude* de leur victoire. Oui, ces hommes n'avaient pas seulement une formidable allure. Ils étaient invincibles.

Aryseeth les étudiait lui-même en connaisseur tandis qu'ils s'avançaient vers l'arène. Il sembla satisfait de constater qu'ils avaient gardé la silhouette à la fois solide et racée qu'ils s'étaient laborieusement sculptée sous sa férule.

Ayant atteint le centre de l'enclos, ils formèrent un cercle, dos contre dos. Hugh leva alors son épée, pour demander au maître des esclaves de donner l'ordre à ses soldats d'entrer.

Venant se placer derrière les trois jeunes femmes, Aryseeth siffla une fois. Dix de ses gardes surentraînés jaillirent d'entre les tentes pour affluer vers l'arène.

Le maître des esclaves ne tarda cependant pas à déchanter, tant fut précoce la fin du premier assaut : Hugh élimina trois des soldats, William deux et Guy un autre.

Eh bien, songea Aryseeth, ils s'étaient bien défendus contre des épées. Restait maintenant à savoir comment ils allaient se comporter devant les fouets et les chaînes.

Il siffla de nouveau et cinq gardes supplémentaires parurent aussitôt. Il s'agissait des plus experts dans le maniement des longes de toute nature. Chacun d'eux brandissait une chaîne dans une main et une épaisse lanière de cuir tressé dans l'autre.

Au grand déplaisir d'Aryseeth, William s'esclaffa en les voyant entrer dans l'arène. Et son rire se transforma en jurons hilares quand Stefan d'Arnyll devança soudain les autres soldats pour rejoindre leur groupe, faisant face aux gardes d'Aryseeth. Le traître avait désormais intérêt à ne pas commettre la moindre erreur, songea William : c'était lui que ceux d'Aryseeth allaient plus que tout vouloir abattre comme un chien.

Ulcéré par la félonie d'Arnyll, Aryseeth allait justement en donner l'ordre à ses hommes, mais il se ravisa. A quoi bon ? songea-t-il. Quelle que soit l'issue de la bataille, ce renégat venait de signer son arrêt de mort.

Hugh et William lâchèrent leur épée et brisèrent le

cercle qu'ils formaient avec Guy. Celui-ci vint se placer dos à Stefan, formant ainsi avec lui une seule et même unité combattante à quatre bras. Aryseeth n'en fut guère surpris : c'était lui qui leur avait appris cette technique pour couvrir leurs arrières en cas d'infériorité numérique.

Ce qu'il n'avait pas prévu, toutefois, c'était l'aisance avec laquelle Hugh parvint à esquiver les longes qui sifflaient autour de lui, afin d'aller rompre le cou d'un premier garde.

Il ne s'attendait pas non plus à ce que William, saisissant au vol la mèche d'un fouet, s'en serve pour attirer le soldat éberlué contre lui avant de lui casser la nuque entre son biceps et son avant-bras.

Pendant ce temps, les autres soldats faisaient toutefois des ravages. Leurs lanières et leurs chaînes avaient laissé maintes zébrures sanglantes sur le corps de leurs adversaires.

Il ne resta bientôt plus que deux soldats debout, mais Aryseeth eut un sourire rusé avant d'émettre un nouveau sifflement, sûr de voir les trois guerriers succomber à ce dernier assaut.

A son signal, vingt de ses meilleurs cavaliers descendirent au galop les pentes de la vallée, pointant en direction de l'arène de longues piques qui, Aryseeth n'en doutait point, allaient sceller le sort de ses « invités ».

Ramassant leurs épées, Hugh et William reformèrent le cercle avec les deux autres. Des coups d'œil furtifs furent lancés vers les femmes, comme pour leur dire adieu.

Ils ignoraient que le maître des esclaves avait donné des ordres stricts pour que leur vie soit épargnée.

Aryseeth se mit alors à parader derrière les femmes, l'air suffisant.

— Il serait peut-être temps de vous résigner, mesdames. Ces messieurs n'ont plus aucune chance de l'emporter.

Il venait de prononcer ces mots lorsque Elizabeth désigna du doigt l'autre versant de la vallée, les yeux écarquillés.

— Mon Dieu ! Là-haut !

Pivotant d'un bloc, Aryseeth hurla un juron tonitruant. Au sommet de la colline, sur la route sinueuse menant au campement, une cinquantaine d'hommes s'avançaient, précédés d'un porte-bannière à cheval. L'étendard qu'il portait était aux armes du roi Henri.

Abasourdi, Aryseeth ne parvenait à croire ce qu'il voyait. Quelle importance avaient donc ces trois hommes aux yeux du souverain pour qu'il vînt les sauver en personne ? Levant une main, il ordonna à ses cavaliers de s'arrêter. Puis il s'en fut vers sa tente.

Pour ce qui le concernait, la partie n'était pas finie, mais seulement remise. Il n'allait pas s'en retourner les mains vides auprès de son nouveau roi. Il allait devoir repenser ses plans, perdre encore davantage de temps et d'argent. Mais peu lui importait : il était exclu qu'il déçoive son maître.

Devant l'entrée de sa tente, il avisa Arnyll qui tentait de prendre la fuite. Il fit aussitôt un signe du pouce à ses hommes. Quelqu'un allait payer pour cet échec. Il n'avait plus le moindre besoin de cette vermine. Au signal de leur maître, deux gardes s'emparèrent du traître et lui passèrent l'épée au travers du corps.

William, qui s'était précipité vers Sarah, n'eut qu'un bref regard de côté vers cette nouvelle exécution sauvage. A peine fut-il traversé par le fugitif regret de n'être pas à la place du bourreau d'un être aussi vil.

En un instant il fut auprès de Sarah — juste à temps pour la voir s'évanouir. Il la cueillit dans ses bras, puis l'allongea sur le sol.

— Oh, William, murmura-t-elle d'une voix brisée.

Il essuya doucement les larmes qui roulaient sur ses

joues, se promettant ne plus jamais l'entraîner dans un tel cauchemar et de s'assurer à l'avenir de sa sécurité.

Cependant, le roi Henri était enfin parvenu à leur hauteur.

— Bronwyn, avez-vous besoin de soins ? s'enquit-il.

Du sang coulait d'une blessure ouverte par un coup de chaîne sur le flanc de William.

William baissa les yeux d'un air dédaigneux sur ce qui, manifestement, n'était pour lui qu'une égratignure.

— Non, Votre Majesté, ce n'est rien. Du reste, beaucoup de ce sang n'est pas le mien.

— Votre Majesté, merci d'être venu à notre secours, balbutia Sarah à l'adresse du roi.

Henri écarquilla les yeux en la reconnaissant.

— Lady Sarah de Remy ?

— Bronwyn, Votre Majesté, rectifia-elle en se redressant. Je suis l'épouse de William de Bronwyn.

Le roi n'en parut que plus éberlué.

— Ainsi, vous avez pris pour femme l'une des informatrices de mon épouse ? dit-il à William.

— En effet.

William songea que le moment était venu de soumettre au roi une requête.

— Auriez-vous la bonté de m'accorder quelques instants avant que nous nous séparions, Majesté ?

Henri désigna le campement d'Aryseeth.

— J'ai l'intention de demeurer ici pendant deux ou trois jours. Venez donc me trouver avant de partir.

Henri lança un coup d'œil par-dessus son épaule.

— Si vous avez besoin de victuailles ou de boissons, l'intendance ne devrait pas tarder à nous rejoindre, ajouta-t-il.

William courba la nuque avec gratitude.

— Merci, Votre Majesté.

Sarah suivit des yeux le roi qui s'éloignait vers les tentes et appuya sa tête contre la poitrine de William.

— Que manigancez-vous, tous les deux ? demanda-t-elle.

— Rien qui te regarde, mentit William.

En vérité, c'était d'elle principalement qu'il souhaitait s'entretenir avec le roi. Mais il ne souhaitait pas qu'elle devine son projet avant qu'il en ait parlé à Henri.

Pour l'heure, ce qu'il souhaitait par-dessus tout, c'était trouver un coin tranquille pour être seul avec elle — et vite, car il savait que la serrer simplement contre lui ne saurait longtemps lui suffire.

Il la lâcha.

— Ne bouge pas, dit-il en s'éloignant.

Il courut rejoindre l'endroit où ils avaient entreposé leurs bagages et en retira une sacoche de cuir remplie de provisions de bouche, une outre vide et trois couvertures. Si Guy et Hugh avaient besoin de quelque chose, ils n'auraient qu'à se débrouiller avec le reste ou bien suivre la suggestion du roi en se servant dans les chariots de l'intendance.

De retour auprès de Sarah, il l'entraîna vers le lieu où il avait passé la nuit. Ils franchirent l'éboulement rocheux et se retrouvèrent sur le terre-plein herbeux qui s'étendait le long de la rivière.

William s'empressa aussitôt de laisser tomber tout ce qu'il portait pour étreindre sa femme.

Sarah se serra fort contre lui, enfouissant son visage contre sa poitrine.

— Je t'en veux tant que j'ai envie de hurler, avoua-t-elle.

Il se mit à lui caresser les cheveux et, ne pouvant lui reprocher son ressentiment, s'abstint de tout commentaire.

Il se contenta de la soulever dans ses bras et de s'asseoir sur l'herbe, le dos contre les pierres, la prenant sur ses genoux.

Elle s'écarta de lui et le dévisagea. Jamais elle n'avait été aussi heureuse de voir quelqu'un que la veille, lorsqu'elle s'était retrouvée face à lui, devant la tente où elle était retenue prisonnière. Qu'il fût venu à son secours signifiait tant pour elle !

Ainsi, s'il fallait en croire Aryseeth et Arnyll, William avait lui-même été captif des années durant... Comment pouvait-on endurer si longtemps une telle existence sans devenir une bête sauvage ? Cela dépassait l'entendement.

Et pourtant, ce guerrier imposant entre tous l'avait toujours traitée avec tendresse. Même lorsqu'elle provoquait sa fureur, parfois délibérément, il n'avait à aucun moment levé la main sur elle.

Elle posa sa joue contre son torse et se mit à lui caresser rêveusement le bras.

— Combien de temps as-tu été esclave ?
— Quinze ans.

Sarah fronça les sourcils Il disait cela de manière si détachée !

— Comment en es-tu arrivé là ?

Il haussa les épaules.

— A la mort de mes parents, le nouveau seigneur du château m'a chassé. Alors que j'errais près d'un ruisseau, quelqu'un m'a assommé avec un rondin. Quand j'ai repris conscience, j'étais à bord d'un navire en partance pour l'autre bout de la terre.

— Le nouveau seigneur t'a chassé ? Mais pourquoi ?
— Parce que c'était le frère de mon père et qu'il avait menti au roi en prétendant que j'étais mort avec eux. Mais

c'était lui qui les avait tués dans l'espoir de s'approprier le château.

— Pourquoi n'es-tu pas allé voir le roi Henri à ton retour ? demanda Sarah, effarée.

— Mes parents sont morts sous le règne d'Etienne. C'était à lui qu'ils avaient fait allégeance au lieu de se ranger sous la bannière de Mathilde, la mère d'Henri. Mon oncle, lui, suivait Henri. Les deux camps avaient alors désespérément besoin d'hommes et d'or. Henri n'avait cure d'avoir obtenu l'appui des Bronwyn au prix d'une usurpation.

Sarah se promit de veiller à ce que ce crime ne reste pas impuni. Mais pour le moment, elle voulait en savoir davantage sur le passé de William.

— Qu'as-tu fait au cours de ta captivité ?
— J'ai occis des hommes.

Il ne fut pas nécessaire à Sarah de le regarder pour deviner combien cet aveu lui coûtait. Elle sentait sa colère rentrée à la tension de ses muscles qui frémissaient sous sa paume et à la violence des battements de son cœur.

— William, tu n'avais pas le choix. En tant qu'esclave, tu étais aux ordres de ton maître.

Elle comprenait maintenant pourquoi il avait utilisé cette même expression pour décrire ses rapports avec la reine.

Mais, songea-t-elle, il existait une grande différence entre obéir à des ordres et être aux ordres *d'un maître absolu*. Certes, désobéir à un ordre n'était pas sans conséquence à la cour, mais la plupart du temps la punition était une période de disgrâce plus ou moins longue ou, dans le pire des cas, un séjour au cachot. Dans le cas de William, désobéir à son maître signifiait une mort immédiate — ainsi que Langsford l'avait découvert la veille et Arnyll aujourd'hui même.

William émit un lourd soupir.

— On a toujours le choix, répliqua-t-il.

— La mort n'est pas un choix. Et quand bien même elle le serait, tu étais trop jeune à l'époque pour prendre une décision aussi définitive.

— Si je l'avais prise, pourtant, je n'aurais pas tant de sang sur les mains ; je ne serais jamais devenu une bête ne vivant que de combats et de tueries.

Il s'était exprimé d'une voix sombre, presque désespérée, qui émut Sarah. Non, il n'avait rien d'une bête et il n'avait pas l'âme d'un tueur, elle le sentait. Désireuse de l'apaiser, elle tendit la main vers sa joue et lui caressa les lèvres.

— Peut-être, concéda-t-elle, mais tu ne t'es pourtant pas transformé en une créature sans foi ni scrupule comme Arnyll. Cet homme, lui, avait l'âme d'une bête.

William laissa échapper un reniflement méprisant qui la surprit.

— Oh, oui, il aimait massacrer ses adversaires — mais certainement pas se battre contre eux. Il n'était pas un guerrier et n'aurait jamais pu le devenir. En captivité, il était plutôt un indicateur sournois et dangereux qui espionnait ses compagnons d'armes pour le compte d'Aryseeth.

Sarah se sentit soudain envahie par une bouffée de honte qui lui coupa le souffle et lui noua la gorge : cette condamnation sans appel aurait aussi bien pu s'appliquer... à elle-même.

— Tu... m'as dit un jour, dit-elle hésitante, que certains renseignements apparemment insignifiants pouvaient causer la mort...

A cette question, Sarah sentit le ventre de William se crisper contre sa hanche. Elle le serra dans ses bras, regrettant aussitôt sa curiosité.

— Non, oublie cette question, murmura-t-elle. Le passé est le passé.

Ils demeurèrent silencieux un long moment. William

se détendit peu à peu, et son cœur comme sa respiration reprirent un rythme normal.

Mais il ne tenait plus Sarah dans ses bras.

Un peu inquiète, elle leva les yeux vers lui.

— William ?

Il évitait de la regarder. Elle lui toucha de nouveau la joue.

— Qu'y a-t-il ? demanda-t-elle encore dans un souffle.

Comme il ne répondait toujours pas, elle noua les mains derrière sa nuque, sans parvenir pour autant à le faire baisser les yeux sur elle.

De guerre lasse, elle renonça et croisa les mains sur ses genoux. Seigneur Dieu, quel impair avait-elle encore commis ? Avait-elle eu tort de le comparer à Arnyll ?

— William, je me repens d'avoir espionné pour Aliénor. J'en suis vraiment accablée. Je ne voulais de mal à personne. Je désirais seulement...

Il posa un doigt sur ses lèvres.

— Chut. Tu as fait ce que tu devais pour survivre. Après tout ce que tu viens de voir et d'entendre, crois-tu encore que je ne comprenne pas ce que cela implique ? Aucun de tes actes passés ne pourra jamais être comparé aux agissements vils et meurtriers d'un Arnyll.

Cela la rasséréna à moitié. Sans doute, se dit-elle, mais elle n'en avait pas moins endossé des rôles parfaitement méprisables pour obéir aux ordres de la reine.

— Où es-tu allé hier soir ? demanda-t-elle.

Il la prit de nouveau dans ses bras, la serrant contre son torse.

— Ici même. C'est à cet endroit que j'ai dormi.

— Pourquoi ? Comment as-tu pu me quitter aussi vite, ne voyais-tu pas à quel point j'étais effrayée ?

William appuya sa tête contre le rocher et soupira.

— Ecoute, j'étouffais dans cette tente. Toutes mes victimes seraient revenues me hanter sous cet abri de toile, chacune des cicatrices infligées par le fouet se serait remise à me brûler. J'ai préféré fuir mes souvenirs plutôt que d'avoir à les revivre.

Cela aussi, Sarah le comprenait fort bien. Combien de fois n'avait-elle pas elle-même refoulé des images déplaisantes du passé au lieu d'avoir le courage de les affronter ?

Elle lui caressa le visage.

— Tu as donc décidé de provoquer ma colère afin de pouvoir me laisser seule ?

Il frotta sa joue contre sa paume avant de la porter à ses lèvres pour y déposer un baiser.

— Oui. Me pardonneras-tu jamais ?
— Oh, William Je te remercie, au contraire.
— Me remercier ? Mais pourquoi ?
— Tu es venu me sauver. Qu'aurais-je pu exiger de plus ?

Il fit rouler une mèche de ses cheveux blonds entre ses doigts, effleura sa joue.

— Tu es ma femme. Je me devais de me porter à ton secours.

— Tu aurais pu laisser Aryseeth m'emmener loin de l'Angleterre et prétendre ensuite qu'il m'avait tuée. Tout le monde l'aurait cru.

— Voilà qui aurait été bien honorable, n'est-ce pas ? D'autant que je connaissais d'expérience les souffrances que tu allais endurer.

— Honorable ? Est-ce donc uniquement l'honneur qui t'a poussé jusqu'ici ?

Il la pressa contre sa poitrine et l'embrassa avec une fièvre qui donna à Sarah le tournis et aiguillonna son désir. Puis il enfouit de nouveau son visage contre son cou.

— Quel autre motif aurais-je pu avoir ? murmura-t-il.

Sarah fut surprise du son vibrant de sa voix contre son cou. Etait-ce bien l'écho de larmes réprimées qu'elle croyait distinguer dans la voix de William ? Elle aurait pourtant bien aimé continuer à le harceler un peu. Pour le forcer à avouer que c'était au moins parce qu'il la désirait qu'il était venu la libérer des griffes d'Aryseeth... Ou même parce qu'il était attaché à elle au point de refuser de la perdre. N'importe quelle raison l'aurait satisfaite — mais pas l'honneur.

Mais l'heure n'était plus aux disputes, elle en était consciente. La nuit avait été longue pour tous les deux et la matinée affreusement éprouvante. Aussi se contenta-t-elle de lui caresser les cheveux, savourant la présence de son grand corps contre le sien, simplement heureuse de le sentir contre elle, immense et vivant.

— Merci quand même, chuchota-t-elle.

— Je t'en prie, répondit-il sur le même ton dans le creux de l'oreille.

Sarah ferma les yeux pour mieux se détendre dans ses bras.

— Je suis complètement exténuée, avoua-t-elle. Je crois que je pourrais m'endormir ici sans me réveiller avant longtemps.

Posant les mains sur sa taille, il la souleva et la posa à terre.

— Il y a un bon remède contre cela, déclara-t-il.

Elle secoua le bas de sa robe avec une moue chagrine.

— Je n'avais pas spécialement envie de guérir.

— Nous aurons toute la nuit pour dormir, répliqua-t-il. Pour l'instant, je veux... un bain !

Sarah s'approcha du ruisseau et s'accroupit juste au bord de l'eau. Sans retenir un soupir, elle s'aspergea le visage.

— Est-ce froid ? demanda-t-il.

Elle secoua la tête.

— Pas vraiment.

— Eh bien, tant mieux.

William déroula une des couvertures sur l'herbe, laissant les deux autres encore pliées sur un rocher. Il s'assit ensuite pour ôter ses bottes, puis se leva pour achever de se déshabiller. Il désirait plus que quelques éclaboussures sur sa peau. Ce à quoi il aspirait, c'était à un plongeon dans le courant qui le laverait de la noirceur, du sang et de l'ardeur belliqueuse qui pulsait encore dans ses veines.

Sarah émit un hoquet de stupeur. Voilà qu'il passait devant elle en tenue d'Adam.

— William ! s'exclama-t-elle en le regardant par-dessus son épaule. Et si quelqu'un te voyait ?

William n'en avait cure. Voilà bien des années qu'il avait perdu toute pudeur. Etonnant que ce ne soit pas également son cas, elle qui avait vécu à la cour d'Aliénor où l'intimité était une denrée plus que rare.

— Je ne possède rien que les autres n'aient l'occasion de contempler à loisir sur leur propre corps, répondit-il calmement.

Après être entré dans l'eau jusqu'à la taille, il se laissa couler vers le fond de la rivière, fermant les paupières tandis que les tourbillons limpides le purifiaient des remugles de la malignité d'Aryseeth tout comme, lui semblait-il, de la souillure de ses propres péchés.

Emergeant des flots, il entendit Sarah lui demander si l'eau n'était pas trop froide.

Il la vit arpenter la berge, l'air indécis. Songeait-elle donc à le rejoindre ?

— Elle n'a pas changé de température depuis que je t'ai posé cette même question tout à l'heure, répondit-il.

— Je n'avais trempé que les doigts... Est-ce aussi supportable... sur le corps ?

William sourit : elle songeait bel et bien à le rejoindre. Même si l'eau avait été glaciale, cette intention exprimée l'aurait à elle seule considérablement réchauffé. Cette pensée suffit à le faire frissonner — mais pas de froid. Il sortait d'une bataille. Ne comprenait-elle pas ce que cela signifiait ?

Toute patience l'avait quitté. Fallait-il donc qu'il sorte de l'eau pour qu'elle le constate de visu ?

Comme il la désirait en cet instant ! La posséder contribuerait grandement à calmer en lui les dernières trémulations de la fièvre du combat.

— Non, Sarah, dit-il enfin. Elle n'est pas froide du tout.

— Mais cela me semble un peu profond.

Il se serait bien redressé de toute sa taille pour la détromper, s'il n'avait craint de la voir fuir comme un lapin apeuré au spectacle de sa virilité triomphante.

— Tel que tu me vois à présent, je suis assis sur le fond.

De nouveau, elle considéra le courant avec envie.

— Je ne sais pas nager.

— Moi si, déclara-t-il pour la rassurer, même s'il doutait que la technique de la nage fût très utile quand elle serait près de lui.

— As-tu du savon ?

Il mit quelques secondes pour comprendre tout à fait le sens de sa question. Elle voulait donc un *vrai* bain ? Ramassant une poignée de sable au fond de l'eau, il la lui présenta.

— Si tu désires te nettoyer, ceci devrait aussi bien faire l'affaire.

Elle se mordit la lèvre inférieure.

— Tu ne me laisseras pas couler, n'est-ce pas ?

William était à peu près certain de n'avoir jamais entendu question plus stupide. Pour toute réponse, il s'approcha d'elle, l'eau ruisselant le long de ses bras, et la souleva dans les airs pour la déposer sur un rocher. Il entreprit ensuite de la débarrasser de ses bottes souples, de ses bas et de sa ceinture.

— Voyons, Sarah, grommela-t-il. Après avoir risqué ma vie pour toi, mon plus cher désir est évidemment de te noyer dans ce ruisseau.

Sans lui laisser le temps de protester, il la fit descendre du rocher pour lui ôter ensuite sa robe et sa chemise.

Elle croisa les bras sur sa poitrine et frémit sous la brise. La prenant de nouveau dans ses bras, William la porta jusqu'à la rivière et se rassit avec elle sur le fond sablonneux. Elle s'accrocha à lui en poussant de petits cris de saisissement.

— Menteur ! Traître ! C'est froid !

Froid ? s'écria-t-il intérieurement. Avec la chair humide de Sarah pressée contre son torse et ses jambes qui lui enserraient la taille, il avait bien plutôt l'impression d'être en feu !

Mais si elle ne l'était pas elle-même ? songea-t-il soudain. Avait-il tort d'agir ainsi ?

Il dénoua les bras qu'elle avait passés autour de son cou.

— Tourne-toi.

— Pourquoi cela ?

Il remplit sa paume de sable.

— Tu voulais un bain, n'est-ce pas ?

Elle hocha la tête et se laissa glisser le long du corps de William.

— Oh, fit-elle en écarquillant brusquement les yeux.

Elle venait de percevoir la manifestation du puissant désir de William. Elle se sentit aussitôt basculer dans une fièvre intense. Un sourire enjôleur se dessina sur ses lèvres tandis qu'elle se frottait contre lui.

— Le bain peut attendre, non ? murmura-t-elle d'une voix suave.

William se figea, reprit sa respiration. Elle était donc dans les mêmes dispositions que lui ! Néanmoins, il souhaitait mieux qu'un soulagement à la va-vite.

Se penchant sur elle, il lui embrassa le cou avant de lui mordiller doucement l'oreille.

— Si tu n'en prends pas un maintenant, prévint-il, je ne peux te promettre que tu en auras le loisir plus tard.

Elle fronça les sourcils, amusée elle-même de réfléchir si sérieusement à ce problème. Mais William ne tarda pas à en décider à sa place. Il la saisit par la taille et la posa sur le lit de la rivière devant lui. Puis, à genoux, il entreprit de la frictionner doucement avec du sable humide, nettoyant ainsi ses bras, ses épaules et son cou, puis ses seins, son ventre et ses hanches.

Agrippée à ses épaules, Sarah avait les yeux clos et paraissait accueillir ces soins avec autant de plaisir qu'il en prenait lui-même à les lui donner. Il prit subitement conscience que ce moment serait un de ceux qui resteraient à tout jamais gravés dans sa mémoire, après leur séparation. Et que ce souvenir brûlant éternellement dans son cœur serait pour lui une source constante de regrets…

Il lui était toujours possible de s'épargner cette douleur en la repoussant avant qu'il ne soit trop tard. Mais il se sentait incapable de renoncer au toucher soyeux de sa chair, à la mélodie de ses soupirs qui résonnaient tout contre son oreille.

La gorge serrée par une émotion qui le rendait muet, il lui fit signe de se retourner.

Il lui frotta alors le dos, depuis la nuque jusqu'aux fesses. Les pieds largement écartés pour résister à la pression du courant, elle était offerte à ses caresses et à son souffle haletant, elle aspirait au contact de sa main, et William le sentait.

William réprima un sourire. Il avait la ferme intention de profiter, égoïstement, sans se presser, de chaque seconde que lui offrirait cette nuit. Il frictionna donc consciencieusement les jambes de Sarah, les rinça. Puis il fit remonter lentement ses mains vers le haut de ses cuisses, émerveillé par la tendresse de sa peau sous ses doigts.

Elle eut un petit cri de surprise, suivi par un gémissement, ce qui l'encouragea à s'enhardir. Cependant, quand elle voulut se tourner vers lui, il la retint par l'épaule.

— Non, attends, lui chuchota-t-il à l'oreille. Reste comme cela.

12

Par avance, Sarah tremblait de plaisir. La voix profonde et grave de William, les mots qu'il lui murmurait à l'oreille éveillaient en elle le désir de voluptés qui lui semblaient à peine imaginables.

Sa main puissante posée sur son épaule accompagna son mouvement quand elle s'adossa contre sa poitrine. Les caresses subtiles dont il effleurait l'intérieur de ses cuisses lui enflammaient les sens comme jamais ils ne l'avaient été.

Ce n'étaient pas simplement les battements frénétiques de son cœur qui l'affolaient. Ni même le bouillonnement du sang dans ses veines. Bien qu'elle n'ait jusqu'à présent passé que peu de temps auprès de lui, elle en était venue si vite à s'accoutumer à ces élans délicieux qui soulevaient sa chair chaque fois qu'il la touchait !

Mais maintenant, c'était différent, plus intense encore.

Elle avait l'impression que son mari — son amant ? — cherchait à lui faire découvrir son propre corps, avec une application à la fois délicieuse et torturante. Du bout des doigts, il continuait à tracer d'infimes cercles sur sa peau, tant et si bien qu'elle eut bientôt la sensation que chacun de ses nerfs se terminait par une braise ardente. Comme s'il percevait ses propres sensations, il apaisa alors sa chair frémissante d'une caresse à pleine paume... avant de poursuivre ses caresses un peu plus haut.

Cette fois-ci, cependant, quand il reposa les doigts sur sa peau, il haletait autant qu'elle. Il lui embrassa la nuque, soufflant son haleine tiède sur son oreille, provoquant en elle un long et profond frisson.

Prête à devenir sa femme dans tous les sens du terme, elle s'ouvrit entièrement à la passion qu'il allumait en elle et, penchant la tête, lui présenta mieux encore sa nuque pour qu'il l'encense de ses baisers. Comme elle aimait la sensibilité qu'il lui donnait ainsi de son propre corps, la tension qu'il savait engendrer dans le creux de ses reins, la chaleur qu'il avait le don d'attiser dans le secret de son ventre ! Même maintenant, alors qu'elle était sur le point de crier de frustration tant le désir la taraudait, elle jouissait de se savoir aussi désirée, de se sentir aussi vivante.

Juste au moment où elle se crut incapable d'endurer plus longtemps cette attente, William la fit enfin tourner vers lui, la soulevant une nouvelle fois dans ses bras. L'air froid lui pinça les mamelons, qu'il se hâta de réchauffer des lèvres et de la langue, tout en la transportant jusqu'à leur couche improvisée sur la berge.

Alors, avec ses mains et sa bouche, il rendit un culte lent et passionné à tout son corps.

Elle cria son nom sous le flot de volupté qu'il soulevait en elle — mais cela ne lui suffisait toujours pas. Elle lui tendit les bras.

Au lieu de répondre à son appel et de l'étreindre sans plus tarder, il lui saisit les poignets d'une main, ne lui laissant d'autre choix que de se soumettre à son bon vouloir.

Elle connut un instant de panique en voyant l'expression d'avidité farouche qui lui sembla à présent altérer ses traits.

Mais elle se détendit bien vite, heureuse qu'il la couvre encore de baisers et de caresses.

Mais bientôt le besoin d'être comblée se fit en elle encore plus pressant, plus impérieux.

— William, je t'en prie, gémit-elle en arquant le dos. S'il te plaît… J'ai envie de toi.

Il libéra ses mains et se pencha sur elle.

— Chut, du calme. Me voilà.

Et il l'emplit d'une chaleur au moins aussi intense que la sienne.

Elle s'accrocha à lui, tétanisée, une douleur vive la transperçant brièvement avant de s'atténuer presque aussitôt.

William marqua une pause et se haussa sur les coudes pour la dévisager avec une stupeur teintée de colère.

Sarah le comprit, il s'était enfin rendu compte que la catin de la reine n'avait rien d'une prostituée… Il pourrait toujours la couvrir de reproches plus tard, songea-t-elle, lui crier son mécontentement. Pour l'instant, il fallait absolument qu'il la soulage de cette tension qui menaçait de la rendre folle.

Elle cambra les reins contre son ventre.

— William, je t'en prie…

Il gronda sourdement, et elle crut pendant un instant qu'il allait s'écarter d'elle. Mais il souleva ses cuisses et, les maintenant contre son torse, acheva de la faire sienne. Sarah hoqueta de plaisir tandis qu'il l'emmenait jusqu'au bord d'un abîme sans fond dans lequel elle se laissa bientôt emporter avec un râle d'extase.

Epuisé, le souffle court, William roula sur le dos, l'entraînant dans son mouvement jusqu'à ce qu'elle se retrouve sur lui. Elle percevait sous sa joue moite le battement violent et trépidant de son cœur.

Il se mit à lui caresser doucement les cheveux.

— T'ai-je fait mal ? s'enquit-il.

Sarah s'aperçut alors qu'elle pleurait. D'où venaient ces larmes qu'elle ne s'était pas sentie verser ? Prenant appui sur le torse de William, elle se redressa pour le regarder dans les yeux.

— Juste un petit peu et pendant quelques secondes à peine, répondit-elle.

Il passa le pouce sur sa joue pour essuyer ses pleurs.

— Alors que signifie ceci ? Seraient-ce des larmes de remords ?

Elle le toisa d'un regard de défi.

— Voilà qui te ravirait, n'est-ce pas ? Mais à quoi t'attendais-tu au juste de ma part, William ? Tu me répétais combien tu te félicitais d'avoir épousé une catin. Comment aurais-je pu admettre que même cela était un mensonge ?

— Un simple « Je suis vierge » aurait suffi.

Agacée par son ton acrimonieux, elle voulut s'écarter, mais il la retint fermement.

— Y a-t-il autre chose que je suis censé savoir, Sarah ? Un autre petit secret ?

Sarah songea un instant. Comme elle était résolue à faire revenir la reine sur sa décision, elle n'allait certainement pas lui avouer qu'Aliénor et elle avaient jadis envisagé sa mort.

Elle posa la main sur le visage de William et lui caressa la joue, bien qu'il détournât la tête.

— Oui, William. Je tiens à ce que tu saches que je suis heureuse que tu m'aies prise pour une catin jusqu'à présent. Si tu avais su que j'étais vierge et inexpérimentée, m'aurais-tu aussi promptement allongée sur cette couche ?

Mais William demeurait renfrogné.

— T'es-tu avisé que mes larmes ne sont peut-être pas

des larmes de remords, s'empressa-t-elle d'ajouter, mais des larmes de joie ?

— De joie ?

Elle rougit et baissa les yeux sur la poitrine de William, qu'elle caressait doucement.

— De joie, oui… ou de volupté, peut-être ?

— Peut-être ? répéta-t-il en se mettant à flatter ses fesses. A mon avis, la question ne se pose même pas.

Elle rit doucement de son arrogance, avant d'embrasser son torse encore mouillé de sueur. Puis, se haussant de nouveau sur les avant-bras, elle désigna le ruisseau.

— S'il te reste encore quelque force, il y a de l'eau froide juste à côté.

William contemplait le ciel étoilé. Des rumeurs en provenance du camp leur parvenaient par-delà l'éboulement rocheux, ponctuées par le clapotis de la rivière et la respiration régulière de Sarah. Ils s'étaient beaucoup amusés à prendre leur second bain, même si la fraîcheur soudaine de l'air les avait obligés à l'abréger. Une fois séchés et rhabillés, ils avaient dévoré les provisions qu'il avait apportées.

Il enroula distraitement une des mèches encore humides de Sarah autour de son index. Elle avait été tellement fatiguée après leur étreinte que, malgré sa faim, elle s'était assoupie entre deux bouchées. Il n'avait pas eu de mal à la porter ensuite sur la couverture et à la coucher contre lui.

Maintenant qu'elle dormait, il était temps pour lui d'aller s'entretenir avec le roi. Il n'avait pourtant guère envie de la quitter. Car il savait qu'à son retour, plus rien ne serait comme avant.

Il ferma les yeux, se retrouvant aussitôt hanté par des visions de Sarah — riant, pleurant, gémissant de plaisir…

Décidément, elle le rendait fou... Comment, pourquoi ce petit bout de femme avait-il un tel effet sur lui ?

Il était prêt à lui sacrifier sa vie. Elle le savait d'ailleurs, ce qui risquait même de rendre les jours à venir encore plus difficiles. Ce *petit bout de femme* ne manquerait pas de lui en faire voir de toutes les couleurs...

Qu'elle ait été vierge jusqu'à aujourd'hui ne changeait pas grand-chose à l'affaire. Simplement, parce qu'elle lui avait encore menti, il lui faudrait attendre quelques semaines de plus avant de mener son projet à terme.

Ce qui importait, c'était que Sarah fût enfin protégée des dangers dont le monde était plein. Seule cette certitude leur donnerait assez de force pour les soutenir tous deux dans l'épreuve qui les attendait.

Se dégageant avec précaution de son étreinte, il se pencha sur elle pour l'embrasser sur le front.

— Puisses-tu un jour me pardonner, Sarah, murmura-t-il.

Puis il se leva et franchit la barrière de rochers. Comme il s'y attendait, deux gardes avaient été postés de l'autre côté. Il fit signe à l'un d'eux de s'approcher et le pria de veiller sur sa femme.

Sachant pouvoir compter sur la loyauté de ces soldats, il se dirigea ensuite vers le campement.

— Bronwyn, appela Henri en l'apercevant.

William se retourna et s'inclina devant son roi.

— Majesté, si vous avez un moment...

— Bien sûr. Accompagnez-moi donc, je vous prie.

Henri lui tendit le gobelet de vin qu'il tenait à la main. William l'ayant refusé d'un signe de tête, il en jeta le contenu dans le plus proche buisson.

— Eh bien, qu'avez-vous de si important à me dire pour quitter ainsi le lit conjugal ?

Apercevant au loin Aryseeth entouré de quatre gardes royaux, William dut serrer les poings pour ne pas exploser de rage.

Henri remarqua ce frémissement de colère et tourna la tête pour suivre son regard.

— Bronwyn, dit-il en posant la main sur l'épaule de William, je ne porte pas de couronne en cet instant. Exprimez-vous librement.

— Cet homme devrait être mort, lâcha William entre ses dents serrées.

— Je n'en disconviens pas, admit le roi. Cependant, je me permets de vous rappeler que Wynnedom et vous-même me l'avez présenté pour qu'il me soumette une proposition. Une proposition que je ne pouvais guère refuser. Si je le tuais à présent, comment scellerions-nous jamais cet accord ? Comment serais-je en mesure de connaître le meilleur moyen de sauver ceux de mes sujets qui sont encore aux mains de son maître ? Je suppose que, vous aussi, vous désirez toujours leur affranchissement, n'est-ce pas ?

— Naturellement.

— Alors qu'attendez-vous de moi au juste, Bronwyn ? Si j'ordonne son exécution ainsi que celles de ses sbires, il ne nous sera plus possible de négocier avec lui la libération de vos autres compagnons.

— Vous n'auriez nul besoin d'ordonner une exécution. Je serais heureux de lui prendre moi-même la vie.

Henri secoua la tête.

— Cela serait de la dernière inconséquence, mon ami. Non seulement vous compromettriez ainsi les chances de survie des autres prisonniers, mais comment croyez-vous que le successeur de Sidatha réagira en apprenant le décès du maître de ses esclaves ? Pensez-vous qu'il va brusquement s'apercevoir de l'ignominie de son comportement et ouvrir toutes grandes les portes de ses geôles ?

William resta silencieux et baissa les yeux.

— Ne craignez-vous pas plutôt qu'il trouve séance tenante un successeur à Aryseeth ? poursuivit le roi. Un successeur qui risquerait d'être encore plus ignoble que lui ?

William doutait qu'un être plus méprisable qu'Aryseeth puisse exister sur cette terre. Il n'en reconnaissait pas moins la logique des propos du roi — même si cela ne l'aidait guère à apaiser la haine et l'indignation qui bouillonnaient encore dans ses veines.

Henri vint se camper devant lui, lui faisant face.

— J'ai été moi-même témoin de la cruauté de cet homme, Bronwyn. Sous mes propres yeux, il a assassiné un de ses serviteurs pour une vétille dont j'ai même perdu le souvenir. L'instant d'après, il reprenait avec moi les pourparlers que nous avions entamés, comme s'il ne s'était rien passé.

— Votre Majesté, il y a néanmoins une différence entre assister à de tels actes barbares et les subir soi-même, se permit d'insister William avant de laisser échapper un soupir. Le comte Hugh et moi avons juré de faire libérer nos camarades. Nous leur avons promis de n'avoir de cesse que nous n'obtenions leur affranchissement.

— Vous estimez-vous peut-être le seul responsable de leur triste sort ? rétorqua Henri en reprenant son chemin. Je vous saurais gré, William, de ne point usurper des obligations qui ne reviennent qu'à votre souverain. C'est moi, et moi seul, qui suis responsable de l'existence et du bien-être de tous ceux qui vivent sur mes terres. Me soupçonneriez-vous par hasard de prendre à la légère le serment d'allégeance qui me lie à chacun de mes sujets ?

— Non, Sire, mais...

— Mais quoi, mon bon ? Vous avez juré de faire sortir vos

compagnons d'infortune des prisons de Sidatha. Et moi, je suis tenu, de par ma souveraineté même, de protéger chacun de mes sujets. Et vos camarades en sont. Je ne les oublie pas, Bronwyn. C'est même la seule raison qui me pousse à traiter avec ce cancrelat d'Aryseeth. En conséquence, afin d'assurer la sécurité de ces hommes, je suis au regret de vous interdire de porter la main sur notre hôte.

William n'avait pas le choix. Mais il savait, hélas, qu'Aryseeth ne renoncerait pas ainsi à lui remettre les fers aux pieds. Tant qu'il serait en vie, le maître des esclaves serait une menace pour Sarah comme pour lui-même.

Il s'arrêta et déglutit avec peine. Désormais, il semblait plus nécessaire que jamais de mettre en œuvre son plan.

— Puis-je solliciter de votre part une faveur, Majesté ?

— Tant qu'elle ne risque pas de mettre la vie d'Aryseeth en danger, je suis tout prêt à l'écouter.

— Je souhaiterais que vous demandiez à l'Eglise l'annulation de mon mariage.

— Quoi ? s'exclama Henri en se retournant, les yeux ronds.

Il se frotta le front, puis se passa une main sur le visage.

— Mais parbleu, pour quel motif ?

— Aryseeth vivant, Sarah continue à être en danger.

— Vous m'incitez au marchandage ? répliqua le roi en haussant la voix. Je refuse d'échanger sa vie contre votre mariage.

William comprit qu'il lui fallait s'expliquer au plus vite.

— Il ne s'agit nullement de cela, Majesté. Tout ce que je veux, c'est assurer la sécurité de Sarah. Je compte la ramener à la cour de la reine. Une fois déliée de ses vœux, elle pourra trouver un mari digne d'elle.

Henri le dévisagea un instant, interdit, ayant visiblement du mal à digérer cette requête.

— Vous êtes un mari digne d'elle, Bronwyn, n'en doutez pas.

— Non, Sire. Je n'ai pas même réussi à respecter la promesse de protection que je lui ai faite devant l'autel.

— Ce n'est point votre faute si elle a été enlevée.

— Si. C'est ma faute.

En manquant de vigilance, n'avait-il pas failli à son serment et à ses obligations d'époux ? A qui d'autre que lui-même attribuer la responsabilité de ce manquement ?

— Si je vous comprends bien, reprit le roi, au lieu de vous efforcer à l'avenir de mieux la protéger, vous estimez plus sûr pour elle de la confier à d'autres ?

Si c'était en ces termes que le souverain souhaitait considérer sa décision, William n'allait pas le contredire. Tout ce qui importait, c'était qu'Henri accède à sa demande.

— Sire, elle sera davantage en sécurité auprès des gens de la cour qu'avec l'ancien guerrier esclave que je suis.

Voyant le roi plisser les yeux, William craignit un instant de se voir opposer un refus immédiat.

— Avez-vous du moins un motif ? demanda alors Henri en se frottant le menton.

William fut soudain frappé par un doute. Quelque chose n'allait pas. Le roi semblait se laisser trop aisément convaincre. William poursuivit cependant.

— Cette union lui a été imposée, Votre Majesté. Ni la reine ni moi ne lui avons donné le choix.

— Mais ne s'est-elle pas présentée devant le prêtre de son plein gré et ne lui a-t-elle pas affirmé vouloir vous prendre pour époux ?

— Certes, mais refuser l'aurait menée tout droit au cachot.

— Pour tout vous avouer, Bronwyn, lady Sarah n'a pas franchement l'air d'une femme mariée sous la contrainte.

William émit un reniflement désabusé.

— C'est parce que je suis son sauveur, Majesté. Elle se serait jetée aux pieds de n'importe quel autre homme venu l'arracher aux griffes d'Aryseeth.

— Peut-être, peut-être, admit Henri avant de songer un instant. Mais, à supposer que j'accède à votre requête, vous devez savoir que je ne pourrai me priver d'aucun de mes soldats pour lui fournir une escorte sûre.

Mais William ne s'était attendu à rien de tel.

— C'est à moi de la raccompagner jusqu'à Poitiers, Majesté, puisqu'elle se trouve encore sous ma responsabilité.

Le roi parut réfléchir encore. Une fois de plus, William eut l'impression que l'attitude du roi n'était pas normale — mais il aurait bien été incapable de cerner plus précisément l'origine de son malaise.

— Soit, décréta finalement Henri, je vous accorde quatre hommes. Je vais également vous confier une missive d'explication pour ma femme. Cela devrait contribuer à rendre à la vôtre sa position à la cour.

Le soulagement qu'espérait William à l'annonce de cette nouvelle ne vint pas. Au contraire, il avait la poitrine contractée, comme si on venait de lui administrer un coup.

— Merci, Majesté.

— Se peut-il qu'elle porte votre enfant, Bronwyn ?

William avala de travers et se mit à tousser bruyamment. Effectivement, il avait déjà envisagé cette éventualité.

— Oui, en effet, admit-il après avoir repris son souffle.

Et si cela arrive, bien évidemment, je la garderai pour épouse.

Henri hocha la tête comme si tout cela lui semblait parfaitement naturel.

— Alors voici comment nous allons procéder, dit-il. Vous allez raccompagner votre femme jusqu'à la cour d'Aliénor. Je lui aurai auparavant envoyé un messager pour l'avertir de votre retour et lui transmettre en outre ma demande en annulation, à laquelle elle devra toutefois joindre ses plus humbles excuses pour avoir forcé sa suivante à vous prendre pour mari. En attendant la réponse du pape, vous demeurerez à la cour avec lady Sarah.

— Cela est impossible, Majesté.

— Allons donc ! Et pourquoi cela ?

— J'ai fait au comte de Wynnedom la promesse d'entraîner ses troupes.

— Eh bien, Wynnedom devra faire appel à quelqu'un d'autre. Je puis d'ailleurs lui prêter des instructeurs aussi compétents que vous. Je me charge aussi de lui expliquer la situation.

— Mais…, commença William qui ne désirait rien moins que s'attarder à Poitiers en compagnie de Sarah.

— Pas de mais, trancha le roi. Voilà mon offre, Bronwyn. Elle est à prendre ou à laisser. Comme vous vous en doutez, le pontife n'accédera point à ma demande du jour au lendemain. Et puis, il est du reste de votre devoir de demeurer auprès de votre femme pour obtenir le retrait de la requête si d'aventure elle se révélait enceinte de vos œuvres.

Sur ce, Henri s'esclaffa gaillardement avant de lui appliquer une bonne claque sur l'épaule.

— Allons, mon ami, quittez donc ce masque horrifié. La cour n'est pas un endroit si terrible. Un grand guerrier comme vous saura s'y faire respecter. Et puis votre séjour n'y sera que temporaire.

Cela n'atténuait en rien le désarroi de William. Il était certain que cela lui pèserait une éternité entière. Mais si c'était là le prix à payer pour obtenir l'accord du roi…

— Soit, dit-il enfin. J'accepte votre offre.

Le roi grommela dans sa barbe quelque chose que William ne comprit pas.

— Parfait, enchaîna-t-il à haute voix. Je vais veiller à ce que tout soit réglé dès demain. D'ici là, je vous souhaite une bonne nuit… et bien du courage pour justifier votre décision auprès de votre épouse.

Après avoir quitté le roi, William prit tout son temps pour regagner leur petit campement derrière les rochers. Il songea qu'il serait sans doute préférable d'attendre d'avoir repris la route, le lendemain, pour tout expliquer à Sarah.

Comment allait-elle accueillir la nouvelle ? Il était probable que ce changement de programme ne la réjouisse guère et qu'il soit fort malaisé de la rallier ensuite à ses vues. Après tout, cela équivalait peu ou prou à une répudiation, et William doutait qu'aucune femme puisse essuyer sans broncher un tel affront. Surtout après être devenue aussi proche de lui que Sarah l'était désormais…

De plus, elle écoutait beaucoup son cœur et bien peu sa raison. Si elle prenait ombrage de sa décision, si elle se mettait en tête de la contester, il ne répondait plus de rien.

D'un autre côté, elle s'était souvent plainte d'avoir été mariée contre son gré ; peut-être n'était-il pas exclu que ce projet réponde à ses vœux et qu'elle s'en trouvât finalement soulagée.

En somme, songea William, il était impossible de prévoir sa réaction.

Il était toujours plongé dans ses réflexions quand il atteignit le pied des rochers. Après avoir silencieusement congédié les sentinelles, il franchit la butte et alla s'asseoir sur une pierre plate, près de Sarah qui dormait toujours.

Il s'assura qu'elle respirait paisiblement, puis laissa son regard errer sur la surface de la rivière qu'un clair de lune argentait.

Serait-il vraiment si difficile que cela de la persuader qu'une annulation de leur union serait encore la meilleure solution pour tous deux ? Qu'est-ce qui les liait, au fond ? Eprouvaient-ils un réel attachement l'un pour l'autre ? N'était-ce pas de son côté uniquement du désir et, du côté de Sarah, un simple sentiment de gratitude mêlé aux élans aveugles d'une chair qui, jusqu'alors, n'avait jamais été vraiment émue par le sexe opposé ?

Certes, le mensonge était un péché mortel, mais il avait déjà tellement failli dans son existence, commis tant de crimes... Et puis il ne craignait pas les flammes de l'enfer. L'enfer, il en sortait.

Il n'avait pas peur non plus d'être condamné à la solitude jusqu'à la fin de ses jours. Tout ce qui comptait, c'était la sécurité de Sarah, et il savait que celle-ci y attachait, à tort, beaucoup moins d'importance que lui.

Non, ce qu'il redoutait surtout, c'était qu'elle se vexe et s'obstine jusqu'à manquer l'occasion qui lui était ainsi offerte de pouvoir connaître une vie digne d'elle.

Il traînait peu de remords derrière lui, même s'il reconnaissait toutes les erreurs qu'il avait commises. Mais ce qu'il avait fait subir à Sarah, cela, il ne se le pardonnait pas. Manquer de protéger sa propre épouse ! C'était une faute bien pire que n'importe quel péché mortel.

Et il était hors de question qu'il l'expose de nouveau à un tel danger. Comme le roi Henri lui avait interdit de toucher à un seul cheveu d'Aryseeth, il n'avait d'autre choix que d'éloigner Sarah de lui et de la confier à la reine, dont l'autorité dissuaderait certainement ce monstre barbare de se servir encore une fois d'elle pour l'atteindre lui.

— A quoi penses-tu, William ?

Il sursauta en sentant la main de Sarah sur son épaule. Profondément absorbé par ses lugubres ruminations, il ne l'avait pas entendue se lever.

Il ôta sa main de son épaule et secoua la tête.

— A rien, répondit-il sèchement, comme si sa présence l'importunait, lui qui ne souhaitait rien tant que de la serrer dans ses bras. Je savourais les bruits de la nature, c'est tout.

Sarah recula d'un pas. A la lueur du feu de camp qui brûlait encore, William vit le désarroi se peindre sur son visage. Le cœur serré, il ne fit pourtant rien pour dissiper l'anxiété qu'il voyait naître en elle.

— William ? murmura-t-elle en tendant de nouveau le bras vers lui.

Il la cingla du regard.

Sarah retira vivement sa main. Mais que lui reprochait-il ? Qu'était-il donc arrivé pendant son sommeil ?

Elle retourna auprès du feu et tendit ses mains vers les flammes pour chasser de ses veines le froid glacial qu'elle ressentait soudain. Elle demeura songeuse un moment, puis se raisonna. Elle était stupide de se laisser si facilement effrayer. Si aujourd'hui quelques mots un peu rudes ou un regard sévère suffisaient à l'effaroucher, qu'en serait-il dans une semaine, dans un mois ?

Elle se retourna vers William.

— Il y a un problème ? dit-elle.

Il la toisa d'un air si buté qu'elle crut qu'il ne daignerait pas lui répondre.

— Non, aucun, dit-il enfin. Retourne te coucher.

Elle l'observa ostensiblement. Comment pouvait-on ainsi passer sans raison de la passion la plus débridée à cette distance dédaigneuse ? Elle était résolue à en avoir le cœur net. Elle ignora son conseil et s'approcha de lui.

— Allons, William, je vois bien que quelque chose ne va pas.

Elle voulut lui caresser la joue, mais avec sa rapidité coutumière, il lui attrapa le poignet au vol.

— William, que s'est-il passé ? murmura-t-elle avant de grimacer sous la douleur.

Elle avait l'impression qu'une menotte en fonte venait de se refermer sur son avant-bras — comme si William ne mesurait plus sa force.

— Tu me fais mal, gémit-elle.

Il la lâcha en la repoussant loin de lui.

— Après toutes les épreuves de cette journée, je pense avoir droit à quelques instants de paix, non ? répliqua-t-il.

— De la paix ? Tu veux de la paix ? répéta-t-elle, ulcérée. Bon, soit. Je retourne me coucher. Rejoins-moi quand tu en auras assez de ton humeur détestable.

Avant de gâcher sa sortie par des larmes, elle alla se couler sous les couvertures, qu'elle rabattit sur sa tête.

13

Sarah serra les dents pour lutter contre la douleur qui pulsait derrière ses yeux. Entre les soubresauts que lui infligeait son cheval et l'éclat implacable du soleil, elle était certaine d'avoir sous peu la cervelle en compote.

Pour se distraire de sa douleur, elle scruta le paysage en plaçant sa main en visière sur son front pour se protéger du soleil… Et prit soudain conscience à ce geste qu'ils se dirigeaient vers le sud — alors que le domaine de Wynnedom se trouvait au pParadis, William était-il perdu ?

Ils n'avaient pas échangé une seule parole depuis qu'ils avaient quitté le roi ce matin-là. N'ayant cependant aucune envie de passer en selle plus de temps que nécessaire, Sarah décida que le moment était venu de rompre ce silence et talonna son cheval pour rejoindre son mari. Elle le héla.

— Quoi ? fit-il sans se retourner.

Sarah inspira profondément pour calmer son irritation. Manifestement, son humeur à lui ne s'était pas non plus améliorée depuis la veille.

— William, nous allons dans la mauvaise direction.

— Mais non, répliqua-t-il comme s'il s'adressait à une enfant turbulente.

— Mais si, rétorqua-t-elle sur le même ton. Wynnedom est au nord-est.

Les quatre hommes mis à leur service par le roi se mirent à creuser l'écart avec le couple. Elle les observa suspicieusement. On lui cachait quelque chose. Et à en croire la réaction de l'escorte — visiblement au courant —, ce qu'elle allait apprendre n'allait pas du tout lui plaire.

Elle plissa les yeux, tant par méfiance que sous l'effet persistant de la migraine.

— William ?
— Quoi encore ?

Son agacement toujours aussi perceptible acheva de la contrarier, et elle se mit à tordre la bride de son cheval entre ses mains, préférant passer sa frustration sur l'épaisse longe de cuir plutôt que sur l'individu odieux qui persistait à lui montrer son dos.

— William, où allons-nous ?
— A Poitiers.

Sarah n'y tenait plus. Cette façon laconique de lui répondre commençait décidément à lui taper sur les nerfs ! Mais elle se figea soudain. Avait-il bien dit « Poitiers » ? Elle avait certainement mal entendu.

— Où ça ?
— Poitiers.

Elle tira de toutes ses forces sur les rênes. Son cheval s'arrêta en se cabrant. William continua à chevaucher puis, s'apercevant sans doute qu'elle ne le suivait plus, se retourna enfin.

Elle eut l'impression de se retrouver face à un adversaire dans une lice. N'ayant cependant aucune lance à portée de main, il ne lui restait que la parole pour défendre sa cause.

— Comment cela, Poitiers ?
— Je te ramène à la cour d'Aliénor.
— Tiens donc ? Et pour quelle raison, je te prie ?

D'un geste, William ordonna aux gardes de s'éloigner plus encore.

— C'était une erreur, Sarah, pour tous les deux. Si je souhaite te rendre à la reine, c'est pour ta propre sécurité.

— Une erreur ? répéta-t-elle sans comprendre. Qu'est-ce qui était une erreur ?

— Notre mariage.

Un coup poing dans l'estomac ne l'aurait pas heurtée plus durement. Et de s'apercevoir que le rejet dont elle était ainsi l'objet lui faisait aussi mal lui coupait encore davantage le souffle. Quand donc avait-elle laissé William se glisser dans son cœur au point d'être autant affectée par ce qu'elle venait d'entendre ? Comment avait-il réussi à contourner toutes les barrières qu'elle avait si soigneusement érigées contre ce genre d'intrusion ?

— En quoi t'ai-je déçu ? balbutia-t-elle, décontenancée, les larmes aux yeux. N'ai-je point comblé tous tes appétits de mâle ?

Elle n'avait pu s'empêcher de charger ces mots d'un ton lourd de sarcasme, mais William se contenta de secouer la tête.

— Tu ne m'as déçu en rien. Ma décision n'a rien à voir avec cela.

Tant de pensées incohérentes se bousculaient dans l'esprit de Sarah qu'elle entendit à peine sa réponse.

— Et comment mon retour à la cour est-il censé corriger cette... « erreur » ? demanda-t-elle, non sans buter sur le dernier mot.

— Le roi Henri m'a promis d'adresser à l'Eglise une requête en annulation. Tu seras libre, ensuite, d'épouser qui tu voudras.

Sarah demeurait interdite, mais elle n'avait cure de ressembler à un poisson manquant d'air. La raideur de ses muscles, les sensations contradictoires de chaud et de froid qui couraient le long de son échine, le besoin soudain qu'elle éprouvait d'étrangler William, tout cela lui montrait, si tant est qu'elle fût encore capable de penser, qu'elle était en état de choc.

Mais son cœur et son esprit souffraient tant qu'elle n'avait plus qu'une seule envie : hurler à William son amertume.

— Mais qu'est-ce que tu racontes, à la fin ? Une annulation ? Aurais-tu perdu la tête ? L'un des sbires d'Aryseeth t'aurait-il assené un coup sur le crâne ?

— Sarah…

— Non ! hurla-t-elle en levant la main. Tais-toi !

Toute prédisposition à la courtoisie la quitta tandis que remontaient à sa conscience des souvenirs de leurs étreintes, souvenirs qui paraissaient désormais se moquer d'elle. Elle suffoquait.

— Tu m'as pris la seule chose que je pouvais te donner et maintenant tu veux me repousser ?

Elle s'interrompit pour reprendre sa respiration.

— « Fie-toi à moi, Sarah », reprit-elle en imitant William. Me fier à toi ? Et pourquoi, mon Dieu ? Pour te voir me voler mon cœur et le jeter aux orties ?

Elle détourna les yeux, essayant de retrouver une contenance, mais dut bien vite se rendre à l'évidence : elle était défaite, elle se sentait trahie, perdue et ne parvenait pas à s'en remettre.

— Seigneur, William ! Comme j'ai été stupide de te faire confiance !

Elle qui avait pris le risque de se livrer, et cette fois sans retenue, voilà qu'elle découvrait, comme toujours, que le jeu n'en valait pas la chandelle. Quand donc apprendrait-elle enfin cette leçon ? Combien de fois encore devrait-elle subir ce genre de déconvenue pour comprendre enfin la nécessité de se protéger ?

Elle jeta un regard à William qui lui faisait face sur le chemin. Elle n'en fut que plus accablée en distinguant comme l'ombre d'un sourire sur ses lèvres.

— Cela t'amuse, par-dessus le marché ? s'emporta-t-elle. Est-ce cela qui te donne du plaisir : jouir des souffrances que tu me causes, jusqu'au moment où tu te dénicheras une nouvelle oie blanche prête à gober tes mensonges ?

Il croisa les mains sur le pommeau de sa selle avec la plus parfaite tranquillité. Son indifférence apparente fit à Sarah l'effet d'une douche glacée.

Elle ferma convulsivement les yeux et serra les dents. « Mon Dieu, par pitié, retenez mes larmes, supplia-t-elle en elle-même. Plus tard, mais pas maintenant. »

Lorsqu'elle se fut à peu près convaincue d'être assez forte pour garder les yeux secs jusqu'au bout de la journée, elle redressa le dos et les épaules avant de fixer William d'un regard ferme.

— Tu as raison, dit-elle. C'était une erreur. En route vers Poitiers.

Force lui fut de constater — maigre satisfaction — qu'elle n'avait pas trop perdu dans l'art de la dissimulation. Mentir, tant à William qu'à elle-même, serait son seul moyen de défense, son seul viatique pour supporter ce voyage jusqu'à son terme.

William hocha la tête sans mot dire avant de tourner la bride vers les soldats qui les attendaient au loin.

Désormais soucieuse d'abréger le trajet, Sarah ne se plaignit des douleurs de la chevauchée que lorsque la nuit commença à leur cacher la route. Tout son corps la brûlait, à l'exception de ses pieds.

Une fois couchée, les couvertures qu'elle avait étendues à terre lui donnèrent l'impression de n'offrir à ses membres rompus de fatigue qu'une bien maigre protection contre la dureté du sol. Elle essaya de se concentrer sur la voûte étoilée, mais la seule pensée qui obnubilait son esprit était celle qui n'avait cessé de la tourmenter jusqu'alors : qu'avait-elle fait pour en être là ?

Deux mains familières vinrent soudain occuper son champ de vision, portant de la nourriture — une pomme, du fromage, du pain et de la viande séchée.

— Mange.

Elle repoussa les mains de William.

— Je n'ai pas faim.

Cela, au moins, était la stricte vérité, songea-t-elle. La seule idée d'avaler quoi que ce soit lui donnait la nausée.

William ne la laissa pas comme elle l'avait espéré, mais s'assit près d'elle.

— Il faut que tu te restaures, Sarah.

— Je n'ai nul besoin qu'on me dicte ma conduite, répliqua-t-elle, bien décidée à se montrer contrariante. Et puis en quoi cela te regarde-t-il désormais ?

— A quoi bon se rendre malade en jeûnant ?

— Pourquoi as-tu pris la peine de venir me sauver ? N'étais-tu donc pas heureux qu'Aryseeth t'ait débarrassé de moi ?

Elle le provoquait sciemment, trouvant injuste d'être la seule en colère. Elle ne s'attendait pas, toutefois, à ce qu'il empoigne le devant de sa toilette et la force à se remettre debout.

— Cesse cette comédie, gronda-t-il. Soit tu manges de ton plein gré, soit je te gave.

Cette fois, Sarah sentit la colère lui ravager le cœur. Comment osait-il ?

— Va au…, commença-t-elle à crier.

Mais l'insanité qu'elle s'apprêtait à lui cracher à la figure resta bloquée dans sa gorge. Elle lâcha prise.

— Laisse-moi en paix, William, murmura-t-elle. C'est tout ce que je te demande. Laisse-moi en paix.

— Je te laisserai en paix quand tu ne seras plus ma femme. D'ici là, tu me dois encore obéissance.

Sarah détourna la tête de dépit. Elle aurait voulu hurler, marteler le corps de William à coups de poing. Mais un mot, une question l'obsédait, paralysait en elle tout élan : pourquoi ?

La veille, elle se serait soumise à William le cœur léger, ou du moins avec le minimum de protestations. La veille, il la taquinait encore, la serrait dans ses bras, lui faisait l'amour. Pourquoi voulait-il aujourd'hui la répudier ? En même temps, craignant d'en connaître la raison, elle se refusait à l'interroger directement.

Levant les yeux vers lui, elle scruta son visage à la recherche du moindre indice qui aurait pu lui faire penser qu'il n'avait jamais considéré leur relation autrement que comme une aventure sans lendemain.

Mais nulle émotion ne se lisait sur le visage de son mari. Rien, en tout cas, qui lui livrât la moindre de ses pensées intimes. Elle l'examina avec une attention redoublée, à la lueur du feu de camp qui faisait briller ses prunelles.

Elle sonda son regard sévère et fixe. Elle avait vu les paillettes d'or qui parsemaient ses iris scintiller sous les flammes de la passion. Elle avait vu aussi les yeux de William s'embraser sous l'effet de la colère. Et, quand il la taquinait, un pétillement à peine perceptible animait ses yeux.

Mais il la toisait en cet instant d'un air morne et sombre

qui ne trahissait aucun sentiment. Un air froid, presque mort.

Alors, malgré la rage qui continuait à la secouer, à la déchirer, Sarah se rendit compte que quelque chose n'allait pas. Quelque chose qu'elle n'aurait su nommer, mais qui devait ravager l'esprit de William.

Quelque chose de si effrayant qu'il préférait éviter de l'affronter. Et tant qu'elle ignorerait de quoi il s'agissait, elle serait incapable de l'aider — ou de s'aider elle-même.

Sans cesser de l'observer, dans l'espoir de discerner au moins un soupçon de vie dans le fond de ses prunelles, elle prit la pomme qu'il lui tendait.

— Je n'ai pas de couteau, dit-elle.

William la lâcha en fronçant les sourcils, accueillant avec méfiance ce brusque changement d'humeur. Il voyait bien que Sarah avait une idée derrière la tête. Mais il ne pouvait pas la laisser se croire en mesure de le faire changer d'avis. Il ne le pouvait pas. Il devait au contraire la persuader qu'il ne voulait plus d'elle comme épouse.

Sans dire un mot, il dégaina sa dague et la lui présenta. C'était une arme de poing dont la lame était bien trop grande pour servir de couvert, mais elle devrait s'en contenter.

Il la vit considérer un instant le couteau, puis sa propre poitrine. Sans doute estimait-elle qu'il méritait de recevoir cette lame en plein cœur. Et il ne lui donnait pas tort. Mais être tué par elle ne rentrait cependant pas dans ses projets pour la soirée.

— N'y pense même pas, la prévint-il en se penchant vers elle.

Elle cilla et planta la dague dans la pomme.

— A quoi donc ? fit-elle innocemment.

La lame trancha le fruit en deux, manquant lui couper

les doigts au passage. William lâcha un juron et lui arracha l'arme et le fruit des mains.

— Continue comme cela et tu vas te retrouver sans doigts !

Voyant Sarah observer attentivement sa réaction, il comprit son erreur. Elle ne l'avait pas quitté des yeux depuis un moment, guettant manifestement la moindre de ses expressions, la moindre inflexion de sa voix.

Elle n'était peut-être pas un soldat aguerri comme lui, mais elle n'en avait pas moins appris à jauger finement ses interlocuteurs. Il avait sans doute oublié un peu vite qu'en tant qu'espionne d'Aliénor, elle était rompue à l'art de deviner les sentiments d'autrui par la seule interprétation des gestes, des attitudes et des nuances les plus subtiles de la parole.

Eh bien, si elle croyait ainsi le percer à jour, elle courait vers une cruelle déception. Sans doute venait-il de se trahir en laissant momentanément libre cours à ses émotions, mais ce relâchement n'était pas près de se reproduire. Il allait dorénavant se surveiller encore plus étroitement — même s'il avait conscience que cela risquait de lui coûter beaucoup.

Après avoir pelé et découpé la pomme, il lui en tendit les quartiers avant d'essuyer sa dague sur le bas de sa tunique et de la loger dans son fourreau.

— Mange et repose-toi, lui conseilla-t-il en s'écartant. Nous allons devoir lever le camp de bonne heure demain matin.

Elle croqua dans un quartier de pomme et le suivit des yeux.

— Tu as donc tant hâte de te débarrasser de moi ?
— Je ne vois aucune raison de nous attarder ici, dit-il en tournant les talons.

— Vous mentez vraiment très mal, William de Bronwyn, entendit-il alors marmonner dans son dos.

Il faillit s'arrêter net. Il avait pourtant veillé à garder un ton égal et un visage de marbre. Que pouvait-elle donc avoir perçu pour énoncer ce jugement ? Ou n'était-ce qu'un vœu pieux de sa part ?

Sarah, de son côté, ne manqua pas de remarquer la raideur soudaine qui venait d'affecter sa démarche et en déduisit qu'elle avait fait mouche. Elle s'en félicita : à force d'ébranler son impassibilité, elle pourrait mieux lire en lui.

Après tout, elle n'avait pas été espionne pour rien. Elle avait été toujours sidérée de constater combien les gens surveillaient peu leurs regards, leurs gestes ou leurs postures, s'imaginant en général qu'un masque d'indifférence ou qu'une immobilité forcée suffisaient à cacher leurs sentiments. Chez certaines personnes, un regard dépourvu d'émotion, une certaine rigidité dans le maintien étaient précisément les indices infaillibles d'un certain malaise. D'autres oubliaient de prêter garde à leur élocution et se trahissaient par une accélération du débit de leurs paroles ou une altération dans la tonalité de leur voix.

Et puis il y avait les hommes comme William, les plus faciles à déchiffrer : ceux dont les yeux étaient comme des portes ouvertes sur leur âme. Ils avaient beau offrir une apparence parfaitement composée, de légères différences de coloration de leurs iris ou de non moins infimes contractions de leurs pupilles révélaient aux observateurs attentifs les moindres soubresauts de leur cœur.

Peut-être n'éprouvait-il aucune affection pour elle. Peut-être même croyait-il sincèrement qu'elle serait mieux auprès d'Aliénor — mais elle en doutait fort. Et puis, même si cette éventualité, aussi peu probable soit-elle, lui était insupportable, ce n'était pas ce qu'elle désirait savoir avant tout. Ce qu'il lui fallait impérativement apprendre pour avoir au moins une chance de renverser la situation à leur avantage à tous deux, c'était la réponse à une seule et unique question, toujours la même : pourquoi ?

Comment elle allait se débrouiller pour obtenir cette réponse, elle l'ignorait encore. Un peu de sommeil l'aiderait certainement à y voir plus clair. Et un peu de nourriture aussi, elle devait bien l'admettre.

Elle avait remarqué ce soir un détail important : c'était précisément quand elle avait cessé ses récriminations et feint la soumission que William s'était départi involontairement de sa réserve. Comme s'il s'était attendu à plus de combativité de sa part.

Détournant les yeux du feu de camp autour duquel s'étaient rassemblés les hommes, elle réprima un sourire. Il voulait la guerre ? Il allait l'avoir. Mais ce ne serait pas le genre de confrontation qu'il affectionnait.

Il lui avait affirmé un jour être capable de deviner quand elle avait une idée derrière la tête. Eh bien, elle allait tout faire pour lui donner raison.

S'il craignait en effet son talent pour la dissimulation, c'était parce qu'il avait peur qu'elle le manipule. Et s'il avait cette crainte, c'était parce qu'il n'était pas aussi déterminé à se débarrasser d'elle qu'il désirait le lui faire croire.

Si l'enjeu n'avait été aussi important, elle se serait presque laissé gagner par de la compassion pour lui.

14

William considérait avec humeur la route qui s'étendait devant lui. Même si son retour en Angleterre à la suite de son affranchissement par Sidatha avait duré plus d'un an, ce trajet-ci lui semblait plus long encore.

Connaissant mal les lieux, il avait laissé les soldats d'Henri les entraîner sur ce chemin qui, lui avaient-ils soutenu avec véhémence, était un raccourci.

Un raccourci en termes de distance, songea-t-il, mais certainement pas en termes de temps, car la route sinueuse et mal entretenue suivait un terrain toujours plus accidenté.

Comme pour mettre un comble à son agacement, la femme qui chevauchait derrière lui semblait prendre un malin plaisir à bavarder et à plaisanter avec les hommes de l'escorte, comme si elle était heureuse de voir leur voyage se prolonger ainsi. En tout cas, elle ne semblait ni triste ni désemparée.

Mais il n'était pas dupe : elle manigançait quelque chose, c'était clair. Il n'en attendait, du reste, pas moins de sa part et, même s'il s'énervait à chercher à deviner quels pouvaient être ses projets, il se doutait également que ces cachotteries avaient précisément pour but de distiller en lui ce genre d'inquiétude. Elle voulait le rendre fou, se dit-il, afin peut-être de contester ensuite sa requête en annulation au motif qu'il n'avait plus toute sa raison…

Et vu l'envie qui le tenaillait de botter les fesses de ces abrutis qui riaient de ses plaisanteries à gorge déployée, il n'était pas loin de penser que son plan avait quelque chance de réussir.

— William ?

Il réprima un grognement irrité en s'entendant ainsi hélé par Sarah et lui lança un coup d'œil par-dessus son épaule.

— Quoi ?

Elle pencha la tête de côté avec une moue espiègle.

— Allons-nous bientôt nous arrêter pour déjeuner ?

— Je t'ai dit de bien manger ce matin, répondit-il en refoulant le désir de chasser ce petit sourire de ses lèvres d'un baiser torride.

— Je ne me sentais pas dans mon assiette à ce moment-là. A présent je meurs de faim. Mais si tu penses que cela risque de nous retarder…

— Bien sûr que cela va nous retarder ! D'un autre côté, j'ai peur d'avoir quelque peine à mériter l'indulgence de l'Eglise si je te laisse périr d'inanition.

Cette réponse eut l'effet escompté : Sarah cessa aussitôt de sourire et parut même sur le point de jurer.

— Je sens un feu de camp pas loin d'ici, reprit-il en humant l'air. Nous sommes sûrement près d'un village. Nous ferons halte là-bas.

Du moins espérait-il que ce serait un village, préférant s'arrêter dans un endroit public où il lui serait plus aisé d'éviter Sarah. Pour l'instant, il aimait mieux ne pas rester seul avec elle, redoutant d'être entraîné dans une dispute qui pourrait très bien ne pas se conclure à son avantage. D'ailleurs, il était pour l'heure bien trop rempli de colère et de jalousie à la perspective de la voir un jour épouser un autre que lui pour se montrer rationnel ou même cohérent dans ses propos.

Il savait qu'il lui faudrait surmonter ces sentiments, mais comment ? Et *pourquoi* elle les provoquait, il ne le savait pas davantage.

Cette question le taraudait encore quand ils débouchèrent au centre d'un petit groupe de huttes. Le tout ressemblant assez à un village à son goût, il démonta, puis alla aider Sarah à descendre de cheval à son tour, devançant en cela les gardes.

La tenant par la taille tandis qu'elle aggripait ses épaules, il la fit glisser de sa selle. Dans le mouvement, elle se pencha légèrement en avant, de sorte que leurs joues se touchèrent.

Il s'immobilisa, troublé par ce contact.

— Sarah, grommela-t-il. Arrête.

A son grand étonnement, elle obtempéra sans broncher. Une fois à terre, elle posa les mains sur son torse.

— Pourquoi nous fais-tu cela ? lui demanda-t-elle avant de s'éloigner sans même attendre sa réponse.

Les soldats entreprirent d'inspecter le village. William remarqua que les deux plus jeunes étaient enclins à outrepasser ses consignes pour assurer le confort de Sarah, l'un lui apportant un tonneau vide en guise de siège, l'autre de l'eau pour lui permettre de se désaltérer.

Alors qu'un vieillard s'approchait de lui, il remarqua une soudaine agitation du côté du puits couvert. L'un des gardes les plus âgés se rua en trébuchant vers un buisson devant lequel il s'agenouilla, secoué de haut-le-cœur.

Sans hésiter, Sarah se précipita aussitôt au secours du malade.

— Ne t'approche pas de lui, Sarah ! s'exclama William en courant vers elle.

Mais il était déjà trop tard : avant qu'il puisse la retenir, elle s'était accroupie auprès du soldat et lui tâtait le front.

— Debout, ordonna William en lui saisissant le bras. Laisse donc les autres s'occuper de lui.

— Mais, William, il a besoin d'aide. Il est visiblement mal en point.

— Certes, mais tu n'es pas médecin, et tu risques de tomber malade à ton tour.

Mais la sagesse de ce conseil semblait décidément échapper complètement à Sarah. Se libérant d'une secousse, elle planta les poings sur ses hanches et le foudroya du regard.

— Je n'ai pas besoin d'être médecin pour savoir que, de toute façon, il ne doit pas être bien malade. Il n'a pas de fièvre. Ce doit être quelque chose qu'il a mangé ou bu ce matin qui l'a passagèrement empoisonné.

William s'avança vers elle, cherchant délibérément à l'intimider.

— Et moi, je te croyais plus versée dans les intrigues de cour que dans l'art médical. Je te le répète, Sarah : laisse ses camarades s'occuper de lui.

Quelqu'un de plus petit et de plus faible qu'elle l'aurait certainement écouté. Un adulte mâle lui aurait obéi. Mais pas elle, qui rejeta fièrement la tête en arrière pour le toiser avec mépris.

— Tu as renoncé au droit de me commander, lui lança-t-elle. Ne t'avise plus désormais de me donner des ordres.

Il prit son menton dans le creux de sa paume.

— Je n'ai jamais molesté une femme de ma vie, Sarah, mais...

A sa stupeur, elle l'interrompit d'un éclat de rire.

— ... mais ce n'est pas maintenant que tu vas commencer, acheva-t-elle à sa place.

William en fut désarmé. Et le pire, c'était qu'elle avait raison, bien sûr. Ou plutôt non, songea-t-il tout en approchant son visage du sien : le pire, c'était l'admiration qu'il éprouvait pour son audace.

Il sentit aussitôt toute tension la quitter. Elle ferma les yeux en frémissant. Son haleine chaude et tentatrice caressait ses lèvres.

Il allait répondre à son invite muette quand un cri d'horreur les fit sursauter brusquement. Détournant la tête pour dissiper la brume sensuelle qui lui obnubilait les sens, William chercha d'où provenait le hurlement.

Une femme aux cheveux blancs, le contenu de son panier répandu à ses pieds, le fixait avec des yeux écarquillés. Lâchant le panier qui pendait à ses doigts sans force, elle se signa tout en marmonnant ce qui ressemblait beaucoup à une prière de conjuration ou d'exorcisme.

Le vieillard qui s'était tout à l'heure approché de William fut de nouveau près de lui et, ôtant son couvre-chef, se mit à le tordre dans ses mains avec une expression de timidité angoissée.

— Milord... est-ce vous ?
— Qui ça, moi ?

Sarah se plaqua une main sur la bouche pour refréner son hilarité subite à cette réponse involontairement cocasse. William la foudroya du regard.

— Pour qui me prenez-vous, à la fin ? demanda-t-il au vieillard.

— Etes-vous bien... le fils de lord Simon ?

William vacilla. Dix-sept années de sa vie, dix-sept années de cauchemar, venaient en un instant de s'effacer. Ses souvenirs se bousculaient pour remonter à la surface de sa conscience, des souvenirs qu'ils avaient crus jusqu'alors définitivement perdus.

Voyant son trouble, Sarah lui toucha le bras, lui donnant ainsi l'appui qui lui manquait pour demeurer debout sur ses jambes devenues cotonneuses. Un appui qui, il s'en rendait subitement compte, lui ferait du reste défaut dans l'avenir... Il avala sa salive pour tenter de refouler le nœud qui lui serrait la gorge.

— Gunther ?

A ce nom, les bras frêles du vieillard l'étreignirent.

— Nous vous croyions déjà dans l'autre monde, milord.

William rendit son accolade au vieillard. Par-dessus son crâne chauve, il vit que le garde prétendument malade arborait de nouveau une mine resplendissante. Les soldats du roi l'avaient-ils berné en le guidant intentionnellement jusqu'ici ? Et cela, avec la complicité de Sarah — sinon sur ses ordres ?

Baissant le regard sur Sarah, il remarqua dans ses yeux des larmes d'émotion qui semblaient pourtant plaider pour son innocence.

Comme elle s'écartait de lui, il la retint instinctivement à son côté.

— Non, chuchota-t-il. Reste.

Gunther le lâcha enfin et fit un pas en arrière.

— Ah, messire William, vous ne pouvez savoir comme mon vieux cœur se réjouit de vous revoir parmi nous !

La femme qui avait crié s'approcha. Debout derrière Gunther, elle observait William en silence.

William la dévisagea un moment.

— Berta ? Est-ce bien vous ?

L'interpellée hocha la tête avant de s'effondrer en sanglots contre la poitrine de Gunther.

William leur désigna Sarah d'un geste.

— Voici lady Sarah, mon épouse.

Il ressentit un bref flottement, étonné de se voir si aisément attribuer à Sarah une qualité qu'il n'aurait plus dû considérer comme sienne.

— Sarah, poursuivit-il, voici Gunther, qui fut jadis l'intendant de mon père, et son épouse, Berta.

Il se pencha vers Sarah, un sourire espiègle au coin des lèvres.

— Méfie-toi d'elle, ajouta-t-il. Berta est dure au combat.

Berta éclata de rire, sans toutefois cesser complètement de pleurer. Puis elle sembla se calmer et s'écarta de son mari.

— Ainsi donc, milord, vous voilà rentré.

William embrassa du regard le petit cercle de huttes.

— Il semblerait bien, admit-il. Mais ce village m'est inconnu. Que faites-vous ici ?

— Le frère de votre père nous a donné notre congé après votre disparition, milord, expliqua Gunther en haussant les épaules. Nous n'avions nulle part où aller, nous nous sommes finalement installés ici.

— Et que devient ce cher Arthur ? demanda William avec une moue méprisante.

— Il est mort, répondit Berta. Et qu'il brûle en enfer !

— Allons, allons, Berta, murmura Gunther en lui tapotant l'épaule. Pour être plus précis, messire William, il est décédé de manière inopinée, il y a dix ans de cela.

— Et le château ?

— Il est demeuré inoccupé depuis lors.

— Milord, intervint alors le faux malade en s'approchant.

Il tenait à la main une longue bourse en cuir qu'il tendit à William du bout des doigts.

— Le roi Henri m'a prié de vous remettre ceci à notre arrivée dans ce village.

William lui arracha avec humeur la bourse des mains. Elle contenait un morceau de parchemin roulé.

— N'y a-t-il rien d'autre que je devrais savoir ?

Le soldat hésita avant de secouer la tête.

— Non, milord.

— En êtes-vous certain ? insista William avec un froncement de sourcils irrité.

Le soldat se contenta de tourner les talons pour aller rejoindre les autres. William le suivit des yeux en marmonnant un juron inaudible.

Il avait presque peur de dérouler la missive. Il y avait fort à parier que ce qu'il allait lire ne serait pas pour lui plaire. Contrarié, il sortit toutefois le parchemin de son étui et le déroula.

Le roi Henri lui attribuait l'usufruit du donjon de Bronwyn ainsi que des terres alentours. A charge pour lui d'en assurer la reconstruction, l'entretien et la défense, au bénéfice de Sarah de Bronwyn. Après leur décès à tous deux, le domaine reviendrait au plus âgé de leurs enfants, fille ou garçon. Cependant, au cas où lady Sarah ne donnerait naissance à aucun enfant du sang des Bronwyn, le domaine intégrerait les biens de la Couronne.

Après avoir lu le décret royal pour la troisième fois, William avait l'impression que les mots dansaient sur le parchemin.

Sarah lui effleura le bras.

— William ?

Soigneusement, il enroula le message et le remit dans la bourse de cuir qu'il rangea sous sa tunique.

— Nous en reparlerons plus tard, dit-il.

Bien plus tard, ajouta-t-il en son for intérieur. Car il doutait de se remettre avant longtemps de l'indignation ulcérée que la décision royale soulevait en lui.

Ignorant le regard interrogateur de Sarah, il fixa son attention sur Gunther.

— Le château est demeuré inoccupé, disiez-vous ? Pourquoi cela ?

— Au début, nous ne savions trop quoi faire. Nous attendions que le roi nous envoie un nouveau seigneur. Mais comme personne ne venait, les hommes de lord Arthur ont fini par quitter les lieux, et nous étions trop peu nombreux pour assurer l'entretien du château.

En effet, se dit William. Le village semblait n'héberger qu'une douzaine de personnes tout au plus, et ses habitants n'étaient plus dans la prime jeunesse.

— Sans compter, poursuivit lentement Gunther, le front plissé par la perplexité, que le château est depuis quelques années le théâtre d'événements… étranges.

— Il est hanté, milord, murmura Berta d'une toute petite voix avant de hocher vigoureusement la tête, comme pour donner plus de poids à ces mots. Hanté… par des esprits.

Les hantises étaient rarement le fait de vivants, songea William. Mais il garda ce sarcasme pour lui et, fermant les yeux, se frotta l'arête du nez en réprimant un soupir.

— Nous pensions jusqu'à présent que c'était votre fantôme, milord, crut utile de préciser Gunther. Mais comme vous êtes toujours de ce monde, peut-être que ce sont vos parents qui arpentent les planchers de leur ancienne demeure.

William ne put résister à la tentation de taquiner un peu les vieux serviteurs.

— Hantent-ils les lieux en plein jour ?

Berta le considéra comme s'il avait perdu la raison.

— Mon Dieu, non ! s'écria-t-elle.

— Eh bien, il serait de mise que j'aille y jeter un œil, si je comprends bien.

Gunther se mit à se balancer d'un pied sur l'autre.

— Milord…

— Oui ? fit William, conscient de l'irritation qui altérait sa voix.

— C'est que… il n'y a plus grand-chose à voir, milord.

Bronwyn n'ayant jamais été qu'une forteresse de bois, « plus grand-chose » couvrait un large éventail de possibilités allant d'une structure engloutie par une végétation indisciplinée jusqu'à un tas de poutres calcinées.

— Je tiens tout de même à aller inspecter le bâtiment.

Gunther le conduisit alors le long d'une sente étroite traversant un taillis où les plantes grimpantes s'entremêlaient à des troncs d'arbres morts. Sarah, Berta et les quatre soldats du roi leur emboîtèrent le pas.

Au sortir des bois à l'abandon, seul un pré en friche les séparait encore de ce qui, même de très loin, aurait pu difficilement passer pour une place forte.

William cilla, éberlué. Ce qu'il avait sous les yeux ne pouvait être Bronwyn. Même dans ses pires jours, jamais la citadelle n'avait ressemblé à cela. Carrant les épaules, il sortit l'épée pour se frayer un chemin parmi les ronces et les herbes folles.

Parvenu au pied de la bâtisse, il secoua la tête, la mine désabusée. Si le portail et les tours jumelles de l'ouvrage d'entrée étaient encore debout, le reste de la palissade formant le mur d'enceinte s'était totalement écroulé. On aurait dit que la nature avait livré la guerre au château — et qu'elle était en train de la gagner.

Aidé par les deux plus jeunes soldats, il continua à tailler un sentier jusqu'à l'intérieur du baile, remarquant au passage que les écuries sur sa gauche avaient été entièrement consumées par un incendie et que le toit abritant le puits s'était effondré dans ce dernier.

Le perron pavé de pierres menant à la butte du donjon paraissait pour sa part encore intact. Du moins ses dalles ne s'effritaient-elles pas sous le pied.

En revanche, l'escalier de bois qui conduisait à l'édifice semblait bel et bien pourri, empêchant d'y accéder de ce côté-ci. William haussa les sourcils.

— Reculez, ordonna-t-il avant de frapper, du pommeau de son épée, la paroi du donjon.

Il jeta ensuite un coup d'œil dans le trou ainsi pratiqué. De façon surprenante, l'intérieur paraissait entretenu et, même, habité. Se retournant, il regarda Gunther.

— Quelqu'un habite ici.

— Eh bien, oui : les fantômes ! répondirent en chœur les deux anciens serviteurs.

William sentit ses tempes se contracter sous l'assaut d'une migraine fulgurante. Décidément, cette journée se révélait de plus en plus éprouvante. En plus d'une femme qui lui désobéissait sans vergogne, d'une escorte qui le fourvoyait sciemment, de la résurrection d'un passé qu'il ne pensait jamais retrouver, d'un roi qui l'obligeait à choisir entre l'annulation de son mariage et la récupération du château de ses ancêtres, voilà qu'en fait de château il avait sur les bras un donjon décrépit, envahi non seulement par les mauvaises herbes mais aussi, s'il fallait en croire Gunther et Berta, par des spectres.

Quelle autre avanie allait encore lui tomber sur le crâne ?

Ce fut alors qu'il entendit le soupir étouffé que poussa Sarah en s'évanouissant à ses pieds.

— Sarah, réveille-toi.

Sarah avait l'impression que la voix de William lui parvenait de très loin. Elle s'efforçait de lui répondre, mais ne parvenait pas à s'extraire du brouillard qui l'enveloppait.

— Sarah…

Elle sentit son corps s'enfoncer dans quelque chose de souple, ployant sous le poids de William s'asseyant près d'elle.

« Un lit ? » se dit-elle confusément. Où donc se trouvait-elle ? Résistant à l'envie irrésistible de replonger dans l'inconscience, elle bougea la tête et obligea ses paupières à se soulever. Elle les referma aussitôt, aveuglée par l'éclat d'une torche accrochée en face de la couche.

— Ça y est ? dit William. Tu es revenue parmi nous ?

Elle rouvrit les yeux et mit la main en visière sur son front.

— Où sommes-nous ? articula-t-elle.

— A Bronwyn.

Il la redressa, regonfla les oreillers sous sa tête et la laissa se rallonger.

— Que s'est-il passé ? demanda Sarah.

Il lui tendit un quignon de pain.

— J'ai oublié de te nourrir. Alors tu as fini par tourner de l'œil.

— Oh, c'est depuis ce matin que je me sens un peu nauséeuse.

Reprenant peu à peu ses esprits, elle détailla la chambre du regard.

— Pour un donjon dans un tel état d'abandon, cette chambre me paraît plutôt bien entretenue.

— Il faudra sans doute en remercier les fantômes.

Elle faillit s'étouffer avec le morceau de pain. Il lui tendit un gobelet rempli d'eau.

— Voyons, William, ce n'est pas possible. Les fantômes ne sont que des esprits. Ils ne manient ni le balai ni la serpillière.

— Bien sûr que non, dit-il en s'asseyant sur un banc près du lit. Manifestement, on a cherché à éloigner les villageois d'ici.

— Que comptes-tu faire ? demanda-t-elle entre deux bouchées.

— Moi ? Mais rien. Cela ne relève pas de ma responsabilité.

— Comment cela ? s'étonna Sarah.

Il sortit la bourse de sa tunique et tendit le rouleau à la jeune femme.

— Tiens. Lis ceci.

Elle posa son gobelet, rompit de nouveau le pain et porta le morceau à sa bouche avant de dérouler le message.

Lorsqu'elle eut achevé la lecture de la missive, elle se remit à tousser et dut boire quelques gorgées d'eau pour calmer sa toux. Puis elle relut le parchemin.

— C'est une cruelle plaisanterie, William, murmura-t-elle. Et, malgré les apparences, je n'y suis strictement pour rien.

Il reprit le rouleau et le rangea.

— Je sais, dit-il.

Sarah fronça les sourcils. William était toujours poli avec elle et manifestement soucieux de sa santé, mais elle lui trouvait un comportement étrange. Elle scruta son visage pour tenter de le déchiffrer.

— Sarah, qu'y a-t-il ?

Elle détourna promptement les yeux.

— Rien.

Il s'appuya contre le dossier du banc.

— J'en ai plus qu'assez de tes petits jeux, dit-il.

— Mais quels jeux ? s'écria-t-elle.

Elle triturait un coin de la couverture qu'il avait étendue sur elle.

— Il suffit, Sarah. Je vois bien que tu essaies constamment de déchiffrer mes expressions pour deviner mes pensées. Que cherches-tu au juste ?

Une fois de plus, Sarah ne put qu'admirer sa perspicacité. Elle n'était cependant pas près de lui avouer ce qu'elle souhaitait voir : si les paillettes de ses iris n'étaient pas en train de scintiller... S'il savait ce qui le trahissait, il s'arrangerait pour l'éviter tout le temps. Il fallait qu'elle réponde par un demi-mensonge.

— J'essayais simplement de savoir si ton froncement de sourcils était dû à la fatigue ou à la colère.

Oh, il pouvait toujours garder une attitude roide et indifférente. Ses yeux, en revanche, ne cesseraient de lui parler en silence, si bien qu'elle continuerait d'être en mesure d'y lire les nuances de ses émotions — depuis la dilatation des pupilles et le scintillement mordoré du désir jusqu'à l'éclat de la colère, en passant par le pétillement de la moquerie.

— Et comment comptais-tu t'y prendre pour le deviner ? dit William.

Elle haussa benoîtement les épaules.

— Tes yeux rouges indiquent en général de la lassitude. S'ils sont clairs, alors il faut en conclure que ton air renfrogné exprime plutôt ton courroux.

Comme il la fixait d'un regard sévère, elle s'empressa d'ajouter :

— C'est le seul jeu auquel je joue avec toi, William. Je ne prétends pas déchiffrer tes humeurs, mais simplement déterminer si tu es fatigué ou en colère. N'en ai-je pas le droit ?

Avant qu'elle puisse lui servir un nouveau mensonge, il s'agenouilla sur le lit et se pencha sur elle.

— Et tes yeux à toi, Sarah ? Comment changent-ils en fonction de *tes* humeurs ?

Le cœur de Sarah se mit à battre si fort qu'elle peinait à retrouver son souffle. Comme elle aurait aimé qu'il la caresse, qu'il l'embrasse… Comme elle avait désespérément besoin du contact de ses mains, de ses lèvres !

Mais hélas, elle n'allait pas se laisser aller à de tels sentiments alors que, dans quelques semaines, il l'aurait répudiée.

Elle leva le menton vers lui, consciente que la bataille qu'elle s'apprêtait à livrer ne faisait que commencer.

— Libre à toi de le découvrir, William. Mais il faudra pour cela que tu renonces à faire annuler de notre mariage.

15

— Cela est hors de question, déclara William en se redressant.

Sarah ne fut pas surprise de cette réponse. Evidemment, la tâche ne serait pas aisée. Elle devait néanmoins tout faire pour découvrir ce qui avait changé entre eux. Et elle ne devait pas attendre pour cela qu'il lui échappe, tant physiquement qu'affectivement. Aussi empoigna-t-elle le devant de sa tunique pour le retenir près d'elle.

— Pourquoi pas, William ? Que s'est-il passé pour que tu en viennes à me haïr à ce point ?

— Je n'ai jamais rien dit de tel.

Il la força à desserrer les doigts pour le lâcher et retourna s'asseoir sur le banc.

— Même si ce n'est pas en ces termes que tu l'as exprimé, tu n'as pas ménagé tes efforts pour me le faire comprendre, dit-elle avec amertume.

— J'estimais qu'il serait plus simple pour toi de le croire.

— Mais pourquoi cela ? N'ai-je point le droit de connaître au moins la raison pour laquelle tu me rejettes ?

Il lui effleura le visage, ses doigts tièdes se posant un bref instant sur sa joue.

— Ecoute, ne préférerais-tu pas poursuivre cette conversation à la cour d'Aliénor, dans un environnement familier, plutôt qu'ici, dans cette chambre inconnue ?

— Non, William. Je n'ai nul besoin d'un public de cour, et je ne supporterai pas une minute de plus de me tourmenter en me demandant avec angoisse quelle faute j'ai bien pu commettre.

— Quelle faute *tu* aurais commise ? fit-il stupéfait. Mais tu n'as commis aucune faute, Sarah.

Sarah se sentit tiraillée entre l'envie de rire et celle de pleurer. Cet échange était si absurde ! Manifestement, William était toujours attaché à elle. Et de son côté, elle se sentait capable, avec le temps, de s'éprendre profondément de lui. Et de quoi étaient-ils en train de discuter ? De l'annulation de leur mariage !

— Ainsi, reprit-elle, tu ne me hais point et je n'ai rien fait de mal. Tu m'avoueras, William, que ce sont là des raisons bien maigres pour nous délier des vœux que nous avons prononcés devant l'autel.

— Ce n'est pas facile à expliquer.

— Essaie tout de même. Ne comprends-tu pas que cette décision exige au moins une explication ?

— Sarah, tu ne mérites pas de subir cela.

— C'est un point que je ne contesterai pas.

— Je veux dire que tu mérites mieux que d'être l'épouse de quelqu'un qui ne possède rien — ni titre, ni fortune.

Sarah songea soudain au danger de se marier sans une période préalable de fiançailles. En se présentant trop tôt devant le prêtre, on se privait du temps de se connaître l'un l'autre, de découvrir les pensées et les désirs de son futur conjoint, ses rêves et ses espoirs.

Tout ce qu'ils avaient pu apprendre durant les quelques jours qu'ils venaient de passer ensemble, c'était le plaisir qu'ils éprouvaient à s'embrasser, à se caresser, à faire l'amour.

A se taquiner et à se provoquer. A se séduire mutuellement. Or cela ne suffisait apparemment pas à son mari.

— William, je ne suis plus une petite fille pleine de songes et d'ambitions grandioses. Je n'ai cure du titre. Ce qui compte, pour moi, c'est l'homme.

La sincérité de cette affirmation la frappa au moment même où elle la prononçait : alors que l'absence de titres et de privilèges était jadis l'argument qu'elle avançait pour refuser d'épouser tel de ses prétendants, en vérité cela n'avait plus la moindre importance à ses yeux.

— Et puis tu n'es pas dénué de tout, continua-t-elle en désignant la chambre d'un geste. Tu possèdes au moins ce donjon.

— Je n'en suis que l'usufruitier, rappela-t-il. En vérité, c'est à toi qu'il appartient.

— Tu sais très bien que le roi Henri ne l'a décrété ainsi que pour te forcer à changer d'avis. Ou, du moins, pour te donner le temps de la réflexion.

Il était évident pour Sarah que le roi ne souhaitait pas plus lui donner une place forte qu'il n'aurait été enclin à la céder à l'un de ses ennemis. La terre était la terre et, pour délabrée qu'elle soit, la citadelle n'était pas encore tombée en ruines, loin de là. L'ensemble du domaine avait donc une valeur et constituait par là-même un atout dont Henri aurait été stupide de se défaire.

— Tu aurais pu mourir, marmonna alors William qui suivait le cours noir de ses pensées. Tu aurais pu subir un sort pire encore…

Elle perçut la colère et le désarroi qui agitaient William et comprit qu'ils touchaient enfin le cœur du problème.

— Mais tu es venu me sauver, répliqua-t-elle. Tu m'as délivrée d'Aryseeth !

— Parce que c'était mon *devoir*, précisa-t-il en relevant les yeux vers elle. Oui, c'était à cause de moi que tu avais été enlevée. C'était donc à moi aussi de te tirer de ce mauvais pas.

Sarah fut un instant troublée par ce mot. Son devoir ? Mais il fallait qu'elle laisse cela de côté, elle devait le pousser plus encore à lui livrer ses pensées.

— A cause de toi ? Comment cela ?

— Je t'ai laissée seule.

— Tu m'as laissée avec quatre gardes armés.

— Qui n'avaient pas d'entraînement.

— Mais qui venaient de défaire vaillamment les troupes d'Arnyll.

— A l'évidence, c'était là un exploit isolé qu'ils n'étaient pas en mesure de reproduire, dit William avec un rire amer.

Sarah se redressa sur le lit. Il fallait aller au bout, elle n'allait pas abandonner à présent.

— Si j'ai bien saisi, résuma-t-elle, c'est parce que tu as l'impression d'avoir failli à tes devoirs envers moi que tu as décidé de me repousser ? Pour racheter cette erreur ?

Elle secoua la tête de dépit. C'était tellement illogique !

William se leva et se mit à arpenter le plancher.

— Non. Mon erreur, je la rachète en te permettant d'épouser quelqu'un avec qui tu seras plus heureuse.

Le cœur de Sarah manqua un battement. Elle eut conscience qu'elle ne voyait personne qui puisse la rendre plus heureuse... que lui. Mais quel était exactement le fond de sa pensée ?

— Plus heureuse ? Qu'entends-tu par là ?

— Eh bien, il y a fort à parier qu'Aryseeth n'aura de cesse qu'il n'ait remis la main sur nous, Hugh, Guy et moi, afin de plaire à son maître. Et cela te met en danger, toi aussi. Et moi, je refuse de te faire courir ce risque. Ton mari doit être capable d'assurer ta sécurité, Sarah, ce qui n'est pas mon cas.

— Et peu t'importe ce que j'en pense, moi — c'est cela ?

Bien sûr, elle craignait aussi le maître des esclaves, qu'à son sens le roi avait bien eu tort d'épargner... Mais pouvait-elle imaginer meilleur protecteur que William de Bronwyn ?

— Sarah, tu n'es pas en état de réfléchir raisonnablement à ce problème, dit-il en venant se camper devant elle.

Elle le fixa avec humeur. Etait-il, lui, en état de raisonner ?

— Tiens donc ! dit-elle en haussant la voix. Et pourquoi cela, je te prie ?

Elle n'était pas sûre de souhaiter entendre sa réponse. Mais elle était allée trop loin pour reculer, à présent.

— Sarah, tu te sentirais tout aussi redevable envers quiconque serait venu à ton secours.

— Mais je n'éprouve aucune obligation morale à ton égard, William ! Mes sentiments envers toi sont d'une tout autre nature.

— Si tu fais allusion au plaisir que nous avons connu ensemble, dis-toi qu'il ne dépend pas nécessairement d'un seul et unique partenaire.

Les tempes en feu, Sarah eut grand-peine à maîtriser la rage que ces mots déclenchèrent en elle. Comment pouvait-il proférer des jugements aussi grossiers ?

— En d'autres termes, je gémirais et me tordrais tout autant de volupté dans les bras d'un autre homme ?

Il la foudroya du regard mais n'en acquiesça pas moins de la tête.

S'il croyait être en colère, songea-t-elle, alors il n'avait aucune idée de l'indignation outragée que pouvaient susciter en elle des remarques à ce point insensées… Surtout proférées avec une telle suffisance !

Serrant les poings sur la couverture, elle le fixa d'un regard étincelant de colère.

— Peut-être, mon cher époux, devrions-nous d'abord vérifier cette hypothèse.

En un éclair il fut près d'elle, la souleva par le devant de sa robe et, d'une secousse brutale, la mit debout sur le lit. Ils se retrouvèrent nez à nez.

— Oublie tout de suite cette idée, gronda-t-il.
— Sinon quoi ?
— Parbleu, tu es toujours ma femme et tu vas te comporter comme telle.
— Ta femme ? Je ne suis pour toi qu'une charge, un devoir. Que t'importe ce que je peux faire ? Dans quelques semaines à peine, notre union sera effacée comme si elle n'avait jamais été.
— Au nom du ciel, Sarah, tant que je suis ton mari, tu vas m'obéir !

Elle ne réfléchit pas, le courroux l'emportant aussitôt en elle sur toute prudence.

— Lâche-moi, dit-elle en le poussant des deux mains. Laisse-moi tranquille.
— Me donnes-tu des ordres à présent ? tonna-t-il d'une voix menaçante.
— Tu m'as parfaitement entendue, répliqua-t-elle avec une détermination sans faille.

Il ouvrit brusquement les mains et elle retomba sur le lit. Comme il lui saisissait les poignets pour les immobiliser sur le matelas, elle se débattit pour lui échapper.

— Arrête, dit-il. Tu n'es pas plus forte que moi, Sarah. Je te relâcherai quand bon me semblera.

— Alors tu ferais mieux d'en avoir envie *maintenant*, hurla-t-elle. Laisse-moi, te dis-je !

Il coupa court à ses cris en plaquant ses lèvres contre les siennes, ne lui laissant d'autre choix que de répondre à son baiser.

Elle l'embrassa en retour avec un sentiment de triomphe qu'elle sut trop mal dissimuler.

Au bout d'un temps qui lui parut bien trop court, la bouche de William quitta la sienne.

— Petite diablesse, lui chuchota-t-il à l'oreille.

— Pour votre plus grand plaisir, milord, répliqua-t-elle sur le même ton avant de laisser libre cours à son hilarité.

Il relâcha ses poignets.

— Ma foi, je n'avais pas tort : tu es bien la pire des mégères.

Elle lui administra une claque cinglante sur l'avant-bras.

— Et toi, tu n'es qu'une brute qui prend son épouse pour une possession matérielle.

— C'est un jeu dangereux que tu as joué là avec moi.

— Oh, n'aie pas d'inquiétude, répliqua-t-elle en frottant sa joue contre la sienne. Ce n'est pas parce que je te fais tourner en bourrique que tu en viendrais à perdre tout contrôle de toi-même et à me violenter. Tu as plus d'honneur que cela, n'est-ce pas ?

Il se redressa soudain, ce qui fit à Sarah l'effet d'une douche froide.

— Viens, lui dit-il. Il est temps de retourner au village.

Sarah plissa les yeux. Elle avait donc touché juste : non seulement il estimait avoir failli à ses devoirs envers elle, mais il pensait également avoir terni son honneur par ce manquement.

Par la Sainte Vierge, il était bien un guerrier jusqu'à la moelle des os ! Devoir et honneur formaient à ses yeux un tout insécable. Malheureusement pour elle, si la notion de devoir ne lui était pas étrangère, elle n'avait aucune expérience des champs de bataille ou des servitudes de la vie militaire. Comment trouver, dès lors, les armes adéquates pour le convaincre de son erreur ?

Il avait finalement raison sur un point : ils devaient retourner à Poitiers. Non pour y attendre l'annulation de leur mariage, mais parce qu'Aliénor était la seule femme capable de l'aider à trouver le moyen de garder son mari.

Encore fallait-il, après l'échec de sa mission, que la reine daigne lui adresser la parole.

Elle prit la main que William lui tendait. Il l'aida à se relever et entreprit de lisser les plis qui froissaient le devant de sa toilette.

— Tu sais ce que l'on va penser en nous voyant revenir dans cet état ? dit-il à mi-voix.

Elle se frotta en souriant contre son épaule.

— Que nous avons accompli nos devoirs conjugaux, par exemple ?

Soudain elle se figea. Elle avait cru voir bouger la tapisserie accrochée au mur d'en face. Elle cilla : elle avait dû rêver. Mais le mouvement se répéta. Posant un doigt sur les lèvres de William, elle lui désigna la toile élimée qui recouvrait le mur de pierres.

De nouveau, l'un des coins de la tapisserie se souleva, comme poussé par une main invisible. Elle s'accrocha d'instinct à William, mais il la repoussa doucement pour aller arracher la toile.

Par la porte entrouverte que cachait jusqu'alors la tapisserie, ils entendirent des bruits de pas précipités.

— Ne bouge pas, dit William. Je crois que venons de mettre la main sur les fantômes de Bronwyn.

Il se précipita derrière la porte. Sarah attendit sans bouger, espérant qu'il n'allait pas au-devant d'un danger. Mais il devait s'agir des plaisantins qui avaient effrayé les villageois pour les dissuader de revenir s'installer au château.

Elle n'eut pas à patienter longtemps. William reparut bientôt dans l'embrasure de la porte, précédé de deux jeunes hommes qu'il poussa dans la chambre. Une jeune fille les suivait.

— J'attends vos explications, déclara-t-il après avoir rassemblé le groupe au centre de la pièce.

Alors, devant Sarah bouche de bée de stupeur, la jeune fille se dévêtit de sa robe en un clin d'œil et s'approcha de William en roulant des hanches.

— Si tu les laisses repartir, dit-elle en désignant ses compagnons, je suis à toi.

Sarah n'en crut ni ses yeux ni ses oreilles, sidérée par l'audace et l'impudeur de la gamine. Certes, elle était presque en âge de se marier — mais où avait-elle pu apprendre à se comporter aussi effrontément ? A en juger par ses mouvements sinueux, ses œillades lascives et son ton aguicheur, soit elle était une séductrice née, soit elle avait la comédie dans le sang.

Cependant, ce qu'elle observa surtout, ce fut la réaction de William. La fille était jolie et bien faite. Quel mâle normalement constitué pourrait repousser une proposition aussi alléchante ? Et à vrai dire, William semblait bel et bien captivé par le spectacle de ce corps nu et provocant. En le voyant fixer un instant la jeune fille sans bouger, Sarah sentit ses tempes s'échauffer.

— Et que ferais-je de toi, petite ? dit William d'un ton

glacial avant de ramasser la robe et de la lui jeter dans les bras. Allez, dépêche-toi de te rhabiller.

Soulagée, Sarah éprouva cependant un nouveau choc en voyant la fille, ignorant l'ordre de William, s'avancer vers lui et poser les mains sur son torse.

— Il me semble que l'ordre qu'on vient de vous donner est suffisamment clair, mademoiselle, intervint-elle. Couvrez-vous immédiatement.

Cette fois la gamine rougit et se hâta d'obtempérer.

William examina alors les jeunes hommes qui, devant son imposante carrure, se mirent à reculer jusqu'au mur en se serrant l'un contre l'autre.

Les voyant terrifiés par le guerrier aux proportions peu communes qu'était William, Sarah eut presque pitié d'eux. Mais ce sentiment ne dura guère. Après tout, c'étaient vraisemblablement ces mêmes chenapans qui, en effrayant les anciens serviteurs, les avaient condamnés à croupir dans leurs misérables cabanes.

Croisant les bras sur sa robuste poitrine, William se contenta d'abord de les toiser d'un œil aiguisé. Sans doute fut-ce déjà trop pour l'un d'eux, qui tenta de bondir vers la porte. C'était sous-estimer la rapidité de William, commettant l'erreur de tous ceux qui, au vu de sa stature, le supposaient lent de corps et d'esprit.

Avant qu'il ait pu faire deux pas, une grande main s'abattit sur son épaule et le ramena au milieu de la chambre.

— Je ne t'ai pas encore donné ton congé, articula posément William. Ainsi, vous êtes les fantômes de Bronwyn ? C'est un honneur de vous rencontrer.

Ils eurent la sagesse de ne rien répondre à cette fausse question. Sagesse qui, en revanche, ne semblait pas le fort de leur amie.

— En quoi cela vous regarde-t-il ? dit effrontément

la jeune fille. Ce que nous faisons ne concerne pas les étrangers de passage.

Pour la punir de sa stupidité, Sarah la poussa en direction de ses complices, la confiant également aux bons soins de William. Puis, subitement trop lasse pour se soucier de ces jeunes sots, elle alla se rasseoir sur le bord du lit.

Comme William la regardait avec inquiétude, elle lui fit signe de poursuivre son interrogatoire.

Il se retourna vers les trois jeunes gens.

— Depuis combien de temps tenez-vous les villageois à l'écart de cette place forte ?

La jeune fille redressa la tête, balançant sa chevelure broussailleuse par-dessus son épaule.

— Nous ne sommes point obligés de vous parler.

— Tu te trompes lourdement, jeune fille. Tu pourrais regretter au contraire de ne point tout me dire.

— Et pourquoi ? Pour qui vous prenez-vous, à la fin ?

Sarah écarquilla les yeux. Quel ton belliqueux et insolent ! Ne se rendait-elle pas compte du risque insensé qu'elle prenait à parler sur ce ton à un étranger aussi imposant, armé de surcroît, et dont elle ne savait rien ?

Mais elle se rappela alors comment elle était elle-même à son âge, réprimant un sourire à cette pensée. Bien sûr que cette gamine avait conscience du danger. Elle préférait seulement se montrer insolente plutôt que de trahir sa peur. Sa tentative de séduction avait échoué, elle optait donc pour la crânerie.

— Pour qui je me prends ? répéta William avec irritation. Mais pour ce que je suis, ma petite : le seigneur de Bronwyn.

Sarah ne manqua pas d'observer avec délices l'expression de stupeur terrorisée qui se peignit alors sur leurs trois visages.

Puis le plus grand des deux garçons carra les épaules et prit une profonde inspiration avant de s'adresser à William.

— Milord, veuillez nous pardonner, nous ignorions qui vous étiez. Nous habitons ce donjon depuis… Eh bien, depuis longtemps, dit-il après un temps d'hésitation. Cela doit faire maintenant trois ou quatre hivers que nous nous sommes installés ici. C'était juste après la mort de nos parents dans l'incendie des écuries.

L'autre garçon se rapprocha de la fille, comme s'il cherchait son appui. Elle lui passa un bras autour des épaules.

Sarah était atterrée. Trois ou quatre hivers ? Aucun d'eux ne paraissait pourtant avoir beaucoup plus de quinze ans, ils n'étaient encore que des enfants lorsqu'ils avaient commencé à épouvanter ces pauvres gens.

— Pourquoi n'êtes-vous pas descendus au village ? demanda William.

— Personne là-bas ne nous savait ici, répondit la jeune fille en frottant le plancher du bout du pied. Nos parents nous répétaient que les villageois devaient être idiots ou fous pour vivre dans les bois au lieu de venir au château et qu'il valait mieux les éviter. C'est pour cela que nous nous sommes mis à jouer les fantômes. Pour qu'ils nous laissent en paix.

— Le jour, on dort presque tout le temps, précisa le plus petit des garçons en désignant le lit. Là-dedans. Ensuite, quand c'est la nuit, on monte la garde et, si on voit quelqu'un, on allume des torches et on fait des bruits jusqu'à ce qu'il parte.

William secoua la tête.

— Quel âge avez-vous ?

Le plus grand désigna les deux autres.

— Joyce a seize ans et Alfred dix. Moi, je m'appelle Charles et j'ai quinze ans, milord.

— Eh bien, Joyce, Alfred et Charles, vous allez venir tous les trois passer la nuit avec nous au village. Vous pourrez alors constater par vous-mêmes que les gens là-bas ne sont ni fous ni idiots. Nous déciderons de votre sort demain matin.

— Mais, milord, ils vont nous en vouloir de les avoir bernés durant tout ce temps !

— Non, dit Sarah en s'approchant d'eux. Nous leur parlerons et ils ne pourront plus vous en vouloir.

Elle se tourna ensuite vers William.

— Peut-être vaudrait-il mieux que nous partions sur-le-champ, avant que la nuit ne tombe, suggéra-t-elle.

Il opina du chef et sortit avec elle de la pièce, une main posée sur sa taille. En sortant, Sarah surprit le regard dur et calculateur que Joyce posait sur leur couple. Elle se promit de s'entretenir avec la jeune fille dès le soir, afin de la dissuader une bonne fois pour toutes de commettre quelque folie qui risquait de lui être très dommageable.

En vérité, Sarah craignait de s'être un peu avancée en affirmant que les villageois n'en voudraient pas aux enfants. Aussi fut-elle grandement soulagée de constater qu'elle ne s'était pas trompée. Gunther et Berta ayant immédiatement pris les trois galopins sous leur aile, après quelques protestations indignées le reste du village finit par suivre.

Les deux garçons furent désormais hébergés par un jeune couple qui avait un fils de douze ans, tandis que Joyce, elle, demeurerait chez Gunther et Berta. Elle ne serait séparée d'eux que de quelques pas.

— Berta, s'exclama William le soir à la table du dîner en se calant contre le dossier de sa chaise, j'avais oublié combien il était parfois bon de manger ! Merci pour ce repas.

La vieille femme lui donna en rougissant une petite tape avec le bas de son tablier.

— Vous ne semblez pourtant pas avoir manqué de nourriture ces derniers temps, répliqua-t-elle avant de se tourner vers son mari. Il y a une cruche de cidre et un bon feu qui vous attendent dehors.

Sarah sourit en voyant les deux hommes s'éclipser dehors sans demander leur reste.

— Voilà une fameuse méthode pour avoir la paix ! dit-elle.

— Il suffit de les habituer à filer doux, milady. Et puis je ne connais point de mâle qui sache résister à l'appel du cidre de Bronwyn. Ni de femelle d'ailleurs ! ajouta-t-elle en sortant un autre cruchon d'un placard.

Sarah n'aurait jamais choisi ce breuvage pour étancher sa soif. La saveur en était trop aigre à son goût. Mais elle ne se sentait pas le cœur de contrarier son hôtesse qui s'était donné du mal pour les recevoir, non seulement en les invitant à leur table, mais en ayant de plus aménagé à leur intention la hutte voisine de la leur.

Elle rendit donc à Berta son sourire complice et porta à ses lèvres le gobelet qu'elle venait de lui servir.

— Avez-vous mis de la cannelle dedans ? demanda-t-elle en fronçant les sourcils.

— Oui, milady. Et aussi des clous de girofle et du miel.

Ce mélange aromatique adoucissait si efficacement le cidre que Sarah vida son gobelet presque d'une traite.

— Ma foi, je ne connais rien au cidre, dit-elle en reposant le gobelet sur la table, mais il est des moines de Normandie qui sauraient tirer profit de votre recette !

Berta s'esclaffa et s'empressa de remplir son gobelet.

— Le secret est dans les pommes, expliqua-t-elle. Il en faut à la fois des sucrées, des acides et des sauvages pour obtenir un cidre bien fort qui ne soit ni trop doux ni trop sec.

— Il a dû vous falloir des années pour apprendre à doser ce mélange.

— Oh, oui, milady. Lord Bronwyn, le père de votre époux, a effectué bien des essais avant d'arriver à ce résultat.

Sarah lampa le fond de son gobelet.

— Eh bien, je dirais que cet homme avait du goût !

Berta hocha vigoureusement la tête tout en les servant de nouveau.

— Mais, ajouta-t-elle, ce cidre-ci est un peu spécial. Si vous goûtez à celui de Gunther, vous verrez qu'il n'y met point les épices ni le miel que je mets dans le mien.

Un silence satisfait s'installa dans la hutte.

— Ainsi donc, reprit Sarah après un moment, les parents de William étaient distillateurs ?

— Oui. Nous avons essayé d'entretenir leur verger de notre mieux, mais Gunther n'est plus aussi vaillant que jadis et les jeunes du village ne pensent qu'à s'en aller d'ici. A cause de tout cela, la récolte de l'année dernière n'a pas été aussi bonne que celle des années précédentes.

Berta s'interrompit pour soupirer.

— C'était vraiment une pitié, ça oui, que de voir tous ces fruits pourrir sur les arbres.

Les connaissances de Sarah en matière d'arbres, de récoltes et de moissons étaient à peu près nulles. Mais elle n'oubliait pas qu'un certain décret royal avait mis le domaine de Bronwyn entre ses mains...

— Est-ce qu'il arrivait à William, dans son enfance, de donner un coup de main au verger ?

— Parfois, mais pas souvent, milady. Comme son père tenait à ce qu'il s'instruise, il passait la majeure partie de ses journées à étudier avec le prêtre du village. Ou à chercher un moyen d'échapper à ses leçons !

— C'est un mâle, n'est-ce pas, conclut Sarah avant de remplir elle-même son gobelet.

— Prenez garde, milady, prévint alors Berta. Ce breuvage a beau passer tout seul, il finit par embrumer les esprits.

Sarah ne pouvait que constater en effet que ce nectar coulait avec une grande facilité dans son gosier. Elle reposa son gobelet à moitié vide sur la table. Déjà, elle sentait des bouffées de chaleur aussi agréables que suspectes lui rosir les joues.

— Au vrai, votre mari n'était pas un garçon comme les autres, poursuivit Berta. Il était bien plus ouvert et gentil que les gamins de son âge. Je crois que c'était à cause de sa taille.

— Que voulez-vous dire ?

Berta se pencha vers elle.

— Vous me promettez de ne pas le répéter ?

— Vous avez ma parole, Berta.

— Il n'a jamais su que j'étais au courant, mais une nuit je l'ai surpris en train de se glisser dans les écuries, où se trouvait sa chienne. Elle venait juste de mettre bas une portée, et les chiots fascinaient tant William qu'il n'a pu s'empêcher d'aller les voir en cachette.

Elle jeta un regard de biais en direction de la porte. S'étant assurée que personne ne pouvait les entendre, elle poursuivit son récit.

— Son père lui avait pourtant ordonné de laisser la chienne et ses petits tranquilles jusqu'à ce qu'ils aient suffisamment grandi pour pouvoir être manipulés sans danger. Mais il ne l'a pas écouté.

Sarah ferma les yeux, pressentant que l'histoire allait mal se terminer.

— Il se trouve que lord Bronwyn est entré dans les écuries juste au moment où William tenait un des chiots dans sa main. Au lieu de le reposer et de reconnaître qu'il avait désobéi à son père, il a caché l'animal derrière son dos.

— Oh, non.

— Eh, si, milady. Quand lord Bronwyn est ressorti des écuries, William s'est aperçu qu'il avait brisé sans même s'en apercevoir le bassin de la pauvre bête qui, du coup, ne pouvait plus marcher. Eh bien, cela l'a anéanti. Il redoutait certainement que son père n'achève le chiot. Je le voyais verser toutes les larmes de son corps depuis le grenier à foin où Gunther et moi…

La vieille femme se mit soudain à rougir.

— … disons que nous étions montés… nous reposer.

Mais Sarah ne releva pas la pudeur de la vieille femme. Elle avait le cœur serré pour le petit garçon qu'était alors William.

— Et vous n'êtes pas descendue le consoler ?

— Dieu du ciel, non ! Jamais il n'aurait accepté de me parler. J'ai plutôt envoyé Gunther à ma place.

— Quel âge avait-il ?

— Entre cinq et six ans, je crois. C'était un accident, voyez-vous. Il se serait cassé un bras ou une jambe plutôt que de blesser le chiot. Mais il était déjà très fort pour son âge. On voyait l'homme qu'il allait devenir. Alors, après cette mésaventure, il s'est méfié encore davantage de lui-même.

Sarah sentit son estomac se contracter. Songer que c'était ce même garçon tendre et doux qu'on avait, plus tard, forcé à tuer des hommes pour survivre ! Elle le regarda par la porte entrebâillée.

— Qu'est-il arrivé au chiot ? demanda-t-elle sans le quitter des yeux.

— Quand lord Bronwyn a appris ce qui s'était passé, il a confié l'animal à son fils pour qu'il le guérisse. C'était la meilleure chose à faire. William s'est occupé de cette bête nuit et jour, prenant conseil auprès du chef de meute pour confectionner à l'animal une sorte de corset de cuir et de bois, afin de l'immobiliser pendant le temps nécessaire… A la fin, ce chien est devenu notre meilleur pisteur.

Berta se leva pour aller s'adosser au chambranle de la porte.

— A la disparition de messire William, le chien l'a cherché pendant des semaines et des semaines. Et puis, un soir, il s'est endormi dans un coin et ne s'est plus réveillé. C'est Gunther qui l'a mis en terre, près de la tombe des parents de William.

Elle se mit à tordre la rude étoffe de son tablier entre ses mains.

— Ce fut l'un des jours les plus tristes de toute ma vie, milady. En enterrant cette bête, nous avions aussi l'impression d'enterrer lord William.

— Je vous remercie de m'avoir raconté tout ceci, Berta, murmura Sarah.

Etait-ce seulement à cause du cidre que les yeux lui brûlaient ?

— Milady…, dit Berta en la dévisageant avec une soudaine intensité. Pensez-vous demeurer tous deux à Bronwyn ?

Ne voulant pas lui donner de faux espoirs, Sarah préféra se montrer franche avec elle.

— J'en fais le vœu, Berta… mais cela est loin d'être certain.

— N'y a-t-il rien que mon époux et moi puissions dire ou faire pour en persuader lord William ?

Sarah ne connaissait pas non plus la réponse à cette question.

— Ces derniers jours ont été rudes pour lui, répondit-elle après un temps. Pour l'instant, je souhaite seulement qu'il prenne du repos.

Elle se leva pour aller prendre les mains de Berta dans les siennes.

— Je ne vous promets rien, ajouta-t-elle, mais je vais lui parler. Peut-être arriverais-je à lui faire comprendre qu'il serait bon pour lui de rester ici quelque temps.

16

William jeta une branche brisée dans les flammes. Sentant le regard de Sarah dans son dos, il regarda par-dessus son épaule et la vit s'approcher du feu. Elle s'arrêta près de lui et posa doucement une main sur son épaule.

Sans réfléchir, il recouvrit ses doigts de sa paume.

— Fatiguée ?
— Rompue, reconnut-elle.

Il se redressa aussitôt et, après avoir souhaité bonne nuit à Gunther et aux autres villageois qui se tenaient avec eux près du feu, se dirigea avec Sarah vers la cabane qui leur avait été allouée.

Il ne désirait rien tant que s'allonger avec elle sur un lit pour clore cette journée sur une note apaisante en l'écoutant respirer paisiblement dans son sommeil.

Mais il savait aussi combien il lui serait difficile de s'étendre à ses côtés sans la serrer dans ses bras, sans l'embrasser, la caresser. Oh, il lui était arrivé jadis de se montrer égoïste avec ses partenaires féminines, de chercher uniquement son propre plaisir en leur compagnie. Mais avec Sarah, cela lui était impossible. Elle ne méritait pas qu'il se serve ainsi d'elle.

En outre, dans quelques mois à peine, par la grâce de Dieu et de son Eglise, elle serait mariée à un autre. Et il détenait déjà dans sa mémoire assez de souvenirs d'elle pour le tourmenter jusqu'à la fin de ses jours ; il n'en désirait certainement pas d'autres.

Au moment de franchir le seuil de la hutte, il s'arrêta et caressa la joue de Sarah.

— Je te souhaite de beaux rêves, Sarah, dit-il en s'efforçant de mettre dans sa voix un calme qu'il était loin de ressentir.

Elle le fixa avec un froncement de sourcils qui était bien loin d'évoquer une note apaisante.

— De beaux rêves ?

Il poussa le battant de la porte.

— Va te coucher. Nous nous verrons demain matin.

Elle ne bougea pas.

— Je ne resterai pas seule cette nuit, William.

— Sachant que je ne dormirai pas avec toi, tu me permettras d'en douter.

Elle plissa les yeux et, croisant les bras sur sa poitrine, s'appuya contre le chambranle.

— Tu as bien dit à chacun ici que j'étais ta femme, n'est-ce pas ?

— Oui. Mais…

Elle leva une main pour l'interrompre.

— Il n'y a pas de « mais » qui tienne. Nous sommes toujours mariés. Tu dormiras avec ta femme.

Elle parlait à voix basse, mais sur un ton qui ne permettait en rien de mettre en doute sa détermination.

— Tant que tu seras mon mari, je ne dormirai pas seule, reprit-elle. Soit tu entres dans cette hutte avec moi, William, soit…

Elle ne termina pas sa phrase, lui laissant le soin d'imaginer des représailles qu'elle était bien en peine de trouver.

— Eh bien, pour quelqu'un qui voulait naguère refuser de m'épouser, tu te comportes comme...

— Une mégère ? Estime-toi plutôt heureux que je ne tape pas du pied en hurlant. Cependant, je puis le faire, si tu y tiens.

Il jeta un coup d'œil vers le feu, autour duquel quelques villageois étaient encore rassemblés.

— Tu n'en aurais pas le cran.

Elle serra les poings et ouvrit la bouche. William s'empressa de la pousser à l'intérieur de la cabane dont il referma prestement la porte derrière lui.

— Madame a d'autres exigences ? demanda-t-il en s'adossant contre le battant.

— En effet, répondit-elle en désignant le coffre posé dans un coin de la pièce. Allume la lampe et ferme les volets, je te prie.

Comme il restait immobile, elle poussa un soupir.

— William, il est inutile de te comporter comme si j'étais sur le point de t'extorquer des faveurs. Je n'ai tout simplement pas envie de dormir seule dans un endroit inconnu.

Il eut beau s'efforcer de demeurer impassible, retenir son souffle et se mordre l'intérieur de la joue, rien n'y fit : il ne put retenir le rire qui lui montait à la gorge. Seigneur, comme il allait regretter la pétulance de cette femme !

Il alluma la lampe à huile et vint la poser sur la table au chevet du lit.

— Tu n'as donc peur de rien, Sarah ?

Elle s'installa sur la couche pour retirer ses bottes.

— Oh, si, bien des choses m'effraient. Mais certainement pas l'éventualité que tu t'en prennes physiquement à moi.

Elle était alors un cas à part, pensa William. Depuis qu'il était adulte, il n'avait encore jamais rencontré la moindre femme qui ne paraisse terrifiée par sa taille et sa carrure, au point de le craindre sans même le connaître.

Il s'assit près d'elle.

— Et ne crois-tu pas que c'est un peu présomptueux de ta part ?

Elle se tourna pour lui présenter son dos.

— Dénoue ma tresse, s'il te plaît.

Elle le laissa s'exécuter avant de lui répondre.

— Non, William, je ne trouve pas que ce soit présomptueux, murmura-t-elle en jetant un regard par-dessus son épaule. Peux-tu aussi délacer mon col ?

D'une main hésitante, il se mit à détacher les brides de la pèlerine en dentelle, qui laissa paraître la peau nue de son cou et de sa gorge.

— Ce que je ne comprends pas, c'est la raison pour laquelle tu parais tant tenir à me faire peur. Tu sais, j'ai appris à dominer la peur face à mon père. Quand il voyait que je le craignais, cela semblait lui donner seulement envie de me frapper plus encore...

William sentit ses mains trembler et son cœur s'emballer dans sa poitrine. Il déglutit avec peine. Le désir qu'il tentait de contenir lui serrait la gorge.

— Tu en as donc conclu que, si tu cachais ta peur, on te laisserait tranquille ?

Elle secoua la tête. Ses cheveux retombèrent sur ses épaules, effleurant au passage les doigts de William. Leurs boucles soyeuses s'enroulèrent autour de ses poignets, comme des liens qui les auraient attachés l'un à l'autre.

— Je ne suis pas idiote, William. J'ai bien conscience que certains hommes sont plus enclins à la violence que d'autres. Si je te pensais enclin à la violence, je me montrerais beaucoup plus prudente avec toi.

Il acheva de dénouer la pèlerine qu'il laissa tomber sur

le sol, avant de se pencher pour écarter ses cheveux et lui embrasser le bas de la nuque.

— Et comme tu ne me crains pas, tu ne te gênes pas de me dire ou de me faire tout ce qui te passe par la tête, sans égard pour mes sentiments ?

Elle soupira doucement, s'appuyant légèrement contre lui afin de mieux profiter de ses caresses, puis elle leva les bras vers les emmanchures de sa robe pour l'ôter.

— Et si tu m'en parlais un peu, de tes sentiments, William ? Que veux-tu de moi au juste ?

William rumina ces mots pendant un moment. Ce qu'il voulait d'elle ? Oh, il ne voulait rien. Fallait-il pour autant qu'il se résigne dès à présent à ne plus la toucher, ne plus l'embrasser ? Il ne voulait pas courir le risque de lui faire un enfant, mais il devait bien exister un moyen terme vivable entre l'inconséquence de la passion et l'abstinence pure et simple…

La réponse lui vint soudain à l'esprit, dessinant sur ses lèvres un demi-sourire. Evidemment, il était fort possible que Sarah n'accepte pas cette idée un peu audacieuse, mais pourquoi ne pas essayer ?

Tout en semant de petits baisers sur ses épaules à demi découvertes, il passa les bras autour de sa taille.

— Ce que je veux, Sarah, chuchota-t-il, c'est que tu me laisses te toucher et t'embrasser sans en attendre plus de moi.

Elle esquissa un mouvement pour se tourner vers lui, mais il la maintint immobile.

— Non, ne bouge pas. Ne fais rien.
— Je… Je ne comprends pas.

Il continua à lui embrasser les épaules et le cou, savourant le contact de sa peau, son odeur. Quand il remonta vers son oreille, elle tressaillit.

— Sarah, je désire seulement me donner un souvenir qui ne me quittera pas jusqu'à la fin de mes jours. Rien qu'un souvenir qui brûlera éternellement dans ma mémoire.

Elle retint brièvement son souffle et sa peau frémit sous les lèvres de William.

— Nous pouvons partager ensemble bien plus que des souvenirs, murmura-t-elle.

Coulant les doigts sous l'encolure de sa robe, il la fit glisser avec sa chemise le long de ses bras.

— Je ne reviendrai pas sur ma décision, Sarah, dit-il tout en caressant délicatement sa peau nue du bout des doigts. Tu vas retourner à la cour de Poitiers.

Elle laissa retomber sa tête en avant.

— Je ne compte donc pas pour toi ?

William sentit sa peine et comprit le vrai sens de sa question. Il chercha soigneusement ses mots, sans cesser d'explorer son corps avec une tendre lenteur.

— Tu comptes énormément pour moi, Sarah. Si tel n'était pas le cas, je ne serais pas aussi gentil avec toi. Je t'aurais déjà couchée et prise sur ce lit. Et je me ficherais de ton sort comme d'une guigne.

Elle ne répondit pas. Puis il sentit que ses épaules tremblaient légèrement : elle pleurait, et ne voulait pas le lui montrer. La prenant sur ses genoux, il posa une main sur sa joue pour essuyer ses larmes.

— Je ne sais que te dire, Sarah, je ne sais ce que tu me demandes exactement, mais si tu veux m'entendre dire que je t'aime, la réponse est non.

Elle essaya alors de le repousser.

— Lâche-moi.

— Non, dit-il en se remettant à lui caresser le cou. Tu es la personne qui m'importe le plus au monde. Je souhaite que tu sois heureuse et comblée. Par-dessus tout, je tiens à ce que tu sois en sécurité. J'ai besoin de m'assurer que tu ne cours aucun danger.

Elle cessa de se débattre et posa la tête sur son épaule.

— Et ce n'est pas de l'amour, ça ?

Elle tressaillit de plus belle tandis qu'il flattait la courbe d'un de ses seins.

— Non, Sarah. L'amour est égoïste et rend faible.

Elle poussa un profond soupir et ferma les paupières.

— Et ce que tu es en train de faire en ce moment, ce n'est pas égoïste ?

Il taquina du pouce la pointe de son mamelon. Elle fut parcourue d'un long frisson.

— Comment pourrait-il être égoïste de te donner du plaisir ?

Sarah ne sut que répondre. Elle pouvait à peine penser sous l'afflux de sensations qu'il faisait monter en elle. Elle voulait tout à la fois lui crier d'arrêter et le supplier de continuer.

— L'amour n'est pas égoïste, reprit-elle après un effort.

— Ah oui ?

Pensif, William cessa un moment ses caresses et garda le silence jusqu'à ce qu'elle rouvre les paupières et le regarde dans les yeux. Il lui rendit un regard à la fois ferme et tendre.

— Quelle a été l'attitude de ton père envers toi juste après l'accident de ta mère ?

— Il m'a accusé de l'avoir tuée.

— Vraiment ? Ne t'a-t-il pas plutôt reproché la mort de *sa* femme et celle de *son* enfant à naître ?

— Tu m'as dit toi-même que c'étaient seulement des propos dictés par la colère et le chagrin.

— Et je le pense toujours. Mais cela ne retire rien au

fait qu'ils étaient sincères, qu'ils venaient de son cœur. C'étaient des paroles dures et égoïstes exprimant *sa* douleur et *son* désespoir.

Sarah dut admettre que ce raisonnement avait de la justesse. Elle aurait été bien en peine, d'ailleurs, de contester quoi que ce soit tant le désir obnubilait son esprit.

William se remit à passer sa paume tiède sur la peau frémissante de ses épaules et de ses bras.

— Et la reine t'a-t-elle jamais priée de lui rendre tel ou tel service par amour pour elle ?

— Non, mais…

Elle se ravisa et se tut. Elle referma les yeux. Peut-être n'avait-il pas tort, après tout.

— Et quand tu lui avais rendu ce service, est-ce que tu n'éprouvais pas une impression de faiblesse et de fragilité, comme si on s'était servi de toi ?

Elle hocha lentement la tête, se sentant lâcher prise.

Elle sentit les jambes de William remuer sous elle.

— Sarah, chuchota-t-il, son haleine brûlante lui chatouillant l'oreille. Sarah… Laisse-moi m'occuper de toi sans attendre autre chose de ma part. Laisse-moi t'initier au plaisir sans exiger davantage de moi. Laisse-moi me créer des souvenirs.

Elle rouvrit les yeux et le dévisagea à travers ses larmes qui s'étaient remises à couler. William ne la forçait pas, ne se moquait pas d'elle. Les paillettes d'or de ses iris étincelaient comme le reflet scintillant des étoiles au fond d'un puits.

Elle comprit alors que, si elle échouait à le convaincre qu'il s'apprêtait à commettre une erreur en la répudiant, cet instant était sans doute le tout dernier où il laisserait ainsi la passion guider sa conduite.

Incapable de parler, elle se lova dans ses bras et hocha de nouveau la tête.

Il l'étendit alors sur le lit et acheva rapidement de la déshabiller. Elle retint toutefois ses mains alors qu'il s'apprêtait à lui ôter sa chemise.

— Non, lui dit-il en caressant son visage. Ne fais rien, Sarah. Livre-toi simplement aux sensations qui naissent en toi.

Elle referma les paupières et demeura immobile, ainsi qu'il le lui demandait, se sentant un peu stupide. Ne pas réagir n'était pas si facile… Elle désirait tant se coller contre lui, le toucher de tout son corps, de tout son être ! Elle voulait palper sa chair, tâter encore une fois les cicatrices de son dos et, surtout, savourer les battements affolés de son cœur tout contre le sien.

Elle aurait voulu lui rendre caresse pour caresse — mais en aurait-elle été capable, même avec sa permission ? Saurait-elle jamais exprimer par ses caresses autant de désir et de vénération que lui ?

Elle tressaillit et un gémissement sourd lui échappa, tandis que William, son mari, son amant, descendait tout le long de son buste jusqu'à la pliure de ses cuisses.

Elle agrippa les draps, tordant ses doigts dans le tissu.

Ses lèvres pourraient-elles jamais distiller dans la chair de William autant de fièvre que ses baisers en infusaient dans la sienne ? Il lui semblait s'enflammer de la tête aux pieds, tandis que les baisers ardents de William ne quittaient l'une de ses jambes que pour s'occuper de l'autre.

Elle cambra les reins, tant elle voulait être soulagée de la tension folle qui la déchirait. Quand, se redressant, il décida enfin de satisfaire sa supplique muette, elle lui cria de la prendre dans ses bras.

Il la serra alors contre lui et se remit à l'embrasser

doucement jusqu'à ce que ses tremblements s'apaisent, la laissant pourtant au bord de la pâmoison.

Il roula ensuite sur le flanc, l'entraînant dans son mouvement. Agrippée à sa poitrine, elle lova son visage contre son épaule pour cacher les larmes qu'elle n'essayait même plus de retenir. Elle resta ainsi, sans bouger.

Des pensées recommencèrent à s'agiter en elle. Elle ne pouvait lui permettre de la ramener à la cour, non, elle ne pouvait pas. Comment avaient-ils pu en arriver là ? Elle ne désirait personne d'autre que lui pour mari, elle le savait à présent. Personne. Aucun titre ni aucune fortune ne saurait jamais l'éloigner de lui. C'était impossible.

Elle préférait encore vivre dans cette pauvre hutte avec lui plutôt que d'être séparée de lui.

Et si même cela était impossible, alors elle aimait mieux passer le reste de son existence seule, avec ses souvenirs de lui. Seigneur, que pouvait-elle faire pour éviter cela ?

William retira doucement son bras en prenant soin de ne pas la réveiller. La lampe à huile avait depuis longtemps rendu l'âme. Il y avait des heures qu'il avait entendu tous les villageois regagner leurs pénates pour la nuit.

Il s'assit sur le bord du lit et écarta une mèche de cheveux qui couvrait le visage de Sarah. Elle s'était assoupie sans cesser de pleurer, et il devinait sans peine quelles pensées avaient dû l'agiter.

Sans doute allait-elle s'évertuer encore à le faire changer d'avis par tous les moyens. Elle pouvait se montrer tellement entêtée quand elle n'écoutait que son cœur…

Il sourit tristement. Peu importait la profondeur des sentiments qu'il éprouvait pour elle. Il était exclu qu'il lui impose la seule existence qu'il était en mesure de lui proposer. Pas s'il pouvait, en la quittant, lui offrir mieux. Lui permettre de vivre la vie qu'elle méritait.

Mais il ne regrettait rien. Comment l'aurait-il pu ? S'il n'avait pas exigé sa main d'Aliénor — et si celle-ci ne la lui avait pas accordée —, il n'aurait pas connu cette passion, ce désir, si intenses qu'ils lui donnaient l'impression d'être vivant pour la première fois depuis son enfance.

Sarah savait-elle qu'elle lui avait fait là le plus merveilleux des cadeaux ? Il ne reculerait devant aucun sacrifice pour être sûr de la rembourser au centuple.

Il se leva, traversa la pièce en silence et ouvrit la porte. Il s'arrêta pour jeter un dernier coup d'œil à celle qui était encore sa femme. Sa gorge se serra. S'il avait cru à l'amour, il n'aurait, certes, souhaité le connaître avec personne d'autre qu'elle.

Il s'avança dans la fraîcheur de la nuit et referma doucement le battant derrière lui.

Mais l'amour, malheureusement, n'existait pas. Pas pour lui en tout cas. Et Sarah méritait tellement mieux que le peu qu'il pouvait lui donner.

17

— Tirez ! ordonna William.

Avec des coups de fouet et des cris farouches, les villageois incitèrent les chevaux à soulever un nouveau pan de la palissade écroulée.

Les six bêtes attelées de front plantèrent leurs sabots en terre et, lentement, une section du mur d'enceinte se releva. Dès qu'elle fut redressée, William, aidé de plusieurs jeunes femmes, se précipita à la base du mur pour l'étayer de chaque côté.

William essuya son front luisant de sueur. La restauration de la forteresse était encore plus épuisante qu'il l'avait craint, mais il tenait à ce que les villageois puissent de nouveau vivre à l'intérieur du baile avant qu'il ne raccompagne Sarah sur le continent.

Comme par magie, au moment où il pensait à elle, celle-ci apparut dans son champ de vision. Elle menait avec Berta une carriole pleine de pièces de bois pourri jusqu'à l'endroit qui avait été ménagé sur la berge de la rivière pour y brûler tous les débris.

Il réprima un sourire en voyant passer devant lui deux gardes d'Henri, qui suivaient à pied la carriole tirée par un cheval. Vu leurs mines renfrognées, les femmes avaient une fois de plus réussi à les priver de la conduite du véhicule.

« Bah, pensa-t-il en haussant les épaules, c'est leur faute. »
Ils n'avaient qu'à leur arracher les rênes des mains.

— Milord, le prévint alors Gunther en pointant un doigt vers l'autre bout du pré à moitié défriché. Regardez, les autres arrivent.

Une vingtaine de personnes approchaient du château. William renfila sa chemise, peu désireux de s'attirer des regards effarés. Il avait déjà fallu une journée entière pour que Gunther cesse de reluquer les cicatrices qui lui striaient le dos. Et une journée de plus pour qu'il arrête de lui poser des questions auxquelles il ne souhaitait pas répondre.

Comme le vieil intendant s'effaçait, William lui fit signe de rester près de lui.

— Je ne connais pas ces gens, Gunther. Votre aide me sera précieuse.

Il n'avait pas encore annoncé au vieil homme qu'il comptait le rétablir dans ses fonctions et lui confier la direction de la forteresse en son absence, et c'était l'occasion de vérifier encore s'il serait capable d'assumer cette responsabilité. Même si les deux derniers jours l'avaient, cependant, déjà rassuré sur ce point.

Les visiteurs parvinrent jusqu'au château, s'arrêtèrent devant lui et se découvrirent.

— Etes-vous lord William ? dit l'un d'eux en s'avançant.

William se demanda s'il s'habituerait jamais à ce titre. Sans doute pas...

— Messire William, rectifia-t-il.

Gunther émit un grognement incrédule.

— Il faut excuser sa seigneurie, Timothy, dit-il à l'homme, il n'est pas encore accoutumé aux règles du protocole.

— Milord, reprit Timothy, nous venons du village voisin.

L'ancien seigneur nous considérait comme des hors-la-loi pour avoir déserté nos postes.

Ce n'était pas William qui allait le leur reprocher. Certes, il n'avait pas été témoin du traitement auquel ils avaient été soumis après la mort de ses parents, mais le peu de souvenirs qu'il avait de son oncle ne l'inclinait pas à le supposer bon, ni même juste, avec eux.

Il étreignit les avant-bras de Timothy.

— Je ne vois aucun hors-la-loi devant moi, déclara-t-il, mais seulement des braves gens qui ont dû quitter Bronwyn contre leur volonté et qui y seront accueillis comme chez eux s'ils désirent y revenir.

Des soupirs de soulagement parcoururent l'assistance. Cependant, jetant un coup d'œil par-dessus son épaule, William s'aperçut que les premiers villageois s'étaient alignés derrière lui, tenant à la main des pioches ou des pierres. Ces armes improvisées tombèrent au sol l'une après l'autre, dès que les paysans croisèrent son regard.

— Y a-t-il un différend dont on aurait omis de m'informer ? demanda-t-il à Gunther, un peu surpris.

Le vieil intendant les foudroya du regard.

— Non, milord. On dirait simplement qu'à force de vivre loin du château, nos gens ont oublié les bonnes manières.

William se détendit en avisant les expressions contrites qui se peignirent sur les visages.

— Je vous prie de leur pardonner cet excès de loyauté, déclara-t-il à Timothy.

— Inutile, messire, fit celui-ci en haussant les épaules. Sans doute aurions-nous agi de même à leur place. Par ici, nous vivons depuis trop longtemps isolés de nos semblables.

Tout en écoutant le bonhomme, William observait du

coin de l'œil ce qui lui sembla les prémices d'une nouvelle amitié. L'un des plus jeunes parmi les visiteurs était en train de défier du regard un garçon du village qui semblait à peu près du même âge que lui.

Du menton, il attirait l'attention de Gunther sur le manège des deux jeunes coqs, quand le jeune étranger passa soudain à l'attaque. Bientôt les deux adolescents roulaient par terre en se lançant des coups de poing à l'aveuglette.

Comme William l'avait pressenti, le pugilat cessa avant même d'avoir véritablement commencé. Sans se soucier du regard des adultes, les deux garçons se levèrent aussitôt pour courir ensemble vers le donjon.

William porta son regard sur les hommes qui se tenaient devant lui et les jaugea. Une bonne bagarre ne serait-elle pas, après tout, le moyen idéal pour sceller l'amitié des deux villages ?

Cette pensée devait se lire sur sa figure, car Gunther y répondit comme s'il l'avait prononcée à voix haute.

— Oh, non, milord, ne comptez pas sur moi pour me rouler par terre avec Timothy ! A moins, ajouta-t-il en se grattant pensivement la nuque, que cela ne me dispense du nettoyage du baile...

— Si vous en avez assez de débroussailler la cour, répondit William d'un ton espiègle, vous pouvez toujours nous aider à redresser ce mur.

Gunther émit un reniflement moqueur.

— Je crois que je préfère le baile, merci.

— Par quelle tâche souhaitez-vous que nous commencions, milord ? demanda Timothy.

William se dit que le moment était aussi bien choisi qu'un autre pour rétablir l'ancien intendant dans ses fonctions.

— Nous allons d'abord déjeuner dès le retour des femmes, répondit-il. Gunther se chargera ensuite de vous attribuer vos tâches. Il est le mieux placé pour cela, et du reste il vous connaît mieux que moi.

— Mais... milord... êtes-vous sûr? bredouilla le vieillard en se frottant le crâne. Voilà longtemps que je n'ai pas eu à tenir un domaine aussi vaste que celui de Bronwyn.

— Cette responsabilité est-elle jamais échue à quelqu'un d'autre jusqu'à présent? dit William. Non? Eh bien, vous voyez : vous n'avez pas le choix.

Le grincement des roues de la carriole attira alors l'attention de l'assemblée.

Timothy siffla dans sa barbe.

— Ma foi, voilà un beau brin de femme ou je ne m'y connais pas, marmonna-t-il, le regard émerveillé, en se tournant vers Gunther. Comment as-tu réussi à nous cacher cette payse jusqu'à maintenant, vieux renard ?

Le bonhomme dévorait Sarah des yeux. Refrénant pour son compte une brusque envie de l'assommer, William lui tapota l'épaule.

— Ne vous laissez point berner par les apparences, mon ami. Ce « beau brin de femme » aux joues salies de poussière n'est pas celle que vous croyez.

Il s'approcha de la carriole pour aider Sarah à descendre.

— Hors ça, précisa-t-il, il se trouve que c'est mon épouse.

— Même si j'ai parfois lieu d'en douter, commenta l'intéressée à voix basse.

Et elle ne fut pas fâchée de voir, à son sourcil levé, qu'il l'avait entendue.

— N'est-ce pas bientôt l'heure de déjeuner? s'enquit-elle avec un grand sourire.

William ruminait sa réplique, mais il dut la garder pour lui car déjà Berta s'avançait pour rameuter les villageois.

— Allez, on rentre manger ! lança-t-elle à la cantonade.

Sarah savourait encore sa pique, presque désolée pour lui.

Depuis quelques jours, elle avait beaucoup appris au contact de Berta. La semaine dernière, en la trouvant en train de pleurer à son réveil dans la hutte désertée par William, Berta avait d'abord séché ses larmes, puis tenu à lui offrir quelques leçons sur l'art et la manière de dresser un mari.

Sarah en avait surtout ri, certaines des suggestions de Berta lui paraissant totalement inapplicables dans son cas. Par exemple, elle voyait mal William se montrer plus conciliant avec elle sous prétexte qu'elle lui aurait refusé son corps : il aurait tôt fait de s'arranger pour que ce soit elle qui le supplie de la combler de plaisirs. Elle l'imaginait tout aussi mal se plier à ses quatre volontés pour la simple raison qu'il n'aurait pas trouvé le repas prêt en rentrant à la cabane le soir. Si elle se risquait en effet à tenter de l'affamer, il se préparerait probablement son repas lui-même. Et il le dégusterait tout seul, la prenant à son propre piège.

Les conseils de Berta avaient néanmoins eu la vertu de l'amuser et de contribuer grandement à alléger son humeur. Elle avait ainsi appris que les autres couples vivaient parfois leur union d'une manière singulière.

En tout cas, elle aimait voir Gunther et Berta se taquiner mutuellement comme de jeunes mariés. Et, à en juger par le sourire que ces chamailleries arrachaient à William, il en allait certainement de même pour lui.

William…Cela faisait plus d'une semaine qu'il ne l'avait pas serrée dans ses bras, ou embrassée. Son contact lui manquait, et elle regrettait les moments d'intimité qu'ils avaient partagés à la nuit tombée, mais elle n'aurait pu décemment se plaindre de leurs rapports.

Après le premier jour, où ils avaient pris soin de s'éviter l'un l'autre, ils avaient fini par retrouver des relations plus naturelles. Ils partageaient leurs repas avec Gunther et Berta, travaillaient côte à côte à la restauration de Bronwyn et s'asseyaient l'un près de l'autre, le soir, à la veillée.

William avait même eu la hardiesse de plaisanter sur ses joues salies par le labeur, et de tendre la main vers son visage pour l'essuyer. Ce bref contact les avait tous deux plongés dans un certain embarras. Mais ce geste manifestait au moins qu'il souffrait autant qu'elle de leur séparation...

A présent, elle secouait ses bottes crottées près de la carriole tandis que les villageois suivaient Berta pour aller déjeuner. William, qui était resté en arrière pour l'attendre, lui prit la main quand elle le rejoignit sur le sentier qui menait au village à travers prés et bois.

— T'ai-je déjà dit combien j'étais fier de toi ?

Elle accueillit cette question en riant. Autant ne pas gâcher cet instant de complicité, songea-t-elle.

— Fier ? Et pourquoi ? Parce que je suis maintenant capable de conduire la carriole sans la renverser dans les virages ?

— Eh bien, oui, entre autres choses. De fait, je ne connais pas d'autres dames de la cour qui auraient ainsi retroussé leurs manches pour nous donner un coup de main.

Sarah ne bouda pas le compliment. Mais après tout, pourquoi ne les aurait-elle pas aidés ? Ce château n'était-il pas le sien ? Et même si elle risquait de ne pas y vivre, ses enfants, eux, l'habiteraient un jour. Elle eut soudain le cœur serré, mais décida de garder ses pensées pour elle et s'efforça de continuer la conversation sur le même ton.

— Si je ne mettais pas la main à la pâte, je me morfondrais toute seule au village tout le jour durant. Ce qui, tu en conviendras, serait d'un ennui mortel.

— Si le temps reste au beau, nous devrions avoir achevé notre labeur avant la fin de la semaine prochaine.

Sarah sentit son cœur manquer un battement.

— Bronwyn ne va pas être restauré en si peu de temps, tout de même ?

— Non, mais les villageois pourront déjà s'y installer. Une fois le mur d'enceinte redressé, j'aurai le temps de te raccompagner jusqu'à Poitiers.

Elle s'arrêta net, son humeur brusquement refroidie.

— Je te demande pardon ?

Il lâcha sa main et se tourna vers elle.

— Sarah, tu ne croyais tout de même pas que la situation allait changer d'elle-même, comme par miracle ?

— Oh non, milord, pourquoi cette pensée m'aurait-elle en effet effleurée ?

— Sarah...

— Non ! coupa-t-elle en le foudroyant du regard. Ne t'avise pas de me répéter encore une fois que tu ne désires que mon bien-être et ma sécurité. Je ne suis pas candide à ce point. En outre, au cas où cela t'aurait échappé, je suis adulte. Je suis donc libre de prendre par moi-même les mesures que j'estime nécessaires pour assurer ma sécurité et mon bien-être. Si tu tiens tant à me ramener à la cour, c'est uniquement parce que tu ne veux plus de moi comme épouse. Pour l'amour du ciel, William, aie au moins le cran de le reconnaître !

Il fronça les sourcils, les yeux étincelants de fureur.

— Je n'ai jamais dit une chose pareille.

— Tu n'as eu nul besoin de le *dire* !

Elle leva les bras au ciel et reprit son chemin d'un pas soutenu en direction du village.

En passant devant lui, elle grommela entre ses dents :

— Quand on ne veut être responsable que de soi-même, on ne va pas se marier.

Il lui attrapa le bras et la fit pivoter vers lui.

— Peux-tu répéter ?

— Tu m'as parfaitement entendue ! Si je restais ta femme, tu serais tenu par l'honneur d'assurer toi-même mon bien-être. En d'autres termes, tu serais obligé de t'occuper de ce château — de *mon* château ! cria-t-elle, emportée à présent par la colère.

Il la relâcha comme si elle lui avait brûlé la main.

— Jamais je n'ai fui devant mes responsabilités. Jamais, m'entends-tu ?

Elle comprit alors qu'elle était allée trop loin pour reculer. Il leur fallait crever l'abcès, ici et maintenant.

— Vraiment ? rétorqua-t-elle en s'avançant vers lui, les yeux brillants de fureur. Et ton devoir conjugal, peut-être ne fait-il pas partie de tes responsabilités ?

Il écarquilla les yeux, puis se mit à la regarder en souriant.

— C'est donc là le nœud du problème, Sarah ?

Elle faillit se jeter sur lui en hurlant pour lui marteler la poitrine à coups de poing. Elle se contenta d'empoigner à pleines mains l'étoffe de sa chemise et de la tordre entre ses doigts.

— Oui, admit-elle. Et cela parce qu'après m'avoir pris la seule chose que je pouvais offrir à un mari, tu me l'as renvoyée à la face, déçu d'avoir épousé une vierge au lieu d'une catin !

Il lui saisit les poignets et ouvrit la bouche.

— Ne m'interromps pas ! cria-t-elle.

Il leva les mains.

— Soit, je me tais.

Elle desserra à peine les doigts, tordant toujours la chemise de William.

— Tu m'as initiée aux arcanes du plaisir, tu m'as guidée jusqu'aux sommets de la volupté et de la passion. Tu m'as parlé. Tu m'as écoutée. Tu m'as protégée.

Sa voix mourut dans un soupir étranglé. Elle ravala sa salive.

— William, ajouta-t-elle dans un souffle, déjà lasse à en mourir de cette dispute, tu as réussi à me persuader qu'il était possible de s'attacher à quelqu'un sans avoir à le regretter plus tard.

William ferma les yeux en entendant cet aveu. Le son de sa voix était si désespéré, si douloureux ! Jamais il n'avait voulu lui occasionner tant de chagrin, lui causer une si cruelle déception. Jamais...

— Sarah, je suis désolé.

Elle lâcha sa chemise.

— Garde donc tes excuses pour une autre.

Il la regarda s'éloigner. Il ne savait plus que dire, suffoquant sous des émotions si confuses qu'il n'aurait pas même su les nommer. Il se tourna alors vers l'arbre le plus proche pour lui décocher un violent coup de poing.

Mais la douleur aiguë qui fusa aussitôt dans ses os ne soulagea pas la pression lancinante qui lui serrait la poitrine.

Seigneur Dieu, que faire ?

Il n'eut pas le temps d'y songer, car Gunther venait à sa rencontre. Avisant sa main blessée, celui-ci secoua tristement la tête.

— Berta m'envoie pour vous convier à table. Allons, messire William, venez vous restaurer, mon garçon.

— Je n'ai pas faim, dit-il avec une hargne involontaire qui le navra lui-même.

— Oh, je vous comprends, répondit placidement le vieil homme. Je n'aurais sans doute pas beaucoup d'appétit non plus si j'avais été battu par un arbre... Mais vous devez tout de même vous sustenter.

William le considéra soudain avec perplexité.

— Comment a-t-elle su ? dit-il en lui emboîtant finalement le pas.

— De quoi parlez-vous, messire ?

— Berta... Comment a-t-elle su qu'il fallait vous envoyer me quérir ?

Gunther éclata d'un rire plein de malice.

— Aucune idée. Pas demandé. Quand elle me dit d'aller voir quelqu'un, j'y vais, c'est tout.

— Comment êtes-vous encore heureux ensemble après tant d'années ?

Le vieil intendant haussa les épaules.

— Vous apprendrez sans doute un jour, milord, que toutes les batailles ne valent point le coup d'être gagnées.

Levant les yeux vers le village où ils arrivaient, William croisa, comme un éclair, le regard bleu vif de Sarah.

— Par Dieu, Gunther, marmonna-t-il, il se pourrait bien que vous ayez raison.

18

Allongée sur sa couche, Sarah fixait pensivement la charpente de la cabane. Elle l'avait contemplée pendant si longtemps, ces derniers jours, qu'elle aurait été capable de dire de mémoire quels chevrons avaient besoin d'être remplacés. Pour la cinquième fois d'affilée, elle se réveillait ce matin avec la nausée. Et depuis trois jours, elle commençait à soupçonner que ces malaises n'étaient pas seulement dus à la fatigue et à l'anxiété.

Il lui faudrait sans doute encore une semaine pour en avoir le cœur net, mais elle en était déjà presque certaine : elle portait en elle l'enfant de William. Elle aurait dû s'en réjouir. Mais dans les circonstances présentes, cette éventualité était loin de la rassurer.

Aussi avait-elle décidé de garder ses soupçons pour elle. Elle refusait de se servir de l'enfant pour exercer une pression sur William. Cependant, il n'y avait pas à douter de la réaction du roi ni de celle de l'Eglise quand son état deviendrait apparent.

Il lui fallait donc trouver au plus vite un moyen pour inciter William à renoncer à l'annulation de leur mariage. Elle voulait — ou plutôt, non : elle avait *besoin* de savoir que, s'il demeurait auprès d'elle, ce serait par affection pour elle, et non par remords ou par souci de son bien-être et de sa sécurité. Il devait, d'une manière ou d'une autre, se rendre compte que son honneur était intact, qu'il n'avait en rien failli au devoir de la protéger et que le destin jouait parfois des tours qui échappaient à son contrôle.

Il était à craindre qu'il se sente piégé en apprenant qu'elle était enceinte — même si, le connaissant, elle doutait qu'il n'ait pas déjà envisagé cette éventualité.

Il était finalement revenu s'installer dans sa cabane, mais il ne partageait toujours pas son lit. Du reste, ils étaient tous deux trop épuisés, le soir, pour songer à autre chose qu'à dormir comme des pierres, chacun de son côté.

Pour sa part, elle n'allait guère s'en plaindre : la fatigue lui évitait de se tourmenter en regrettant la chaleur et la présence de son corps. Et il devait lui aussi s'en accommoder, pensant sans doute éloigner ainsi le risque de concevoir un enfant avant l'annulation de leur mariage.

Et pourtant... Une seule fois leur avait suffi pour que cela arrive.

Le grincement de la porte la tira de ses pensées. La haute silhouette de William s'encadra dans l'ouverture, masquant la lumière du soleil.

— Tu t'es recouchée sans te dévêtir ? s'étonna-t-il. Es-tu malade ? Je te rappelle qu'aujourd'hui nous emménageons à Bronwyn.

Elle le regarda, admirant sa stature. Il était obligé de baisser la tête pour éviter de se cogner le front au linteau. Comme elle aurait aimé qu'il entre dans la cabane et s'allonge à coté d'elle ! Mais c'était impossible. Tant qu'elle n'aurait pas trouvé la faille dans son armure, il était inutile d'espérer qu'il la serre de nouveau dans ses bras.

— Je vais bien, William, répondit-elle. C'est seulement la fraîcheur de l'air, dehors, qui m'a donné envie de paresser un peu.

Après tout, il n'avait pas dû avoir l'occasion de fréquenter beaucoup de femmes au cours de sa vie, elle ne craignait donc pas trop qu'il devine la véritable raison de cette soudaine « paresse ».

Ce qu'elle redoutait, en revanche, c'était qu'il ne l'apprenne par Berta.

La veille, celle-ci avait commencé à lui adresser des coups d'œil entendus. Il faudrait qu'elle la mette au plus vite dans la confidence si elle désirait que son secret soit gardé.

— Mais mieux vaut en effet ne pas traîner, ajouta-t-elle. Les carrioles vont bientôt arriver.

Elle s'assit sur le lit. Mais ce brusque changement de position ne parut pas convenir à son estomac. William fut aussitôt à ses côtés.

— Tu n'es pas bien, dit-il. Je le vois.

Sarah prit sur elle pour ne pas céder à la tentation de se laisser aller dans ses bras. Elle en mourait d'envie, mais ce n'était pas le moment de lâcher prise.

— Vas-tu cesser de t'inquiéter pour moi comme si j'étais une vieille femme ? Je te dis que je vais bien.

Et pour prouver ses dires, elle se mit debout.

— Tu vois ? Je suis juste un peu fatiguée. La vie de cour ne m'a pas préparée aux travaux de reconstruction.

Comme il la considérait d'un œil incrédule, elle le poussa vers la porte.

— Va donc, ordonna-t-elle. Je vais rassembler nos affaires. Je te suis dans un instant.

Fort heureusement, il ne chercha pas à discuter plus avant et sortit sans un mot. Plus heureusement encore, ce fut Berta qui se présenta peu après avec une bassine, de l'eau et quelques morceaux de pain. Sitôt entrée, elle obligea Sarah à s'asseoir sur un banc et lui tendit la bassine.

— Vous avez la mine franchement verte ce matin, milady.

Incapable de parler, Sarah pencha la tête au-dessus de la bassine tandis que Berta démêlait ses cheveux pour les tresser.

— Il ne faudrait pas que vous tardiez trop à lui en parler, vous savez.

— C'est encore trop tôt, répondit Sarah en se forçant à avaler un peu d'eau. D'ailleurs, je vous serai reconnaissante de rester discrète vous aussi.

— Je pense que c'est une erreur, mais ce n'est pas à moi qu'il revient de dire quoi que ce soit à votre époux. Mangez donc ça, ajouta Berta en lui tendant un morceau de pain. Vous devriez avaler quelque chose avant de vous lever, cela pourrait soulager vos nausées. L'astuce, c'est de ne jamais avoir le ventre vide.

— Combien de temps vais-je devoir encore supporter ces malaises ? dit Sarah tout en grignotant le morceau de pain.

— Quelques semaines. Ou quelques mois. C'est différent pour chaque femme, et à chaque enfant. Avec mon dernier, le seul jour où je n'ai pas été malade, c'est celui de sa naissance.

Sarah ne trouva pas cette nouvelle des plus réconfortantes.

— Pourquoi donc les femmes se mettent-elles en tête d'avoir plusieurs enfants ?

— Parce que les faire est trop amusant pour qu'on s'en prive bien longtemps.

Sarah faillit s'étouffer avec le pain. Elle leva une main en toussant.

— Voyons, Berta !

— Oh, milady, on voit que vous êtes mariée depuis peu : un rien vous choque.

— Oui, c'est vrai que nous ne sommes pas mariés depuis bien longtemps.

Elle voulut changer de sujet, de peur que la discussion ne prenne un tour trop personnel.

— La cuisine du château vous convient-elle ?

— Avec un peu d'huile de coude, ça devrait aller.

Sarah fut soulagée d'apprendre que les travaux avaient suivi bon train. William et Berta avaient inspecté toutes les pièces du donjon les jours précédents. La grand-salle leur avait paru particulièrement crasseuse ; en outre, elle empestait les jonchées pourries. Grâce à Berta et plusieurs autres villageoises, la pièce était désormais propre, sinon présentable.

Une seule des trois chambres était dans un état passable, les deux autres nécessitant encore un nettoyage approfondi avant d'être occupées. Par chance, la structure de la bâtisse avait l'air d'avoir mieux résisté que la palissade aux injures du temps.

Sarah trouvait que le passage couvert qui reliait la cuisine au donjon proprement dit avait grand besoin d'être réparé, quelques bardeaux manquant à ses parois et quelques tuiles à son toit. Mais la cuisine elle-même ainsi que l'office et le garde-manger semblaient aptes au service, pour autant qu'elle pût en juger. Car elle devait bien reconnaître que c'était la toute première cuisine où elle s'attardait quelque peu depuis l'enfance. De toute façon, puisque c'étaient Berta et ses filles qui étaient destinées à préparer les repas à Bronwyn, William et elle avaient estimé plus judicieux de les laisser inspecter elles-mêmes cette partie du château.

— Et le puits ? demanda Sarah.

Voilà deux jours que les hommes travaillaient dessus.

Elle espérait vivement qu'ils pourraient le réparer, épargnant ainsi aux futurs habitants du donjon la corvée d'aller s'approvisionner en eau tous les jours à la rivière.

— Le toit a été remis en place, dit Berta. Charles et le petit Alfred ont prévu d'y accrocher une corde afin de descendre curer le fond. Vous savez, les deux garnements qui se sont jetés l'un sur l'autre le jour où ceux de l'autre village sont venus…

— Descendre dans le puits ? fit Sarah dont la voix était montée d'une octave. Au bout d'une corde ?

— Calmez-vous, dit la vieille femme en lui tapotant le bras. Ils sont agiles et ne risquent rien. D'ailleurs, il vaut mieux que ce soient eux qui se balancent au bout de cette corde que, par exemple, votre mari. Qu'il s'y risque, et il se retrouverait au fond avec le toit tout neuf !

Sarah convint que la légèreté, en l'occurrence, était gage d'une plus grande sécurité.

Un bruit de roues sur la terre battue annonça l'arrivée des habitants du village voisin. Le visage de Berta s'éclaira aussitôt d'un immense sourire qui lui mjt de fines ridules de bonheur autour des yeux.

— Les voilà ! s'exclama-t-elle en se précipitant vers la porte.

Sarah sourit en la suivant des yeux. A voir la joie et l'exitation de la vieille femme, il n'y avait pas de doute que William avait eu raison d'inviter les deux communautés à se rassembler. Après tout, familles et groupes d'amis n'avaient pas à être divisés ainsi.

Si Gunther et Berta avaient pour leur part été chassés de Bronwyn, les autres avaient, peu après l'arrivée du nouveau maître, préféré fuir les lieux pour échapper à son autorité despotique. Ils avaient vécu un temps cachés dans les collines et les forêts alentour, avant d'édifier vaille que vaille un petit village niché au creux d'une combe boisée.

William, qui connaissait leur histoire, avait ordonné aux gardes du roi d'aller annoncer partout dans les environs que le nouveau maître de Bronwyn accueillerait les éventuels fugitifs qui se dissimuleraient encore dans la région. Dès le lendemain, d'anciennes connaissances se présentaient au château, aussitôt accueillies et intégrées au sein des deux villages de nouveau réunis.

En vérité, chacun trouvait son compte dans ces retrouvailles : les habitants de Bronwyn en croissant en nombre, ce qui leur permettait d'être plus forts et de jouir d'une plus grande sécurité, et William en disposant ainsi d'effectifs conséquents pour restaurer le donjon et assurer ensuite sa défense.

Comme quoi, pensa Sarah, son mari avait beau n'avoir aucune expérience de châtelain, il n'était pas un imbécile pour autant et se révélait un excellent maître pour tous ces braves gens.

Elle en était à ce point de ses réflexions quand la jeune fille qui se nommait Joyce passa la tête par la porte.

— Milady, nous allons bientôt nous mettre en chemin, annonça-t-elle.

— Merci, Joyce. Je me rendrai là-bas à cheval avec les hommes.

Elle tendit à la jeune fille le baluchon dans lequel elle avait serré ses affaires et celles de William.

— Peux-tu prendre ceci avec toi ?

— Bien sûr, milady.

Elle sembla hésiter un instant, puis entra dans la hutte d'un pas mal assuré.

— Milady, je... Je voudrais m'excuser pour l'impudeur

de mes actes devant votre mari, le jour de votre arrivée. Je n'avais aucun droit d'agir de la sorte.

Sarah ne put s'empêcher de prendre la jeune fille dans ses bras.

— Tout cela est oublié, jeune fille. Tu as agi alors comme ta conscience te le dictait, et nul ne saurait te reprocher d'avoir voulu protéger ainsi tes frères. Tu t'es seulement méprise sur la loyauté du maître envers moi qui suis son épouse. Mais sois à présent assurée que toi-même et tes frères êtes désormais en sécurité à Bronwyn.

— Merci beaucoup, milady, murmura Joyce en l'étreignant.

Un jeune homme interrompit à son tour leurs effusions en se présentant dans l'encadrement de la porte.

— Pardon, milady. Il faut y aller, Joyce.

Les yeux de celle-ci étincelèrent comme la flamme d'une bougie et ses joues rosirent. Elle s'écarta promptement et prit poliment congé, avant de courir rejoindre le garçon sous le regard amusé de Sarah. Apparemment, elle n'avait plus à craindre que la petite ne cherche à lui ravir William…

Elle sortit à son tour et se rendit sous l'appentis qui abritait leurs chevaux. Elle constata avec satisfaction qu'ils étaient déjà sellés.

Elle allait empoigner le pommeau de sa selle quand une main se plaqua vivement sur sa bouche. Elle manqua défaillir.

— Ne criez pas, lady Sarah, lui chuchota une voix d'homme au creux de l'oreille. Je suis envoyé par Sa Majesté, la reine Aliénor.

Elle hocha la tête en signe d'assentiment, éprouvant malgré sa frayeur un indicible soulagement qu'il ne s'agisse pas d'un séide d'Aryseeth… La main quitta ses lèvres.

— Seigneur, vous avez manqué me faire mourir de peur ! s'écria-t-elle en se retournant vers l'homme.

— Je le regrette, madame, mais c'était la seule manière discrète de vous approcher.

Elle ferma les yeux en soupirant. Effectivement, Aliénor l'avait avertie qu'elle lui enverrait un messager. Mais cela lui semblait si loin !

A ce souvenir, son cœur s'arrêta brusquement avant de se remettre à battre à une folle allure. Car la reine lui avait également promis de lui dépêcher des tueurs pour la débarrasser de son mari. Qui était alors cet homme ? Un simple messager… ou un assassin ?

— Quelles nouvelles avez-vous pour Sa Majesté ? demanda-t-il.

Elle scruta son visage. Elle ne le reconnaissait pas, ne se souvenait pas de l'avoir jamais aperçu à Poitiers.

— Aucune que je souhaite lui transmettre pour l'instant, répondit-elle tout en se rapprochant lentement du portail grand ouvert de l'appentis. Mais nous avons l'intention de regagner la cour dans les jours prochains. Elle pourra me donner audience à ce moment-là.

— J'ai, hélas, des ordres, lady Sarah.

— Et quels sont-ils ?

Il fit un geste évasif vers le dehors.

— Je n'ai point aperçu le comte de Wynnedom ni son épouse dans les environs.

Sarah se mit à réfléchir à toute vitesse. Elle ignorait de quelle mission au juste Aliénor l'avait chargé, mais si elle avouait qu'ils ne voyageaient plus ensemble, elle avait bien peur qu'il ne juge l'occasion trop belle et qu'il ne la rende veuve. Elle devait impérativement lui mentir.

— Un comte et son épouse n'aident point au déménagement d'un village, déclara-t-elle tout en continuant à progresser imperceptiblement vers la sortie. Le comte se trouve déjà à Bronwyn.

— Comme c'est étrange, dit l'inconnu en secouant la tête. Il se trouve que j'ai croisé son chemin il n'y a pas deux jours. Il se dirigeait vers le nord, certainement vers le château de Wynnedom.

Sarah n'était plus qu'à deux ou trois pas du portail : elle sentait la brise du matin dans son dos.

— J'expliquerai tout cela à la reine dès que nous aurons rejoint la cour.

— Je ne crois pas que la reine aura le cœur d'attendre ce moment, milady, murmura-t-il lentement.

Sans lui laisser le temps de se retourner vers la sortie ni même celui de crier, l'homme écrasa son poing contre son menton et l'assomma net.

Ayant vérifié qu'ils progressaient sans encombre alors qu'ils approchaient de Bronwyn, William remonta la colonne, se demandant où diable avait pu passer Sarah.

Il avait envoyé Berta s'enquérir de son état, mais celle-ci se trouvait maintenant en tête de file. Sans Sarah.

Que faisait-elle donc ? Avait-elle du mal à empaqueter leurs affaires ? Leurs possessions étaient pourtant bien maigres. Un simple baluchon devait y suffire.

Il aperçut alors Gunther qui revenait en courant du village.

— Milord !

William démonta au moment où le vieil homme parvenait à hauteur de la dernière carriole.

— Lady Sarah… votre femme, articula Gunther tout en essayant de reprendre son souffle. Elle… elle a été enlevée, milord !

Un froid mortel s'abattit sur les épaules de William.

— Quand ? demanda-t-il précipitamment.

Le vieil homme secoua la tête, essoufflé, le visage écarlate.

— C'est Charles... qui les a vus... Il vous attend là-bas.

S'étant assuré que Gunther pouvait encore tenir debout, William remonta prestement en selle et appela les gardes du roi qui escortaient la colonne. Trois entendirent son appel. N'ayant pas le temps de trouver leur camarade, il leur donna immédiatement ses ordres.

— L'un de vous reste avec les villageois, peu m'importe lequel. Les deux autres avec moi, sans tarder !

Le soldat le plus âgé se porta spontanément au côté de Gunther, et les deux autres se hâtèrent avec William vers le village.

— Lady Sarah vient d'être enlevée, leur cria-t-il en chemin.

— Où se trouvait Randolph ? demanda l'un des soldats. C'était lui qui était censé veiller sur elle !

— J'aimerais bien le savoir aussi ! hurla William dans le martèlement des sabots.

Ils ne tardèrent pas à le découvrir. Dans l'allée centrale du village, ils virent le jeune Charles penché sur le garde inconscient qu'il tentait de réveiller à coups de gifles.

— Laisse-le, dit William. Va plutôt chercher Berta pour qu'elle vienne le soigner. Mais réponds-moi d'abord : combien étaient les ravisseurs et quelle direction ont-ils prise ?

— Je n'ai vu qu'un seul homme, messire. Et il est parti par là, vers le sud, avec lady Sarah.

— Le suivait-elle de son plein gré ?

— Non, messire. Il avait certainement dû l'assommer, car il la portait sur l'épaule.

— Essayez d'en savoir davantage et rejoignez-moi ensuite, lança William aux gardes avant d'éperonner son cheval et de filer au galop vers le sud.

S'il était à pied, il n'avait pu aller bien loin — mais peut-être avait-il caché un cheval à la sortie du village.

Il se sentait dévoré par l'angoisse. Comment cela avait-il pu se produire, et pour la seconde fois ? Quelle malédiction poursuivait donc leur couple ? Sarah était pourtant gardée, et voilà qu'on venait de nouveau de la lui ravir ! N'était-ce que de la malchance ?

Mais la question la plus brûlante était : allait-il parvenir à vaincre cette malchance ou cette malédiction, était-il en mesure de le faire ? Non, c'était impossible. Il avait eu raison depuis le début : la seule façon de garantir la sécurité de Sarah, c'était de la ramener à la cour d'Aliénor.

Après environ une heure de chevauchée, il reconnut au loin la voix de Sarah dans les sous-bois. Il démonta, attacha son cheval à un arbre et s'approcha en silence jusqu'à entendre distinctement cette voix. C'était bien elle, à n'en pas douter. Son évanouissement n'avait guère duré, songea-t-il, et son ravisseur devait commencer à regretter son forfait, à entendre comme les mots qu'elle lui crachait à la figure cinglaient l'air comme la foudre.

Se faufilant à pas de loup entre les buissons, il se rapprocha lentement et put bientôt s'apercevoir que Sarah était en fait détenue par deux hommes. L'un se tenait debout devant elle — sans doute celui qui l'avait enlevée —, cependant que l'autre lui liait les mains.

— Inconscients que vous êtes, vous savez bien qu'il finira par vous retrouver, disait-elle. Et à ce moment-là...

— Silence, femme ! ordonna l'homme qui se tenait

debout en la menaçant d'un geste. Je suis fatigué de vos vociférations.

— Croyez-vous que la reine sera contente d'apprendre la façon dont vous m'avez traitée ?

L'autre s'approcha d'elle et la toisa, un sourire mauvais sur les lèvres.

— A peu près aussi contente que lorsqu'elle saura que vous lui avez désobéi.

Sarah releva le menton. La prenait-il pour une sotte ? Comme si elle ne voyait pas qu'il prêchait le faux pour connaître le vrai !

— Ça, rétorqua-t-elle, vous n'en savez strictement rien.

— Il est pourtant clair que vous ne voyagez plus avec le comte de Wynnedom, rappela-t-il en la foudroyant du regard.

— En quoi cela signifierait-il que j'ai renoncé à ma mission ? mentit-elle sans vergogne, prête à tout pour les empêcher de s'en prendre à William.

— Si vous avez réussi à obtenir les informations que désire Sa Majesté, vous devez me les transmettre sur-le-champ.

— Et pourquoi vous accorderais-je ce privilège quand je suis en mesure de livrer en personne ces renseignements à la reine d'ici quelques jours à peine ?

— Vous n'ignoriez pourtant point que Sa Majesté allait mander quelqu'un pour s'enquérir de vos résultats. Ne l'escomptiez-vous pas ?

— Je m'attendais aussi à être traitée avec respect. Vous n'avez nul droit de me ligoter ainsi. Et vous en répondrez devant la reine.

L'homme éclata de rire avant de s'adresser à son comparse.

— Cette donzelle est décidément un sacré numéro ! Entêtée comme une mule.

— Pour sûr, acquiesça l'autre en frottant son menton visiblement endolori par un coup précédemment reçu. Mais nous pouvons arranger cela...

Sarah plissa les paupières. Ces fripons, qui n'avaient rien des sbires d'Aryseeth, ne semblaient lui inspirer que du dédain.

— Aliénor ordonnera votre exécution si vous touchez à un seul de mes cheveux.

— Exact, admit le ravisseur avant de se pencher de nouveau vers elle et de promener un doigt sur son cou. Mais cela pourrait valoir le coup tout de même...

Il se redressa.

— Mais il faut que je m'occupe d'abord de votre mari. Ensuite, nous serons libres de nous offrir quelques petites galipettes ensemble, ma belle.

D'une brusque détente des jarrets, Sarah se propulsa contre lui et l'envoya rouler à terre. Elle tomba elle-même sous le choc, et en profita pour lui décocher un violent coup de pied.

— Voilà les galipettes que vous méritez ! cracha-t-elle avec mépris.

L'homme se releva, l'air plus méchant que jamais.

— Vous allez me le payer, promit-il. Je doute que vous fassiez encore toute cette comédie quand je reviendrai essuyer sur votre robe mes mains tachées du sang de votre mari.

« Ce gredin pourra déjà s'estimer heureux s'il parvient à s'approcher de moi à moins de dix pas », pensa William qui observait toujours la scène.

— Vous n'arriverez pas même à poser la main sur lui, dit Sarah d'un ton méprisant. Il vous aura tué avant. Contentez-vous d'aller annoncer à Sa Majesté que nous lui rendrons bientôt visite, et je tenterai de mon côté de persuader mon mari de ne pas vous étriper vif pour avoir osé m'enlever.

— Non. Ce n'est pas ce qui était prévu. Vous deviez d'abord me donner vos renseignements. Ensuite j'éliminais Bronwyn et nous retournions ensemble à Poitiers, où vous attend le riche seigneur que Sa Majesté vous a promis en mariage.

— Où donc êtes-vous allé pêcher ces balivernes ?

— Dans les appartements privés de la reine, lady Sarah, Lorsqu'elle m'a détaillé ma mission. J'ai d'ailleurs cru comprendre que cette idée était la vôtre. Et pour tout dire, cela ne m'étonne guère de votre part. Je vous sais assez cruelle et retorse pour comploter ainsi la mort de votre propre mari, surtout s'il y a de l'or et un titre à la clé. Les catins de votre espèce, d'ordinaire, n'y résistent pas.

Sarah haussa les épaules.

— Vous délirez, mon ami.

— Je ne crois pas, non. De toute façon, vous vous expliquerez là-dessus avec Sa Majesté.

Il fit un signe à son complice qui apporta une corde et poussa Sarah contre un tronc d'arbre pour la ligoter.

— Vous allez rester bien sagement assise là pendant que nous allons vous rendre le service de régler son compte à Bronwyn, reprit l'homme en s'agenouillant devant elle. Vous aurez ainsi tout le temps pour réfléchir aux faveurs dont vous me gratifierez à notre retour…

Il passa un doigt sur sa joue.

— A moins, chuchota-t-il, que vous ne préfériez que je signale à votre promis que la reine s'apprête à lui donner la main d'une intrigante prête à aller jusqu'au meurtre pour assouvir sa soif d'argent et de considération ? Je suis sûr que cela le fera réfléchir…

Sarah s'apprêtait à répondre quand elle vit avec horreur la lame d'une dague trancher nettement le cou du ravisseur, tandis qu'une épée se plantait dans la poitrine de son complice.

Elle hurla et ferma les yeux, certaine d'être la prochaine victime. Lorsqu'elle entrouvrit prudemment les yeux, elle se trouva sous le regard intense de William.

Elle se sentit défaillir et poussa un long soupir de soulagement.

— William…

— Tais-toi, Sarah. Ne m'adresse plus la parole. Plus jamais.

Le cœur de Sarah faillit s'arrêter pour de bon : à l'évidence, il avait tout entendu de ses échanges avec l'envoyé d'Aliénor.

— William, ce gredin cherchait simplement à me soutirer des renseignements. Il mentait pour me forcer à lui dire la vérité.

William ne répondit rien. En fait, il se comportait comme s'il n'avait même pas daigné l'écouter. Sarah se sentit gagnée par une terreur glaciale.

Les trois soldats d'Henri déboulèrent alors derrière lui. D'un geste, William leur désigna Sarah.

— Emmenez-la hors de ma vue.

Ebahis, les soldats entreprirent d'abord de couper ses liens.

— Venez, milady, murmura ensuite l'un d'eux en l'aidant à se relever. Nous retournons à Bronwyn.

— Non ! s'exclama William d'une voix tonnante. Ne la ramenez pas là-bas. Partez directement pour la cour d'Aliénor.

Elle se libéra des mains du garde et courut saisir William par le bras.

— William, écoute-moi.

Il retira son bras et s'écarta d'elle.

— Garde tes mensonges pour ton prochain mari. Celui-ci en a assez de toi.

Il se tourna de nouveau vers les gardes.

— Vous m'avez entendu ? aboya-t-il. Emmenez-la loin d'ici !

Mais les soldats semblaient hésitants. Finalement, l'un d'eux prit une profonde inspiration et, agrippant Sarah par le bras, l'entraîna avec lui.

— Allez au diable ! hurla-t-elle en se débattant et en lui donnant des coups de pied. Lâchez-moi !

Ce n'était pas possible, les choses ne pouvaient pas se passer ainsi. Il fallait à tout prix que William sache la vérité. Dans un geste désespéré, elle enfonça ses ongles dans la main du garde qui poussa un juron. Une main large et puissante la prit alors par la nuque et l'éloigna du soldat.

— Arrête, ordonna William. Il ne t'a rien fait.

Se retournant, elle empoigna la tunique de William.

— William, je jure devant Dieu que tout ce que tu as entendu n'était que mensonges !

Debout devant elle, aussi immobile qu'une montagne, il s'abstenait de la regarder, les yeux fixés sur un point vague au-dessus de sa tête.

— Etait-il dans les intentions de la reine de me tuer ? dit-il.

Sarah sentit son cœur se briser en mille morceaux. Elle savait qu'elle ne pouvait pas lui mentir. Plus maintenant. Mais elle savait aussi que la vérité scellerait la fin de leur union.

— Oui, mais...

— Et tu savais tout depuis le début ? coupa-t-il avec hargne.

— William…

Il la repoussa.

— Tu me dégoûtes.

Sarah recula d'un pas mal assuré. Elle trébucha sur une racine et tomba à terre. Abattue, humiliée, elle demeura agenouillée sur le sol. Alors elle sut tout ce qu'elle venait de perdre, et du plus profond d'elle monta un flot de larmes incontrôlable.

Il vint se camper devant elle.

— As-tu obtenu les informations que désirait Aliénor ?

Dans un souffle étranglé, elle essaya de répondre par la négative.

— Je ne t'entends pas, insista William en haussant la voix. As-tu, oui ou non, obtenu ces informations ?

Qu'elle les espionnât, lui et le comte, il le savait déjà. Mais il ne lui avait jamais demandé pourquoi, et d'ailleurs il n'en avait cure. Les motifs de sa conduite ne lui importaient plus.

Elle déglutit avec peine, la gorge serrée, secouée par les sanglots.

— Non, répéta-t-elle.

— Cet homme disait-il vrai ? T'a-t-on promis un riche et noble pour mari en échange de tes services ?

Incapable de parler, elle ne put que hocher la tête.

William serra les poings.

— Eh bien, comme tu as échoué, je suis sûr que ton prochain mari sera à l'aune de ton mérite !

Sarah jeta un regard désespéré sur les poings de William. Il les serrait si fort que les jointures de ses doigts semblaient près de craquer. Oh, s'il la battait pour la punir de ses forfaits, elle ne pourrait pas le lui reprocher ! Elle le méritait. Oui, elle aspirait même à souffrir pour expier sa faute, et peut-être que la douleur physique allégerait la peine qui lui déchirait le cœur ?

La seule chose qu'elle ne pourrait permettre, ce serait qu'il blesse l'enfant qu'elle portait… Allait-il la battre ?

Elle se roula en boule à ses pieds, croisant les bras sur son ventre pour le protéger.

— William, pitié ! s'écria-t-elle d'une voix brisée. Je suis enceinte !

19

Les yeux baissés sur elle, William vacilla sous le choc de la terreur qu'elle venait d'exprimer. Il en eut le souffle coupé. Il connaissait si bien ce sentiment-là : c'était celui qu'il avait vu se peindre sur tous les visages de ses compagnons d'infortune, la première fois qu'ils devaient goûter au fouet d'Aryseeth…

Qu'elle puisse éprouver à son égard la même peur abjecte le rendait malade. Il refoula aussitôt sa colère, la réservant pour plus tard. S'agenouillant devant elle, il prit soin de n'effectuer aucun mouvement brusque susceptible de l'effrayer plus encore.

— Sarah, articula-t-il tout en s'efforçant d'empêcher la rage et la douleur de rendre sa voix trop âpre. Sarah, arrête. Tu sais bien que tu ne cours aucun danger avec moi.

Elle se tint coite.

— Sarah, te molester ne me consolerait en rien. Cela ne ferait qu'accroître mon chagrin.

Elle releva la tête avec hésitation et le regarda d'un air terrorisé, la lèvre inférieure toute tremblante. William maudit son impulsivité. Il faillit crier de frustration devant ce gâchis de toutes leurs espérances.

Mais il se domina et lui tendit ses deux mains, les paumes en l'air en signe de paix.

— Viens, Sarah, dit-il doucement. Relève-toi.

Elle posa timidement ses doigts sur les siens. Il se rapprocha d'elle et se mit à caresser sa joue du dos de la main pour essuyer ses larmes. Elle allait sans doute en verser encore beaucoup dans les jours à venir, se dit-il. Qui, alors, les lui essuierait ?

Elle se redressa sur les genoux et baissa de nouveau les yeux.

— Sarah, nous ne pouvons continuer ainsi.

Bien sûr, les couples n'étaient pas toujours fondés sur une entente mutuelle. Il en avait tellement vu, à la cour, qui n'étaient manifestement que des unions d'intérêts bien compris. N'avait-il d'ailleurs pas souhaité le même type d'arrangement avec elle ? N'était-ce pas dans cet esprit qu'il avait d'abord demandé la main de Sarah de Remy, catin de la reine ?

Oui, c'était avec une volonté froide et délibérée qu'il avait choisi pour épouse une femme qui, avait-il pensé, ne chercherait pas à l'entraver par les liens du cœur. Une femme qui se contenterait de lui donner des enfants et de s'occuper de sa maisonnée.

Et voilà qu'à cause d'elle, sa poitrine le brûlait d'une émotion si intense qu'elle annihilait presque en lui toute faculté de réflexion ! Et que des sentiments contradictoires le tourmentaient, lui donnant envie tantôt de la serrer dans ses bras, tantôt de la repousser loin de lui.

Il était, de son propre chef, tombé dans le piège qu'il souhaitait justement éviter. Et pour s'en sortir, pour se libérer des chaînes invisibles qui le ligotaient, il n'y avait qu'une échappatoire possible. Mais il venait à présent d'apprendre une nouvelle…

Sarah gardant toujours le silence, il se rapprocha d'elle encore un peu plus et posa son front contre le sien.

— Tu es certaine de porter un enfant ?

Elle hocha la tête.

— Oui, chuchota-t-elle.

Il ferma les yeux. Cette nouvelle aurait dû le réjouir. Mais la satisfaction un peu orgueilleuse qu'elle lui inspirait — et que devait sans doute éprouver tout homme dans sa situation — était voilée par une si lourde tristesse...

Si cet enfant était un garçon, qui lui apprendrait à monter à cheval et à manier l'épée ? Qui saurait l'initier à ses devoirs de mâle ?

Et si c'était une fille, qui serait là pour la protéger ? Qui veillerait sur son avenir ?

Cela relevait, bien sûr, de sa seule responsabilité. Et il n'était pas loin de craindre qu'en se privant de ces prérogatives, il ne doive aussi renoncer au peu de joie qui lui restait dans sa vie.

Il devait tout de même exister un moyen d'assumer son rôle de père, sans revenir pour autant sur sa décision. Il ignorait lequel, mais il avait encore le temps de le trouver.

— Sarah, je te jure que je ne te laisserai pas tomber. Je pourvoirai à tes besoins et à ceux de l'enfant. Tout ce que tu voudras, tu l'auras.

— C'est toi seul que je veux, toi seul dont j'ai besoin.

Il hésita. Il aurait pu chercher à la ménager en lui mentant, mais trop de mensonges les séparaient déjà et il ne souhaitait pas lui donner de faux espoirs.

— Je vois bien que tu es sincère en disant cela, Sarah, murmura-t-il, mais comprends-moi : je ne peux plus me fier à toi. Et tu m'as fait clairement comprendre que tu éprouvais autant de méfiance envers moi. Si nous sommes incapables de parler et de vivre ensemble avec franchise, aussi douloureux cela soit-il, alors rien ne nous attache et notre union ne sera jamais qu'un songe creux, une erreur.

— Je n'ai plus rien à te cacher, jura-t-elle.

Il posa un doigt sur ses lèvres.

— Non, Sarah, le temps des serments est révolu. La confiance entre nous est morte et ne ressuscitera pas.

Il sentit ses lèvres frémir sous son doigt. Il s'accroupit, les mains sur les genoux.

— Et pleurer n'y changera rien non plus, ajouta-t-il. Le roi t'a donné Bronwyn. Tant que nous resterons mariés, il reviendra un jour à notre enfant. Mais en attendant que le donjon soit réparé et que j'aie formé suffisamment d'hommes pour assurer sa défense, je veux que tu retournes à la cour. Tu y seras plus en sécurité qu'ici.

— Mais toi, que vas-tu faire ?

A vrai dire, il ne pensait pas avoir le choix : une fois son devoir accompli, il repartirait. A quoi bon s'attarder près d'elle ? Ils n'en tireraient l'un comme l'autre que de nouveaux tourments.

— Pour l'instant, répondit-il, j'ai l'intention de continuer à surveiller les travaux au château. Après…

Il haussa les épaules.

— Je trouverai bien mon chemin.

— Trouve-le jusqu'à moi, William.

Plongeant la main dans ses cheveux, il se pencha vers elle pour déposer sur ses lèvres un dernier et chaste baiser d'adieu. Mais dès que leurs bouches se touchèrent, toute idée de chasteté le quitta.

Son cœur s'enflamma. Cette femme était *à lui*. Il l'avait conquise corps et âme. Et elle l'avait conquis en retour. Elle portait son enfant, elle lui appartenait. Ils étaient destinés l'un à l'autre.

Il la lâcha et se releva.

— Ne m'attends pas, Sarah.

Puis il fit signe aux gardes.

— Veillez à ce qu'elle arrive saine et sauve à la cour de Sa Majesté la reine Aliénor.

Le cœur serré, il tourna ensuite le dos au rêve qu'il avait un moment caressé. Il avait envie de hurler, de détruire quelque chose, de rendre le mal pour le mal.

Comment avait-il pu être naïf au point de croire qu'elle avait renoncé à toutes ses cachotteries, à tous ses mensonges, et qu'elle lui avait accordé ne serait-ce qu'un peu de sa confiance, alors qu'elle savait depuis le début que la reine avait prévu de l'éliminer ? Comment avait-il pu s'imaginer un seul instant qu'ils pourraient construire ensemble une nouvelle vie ici même, à Bronwyn ?

Selon sa promesse, il allait achever de réparer le donjon. Comme promis, il le doterait d'une garnison digne de ce nom. Mais non, il ne vivrait jamais sous le même toit que Sarah.

Il allait veiller à ce qu'elle parvienne sans encombre à Poitiers, puisque tel était son devoir. Il irait aussi voir le roi et lui expliquerait pourquoi il devait retirer la requête en annulation. Il irait en personne, pour s'assurer que le roi et l'Eglise comprennent bien les changements qui motivaient ce revirement.

Ensuite de quoi il s'occuperait de Bronwyn. Mais après... Après, peu importait ce qu'il ferait. Il ne pouvait se projeter jusque-là.

Et pour l'heure, tout ce qu'il désirait, c'était ne plus entendre les sanglots déchirants de sa femme.

Gunther, Berta et Timothy le regardaient comme s'il s'était exprimé dans quelque langue exotique. S'appuyant des coudes sur la table à tréteaux dressée dans la grand-salle de Bronwyn, William tenta de leur expliquer une nouvelle fois la situation.

— Lady Sarah va retourner s'installer à la cour de la reine Aliénor le temps que nous achevions ici les travaux et que je forme des hommes pour sa défense. Comme le roi lui a donné ce domaine, j'irai ensuite habiter ailleurs.

— Veuillez m'excuser, milord, coupa Berta, mais vous nous avez déjà raconté tout cela. Ce que j'aimerais savoir, moi, c'est pourquoi.

William faillit lui rétorquer que cela ne la regardait pas. Mais il avait conscience de leur devoir au moins quelque justification. Après tout, même si Sarah et lui n'avaient récemment partagé aucun moment d'intimité, ils n'en étaient pas moins aux yeux de ces gens le couple en charge de leur destinée.

Un couple qui allait bientôt mourir, pourtant. Un couple déjà mort, en un sens. Seigneur, comme il allait regretter son contact, sa présence, le simple son de sa voix…

— Milord ?

William reporta son attention sur les villageois assis en face de lui. Soit, inutile de continuer à leur cacher une vérité que, de toute façon, ils finiraient tôt ou tard par apprendre. Et puis mieux valait qu'ils l'apprennent de lui plutôt que d'un tiers qui risquait fort de déformer les faits.

— Bien, je vais vous le dire. Lady Sarah ne m'a épousé que contrainte et forcée par la reine Aliénor et notre union est dépourvue de sens, voilà tout.

Ils le fixèrent encore une fois comme s'il ne parlait pas leur langue.

— Ce genre d'arrangement est peut-être courant entre gens de la noblesse, poursuivit-il, mais moi, je ne suis pas noble. Et lady Sarah aurait dû avoir la liberté de choisir elle-même son époux.

Berta leva les yeux au ciel et abattit la main sur la table.

— Ne trouvez-vous pas, milord, qu'il est un peu tard pour avoir de tels scrupules ? dit-elle.

William cilla. Ainsi, elle savait que Sarah portait son enfant. Et les autres aussi, très certainement, ce qui expliquait leur incompréhension.

— Allons, Berta, intervint Gunther en se penchant vers elle, un peu plus de respect, je te prie.

Elle le foudroya du regard.

— Lady Sarah est enceinte, annonça-t-elle avant de reposer les yeux sur William. Alors qu'on ne me parle pas de respect !

William tiqua. Personne d'autre n'aurait pu lui tenir impunément un tel langage.

Mais c'était Berta qu'il avait en face de lui. Et la vieille femme lui avait assez souvent frotté les oreilles, jadis, pour avoir quelque droit en effet de le remettre à sa place. Manifestement, peu lui importait qu'il soit plus grand et plus fort qu'elle ou même qu'il soit son seigneur et maître. Et visiblement, plus aucun scrupule de la retenait quand il s'agissait de défendre Sarah.

Peut-être se serait-elle montrée moins hardie envers lui s'il avait achevé de grandir à Bronwyn. Mais les seules images qu'elle avait dû garder de lui ne devaient guère différer de ses propres souvenirs. Lorsqu'ils s'étaient quittés jadis, il n'était qu'un garçon trop vite monté en graine.

D'ailleurs, la mémoire lui en revenait soudain, l'un des derniers jours où il l'avait vue, elle l'avait encore chassé de la cuisine parce qu'il essayait de chiper les fruits qu'elle réservait pour ses tartes. Plus tard, l'une d'elles ayant disparu, elle l'avait traîné par l'oreille en vociférant jusqu'au milieu de la cour…

Non, il n'arriverait probablement pas à persuader Berta qu'il n'était plus un gamin un peu turbulent ayant parfois besoin d'une bonne correction. Il commençait même à redouter que la vieille cuisinière ne le punisse sans pitié pour toute la peine qu'il osait causer à Sarah.

— Berta, dit-il sur un ton doucereux, vais-je avoir besoin d'engager un goûteur ?

Elle se contenta de hausser les épaules.

— Pas si vous vous décidez à utiliser votre tête plutôt que votre...

— Berta ! coupa Gunther avant qu'elle n'achève de proférer son commentaire désobligeant.

William, comme sans doute toutes les autres personnes présentes, en avait néanmoins parfaitement saisi le sens général. Et force lui était d'admettre qu'elle n'avait pas tout à fait tort. Plus que jamais, il lui fallait garder la tête sur les épaules. Il avait une citadelle à reconstruire et à fortifier. Et, très vraisemblablement, un enfant à entretenir.

A la pensée qu'il allait bientôt être père, que ce soit d'un beau et solide garçon ou d'une jolie petite fille, les regrets le rongèrent de plus belle.

Mais il n'avait pas le temps de s'appesantir sur les déceptions et les échecs de sa vie. Il lui fallait trouver un moyen de rendre vivable, aussi bien pour Sarah que pour lui, le singulier arrangement qui allait désormais réguler leurs rapports.

Il tendit la main à Berta et serra ses doigts entre les siens.

— Etes-vous vraiment sûre qu'elle est enceinte ?

Il éprouva un bref pincement au cœur à l'idée de ne plus pouvoir, sur ce sujet-là non plus, se fier à Sarah. Mais il chassa promptement cette pensée : il avait besoin de certitudes.

— Aussi sûre que je le suis du courroux mon mari, répondit-elle sans regarder Gunther.

William jeta un coup d'œil à ce dernier : outré par le comportement de Berta, Gunther la toisait en effet d'un air si furieux que son indignation était indubitable.

— Milord, reprit-elle en pressant sa main, il ne fait absolument aucun doute que lady Sarah porte votre enfant.

Il inclina la tête, s'étonnant en lui-même de se sentir profondément soulagé.

— Merci, dit-il avant de repousser son siège. Je dois y aller, à présent.

— Où donc ? demanda Timothy.

Comme Gunther et Berta le fixaient avec effarement, il se hâta de reformuler sa question.

— Quand reviendrez-vous de la cour, milord ?

Si seulement il le savait lui-même, songea William.

— Bientôt, je l'espère. Quand j'aurai obtenu audience auprès du roi, il ne me faudra que quelques heures pour lui expliquer ce qu'il en est. Je rentrerai dès qu'il m'aura signifié son accord.

Sur ces mots, il tourna les talons pour sortir.

— Et lady Sarah ? demanda Berta.

William se contenta de secouer la tête, ne sachant de nouveau que répondre. A supposer que Sarah et lui se réconcilient d'une manière ou d'une autre, il n'était pas certain qu'ils parviennent à convenir d'un *modus vivendi* mutuellement satisfaisant.

Et puis la question ne se poserait peut-être jamais. Une fois revenue à Poitiers, Sarah allait sans doute préférer l'agrément de son ancienne existence à la vie plus rude qui l'attendait à Bronwyn. Après tout, elle était habituée aux fastes de la cour. Certes, la citadelle allait redevenir habitable, sinon confortable, mais cela resterait une bâtisse de campagne retirée et à l'écart de tout.

Il se rendit dans la petite pièce qu'il avait choisie pour chambre à côté de la grand-salle, afin de se changer et de rassembler ses armes. Ayant bouclé un deuxième ceinturon en bandoulière, il glissa dans son dos ses épées, dans leurs fourreaux croisés.

Il ajusta ensuite sa cotte de mailles et s'assura que les épées étaient correctement fixées, puis il glissa une dague dans chacune des gaines pendant à ses hanches. Après avoir fourré dans un sac le seul habit de cour qu'il possédât, il jeta enfin le baluchon sur son épaule et, prenant au passage une bourse sur un coffre de bois sombre, il regagna la grand-salle.

Tous ceux qui travaillaient alors dans la vaste pièce cessèrent leurs activités respectives pour le suivre des yeux. William fronça les sourcils. N'avaient-ils donc jamais vu un guerrier prêt pour la bataille ?

S'efforçant d'ignorer les regards, il se dirigeait vers Gunther quand les jeunes Charles et Alfred vinrent presque se jeter dans ses jambes.

Alfred se hissa sur la pointe des pieds et se mit à tâter ses biceps.

— Comment vous avez réussi à en avoir de pareils, milord ?

— Eh bien, je les ai achetés à la foire du coin.

— Mais non, intervint Charles. Il plaisante. Tu ne peux pas acheter des muscles, Alfred. Il faut faire de l'exercice pour en avoir.

Le petit retroussa sa manche et ploya le bras sans parvenir au moindre résultat visible.

— Et ça marcherait pour moi aussi ? demanda-t-il.

William ébouriffa les cheveux de l'enfant.

— Nous nous en occuperons dès mon retour, promit-il.

Charles s'approcha, considérant avec une envie non dissimulée les armes qu'il portait.

— Et vous pourrez m'apprendre aussi à manier l'épée ?

William considéra attentivement le jeune homme. A quinze ans, Charles était presque un homme. Il était temps en effet qu'il apprenne les responsabilités incombant aux adultes. Encore trop jeune pour mener une existence autonome, il était cependant trop âgé pour être mis en pension dans une autre place forte.

Et puis, le séparer de son frère et de sa sœur aurait risqué de les perturber inutilement. En d'autres termes, c'était à lui qu'il revenait d'instruire et d'éduquer ce garçon.

— Oui, Charles, répondit-il. Nous verrons cela ensemble.

Le visage du jeune homme s'éclaira d'un immense sourire plein de gratitude.

William se tourna alors vers son intendant.

— Gunther ?

Le vieil homme s'approcha.

— Oui, milord ?

— Je dois recruter des gardes pour Bronwyn. Je profiterai de mon séjour à la cour pour demander conseil au roi à ce sujet. Entre-temps, voyez si certains, parmi les hommes et les enfants en âge de tenir l'épée, seraient disposés à être formés pour cette tâche. S'il s'en trouve, veillez à leur attribuer les corvées les plus dures. Qu'ils commencent à acquérir résistance et endurance dès avant leur entraînement.

Il tendit la bourse à l'intendant.

— Je sais que le plus proche marché se trouve à deux

jours de cheval d'ici, mais j'ignore combien de temps je resterai absent et je tiens à ce que vous ne manquiez de rien. Vous trouverez là-dedans assez d'or pour vous permettre d'acquérir tous les matériaux et les outils que vous jugerez nécessaires à l'avancement des travaux.

Puis il se pencha vers Gunther et lui parla à voix basse.

— Comme les hommes sont trop absorbés par les réparations en cours, achetez donc au plus vite des armes de bois pour Charles et les autres garçons. A ce propos, n'oubliez pas que nous avons plusieurs enfants en pleine croissance à Bronwyn : veillez bien à remplir en suffisance le garde-manger de Berta.

Gunther ouvrit la bourse pour examiner son contenu et ses yeux ronds en dirent long sur sa surprise. Serrant le sac contre sa poitrine, il jeta un coup d'œil autour de lui pour s'assurer que personne d'autre n'avait vu toutes les pièces d'or que contenait la bourse.

— Mais, milord, il y a là de quoi...
— Vous procurer tout ce qui nous manque. Et vous admettrez avec moi, Gunther, que nous manquons d'à peu près tout. Vous n'aurez qu'à envoyer au marché Timothy avec une solide escorte, recommanda William au vieil homme avant de le prendre par les épaules. Et si cette somme n'est pas suffisante, vous n'aurez qu'à aller vous servir dans le coffre de ma chambre.

Gunther émit un hoquet de surprise, le même qu'il avait eu le matin précédent à l'arrivée du coffre au château.

Ayant évoqué ce coffre, William songea un instant au roi. Il semblait fidèle à sa parole, puisqu'en sus d'un fief, il lui offrait de quoi l'entretenir... Il fallait espérer qu'il tiendrait aussi sa promesse de libérer les prisonniers du successeur de Sidatha. Il se voyait mal jouir d'une relative prospérité quand ses compagnons d'infortune étaient toujours dans les fers.

Mais il avait confiance dans la loyauté et la ténacité d'Henri. Le roi finirait par obtenir l'affranchissement de ses sujets. Depuis leur entretien au camp d'Aryseeth, il ne doutait plus de la détermination de son souverain.

— Pour le moment, reprit William, nous parons au plus pressé. Plus tard, nous pourrons engager des artisans pour nous aider.

Il pensa alors à sa future descendance.

— Et puis, un jour nous rebâtirons Bronwyn en pierres, et le contenu de ce coffre nous sera alors bien utile.

Gunther hocha la tête, jetant un regard vers la chambre du maître.

— Je crois, milord, que je avais aller cacher cet or dans un lieu plus sûr.

— Je vous fais confiance, répondit William en lâchant enfin les frêles épaules du vieil homme. Bien, je vais à présent prendre congé, si je veux pouvoir rattraper Sarah et son escorte avant la tombée du jour.

Cependant, au lieu de sortir directement par le portail neuf qui fermait la grand-salle, il fit un détour par la cuisine et, juste au moment où il passait devant Berta, tendit le bras derrière elle pour dérober un morceau de fromage.

Comme il s'y attendait, il eut droit à un vigoureux coup de torchon.

— Chenapan ! s'exclama-t-elle.

Ses aides se mirent à glousser, ce qui eut pour seul effet de l'inciter à flageller William une nouvelle fois.

— Et voilà ! Vous êtes content ? Vous avez distrait ces innocentes jeunes filles de leur travail.

William se frotta les bras en mimant la plus grande souffrance.

— Et vous, n'avez-vous pas honte ? dit-il avec un sourire espiègle. Vous avez gravement blessé votre seigneur et maître.

— En effet, parce qu'il le mérite ! Et s'il ne file pas sans tarder de ma cuisine, je pourrais bien l'occire sur place ! Allez, du vent, galopin !

Après cette tirade, elle posa cependant son torchon sur la table et tendit à William un sac de toile en lui tapotant familièrement la joue.

— Tenez, milord. Pour lady Sarah. Ceci devrait l'aider le matin. Courez donc la rejoindre, maintenant... et voyez si vous ne pouvez pas vous rabibocher un peu !

— Berta, commença William, je ne sais si...

— Essayez toujours, coupa-t-elle en secouant la tête.

Si elle s'était écoutée, Sarah se serait laissée glisser de sa selle pour se recroqueviller par terre et dormir... pendant une bonne quinzaine de jours. Seule la force de sa volonté lui permettait de ne pas choir de sa monture.

Quelque chose n'allait pas. Ce malaise qui ne cessait de lui envahir la tête et le ventre n'avait rien à voir avec l'enfant. Elle souffrait trop. Le moindre bruit, aussi ténu soit-il, lui martelait le crâne comme une explosion. Le plus mince rayon de soleil filtrant à travers les arbres suffisait à l'aveugler. Et la sueur qui lui dégoulinait sur la peau ne pouvait pas être simplement due à la chaleur, pas plus que les longs frissons qui la traversaient n'étaient provoqués par la brise.

Quand des éclairs et des halos lumineux vinrent déformer sa vision, elle reconnut ces symptômes et redouta d'être victime d'une de ces crises de migraine dont elle était jadis coutumière. Le genre de crise qui la rendait malade pendant des jours et des jours. Elle n'en avait plus connu depuis qu'elle était réglée. Pourquoi cette indisposition choisissait-elle ce moment pour se rappeler à son bon souvenir ?

Les oreilles de son cheval se mirent à osciller devant elle. Elle dut empoigner le pommeau de sa selle pour ne pas tomber. Sa tête la lançait si furieusement qu'elle avait envie de hurler, ce qui, naturellement, aurait pour seul effet d'aggraver la douleur.

Pourquoi diable s'était-elle seulement levée ce matin ? Si elle avait tout simplement dit à William qu'elle ne se sentait pas bien, elle serait actuellement bien au calme dans son lit ! Les émissaires de la reine ne l'auraient pas enlevée, William n'aurait pas surpris les mots qu'elle avait eus avec eux… et elle ne serait pas en train d'être éloignée de force de son mari pour être ramenée à la cour.

Si seulement William était à ses côtés ! Même en colère, il aurait été là, prêt à l'aider. Et elle avait tellement besoin de son aide.

Cette dernière pensée l'acheva. Fermant les yeux, elle cessa de lutter.

— Pour l'amour de Dieu ! s'écria soudain une voix masculine.

Les gardes qui chevauchaient en avant de Sarah se retournèrent juste à temps pour voir William la rattraper de justesse avant qu'elle ne vide les étriers.

William avait seulement eu l'intention de se rapprocher suffisamment pour s'assurer que tout allait bien. Il serait retourné ensuite à Bronwyn sans avoir signalé sa présence. Mais, de loin, il avait immédiatement remarqué la mauvaise posture de Sarah sur sa selle et avait voulu s'assurer qu'elle n'était pas malade. Et voilà qu'il venait de la cueillir de justesse dans sa chute.

Il braqua un regard fulminant sur l'escorte.

— Depuis combien de temps est-elle dans cet état ?

Les trois soldats secouèrent piteusement la tête.

— Nous l'ignorons, milord. A aucun moment lady Sarah ne s'est plainte de quoi que ce soit.

La tenant dans ses bras, William arrêta son cheval d'une pression des genoux avant de démonter prudemment.

— Apportez-moi de l'eau et des couvertures, ordonna-t-il. Et vite !

Tandis que les gardes s'empressaient de s'exécuter, il s'adossa contre un rocher, Sarah sur ses genoux, et, tout en prononçant son nom, lui palpa le front et les joues. Elle était brûlante de fièvre.

Il étouffa un juron. Puis se mit à prier. Ses compétences médicales étaient limitées. Comme n'importe quel autre guerrier, il savait recoudre une plaie ou remettre en place une articulation déboîtée. Mais à part cela, il n'y connaissait pas grand-chose.

Fallait-il réchauffer une personne fébrile ? Ou fallait-il au contraire la rafraîchir ? Il l'ignorait.

Et les gardes d'Henri qui n'avaient pas même remarqué son malaise... Il était douteux qu'ils lui apportent le moindre éclaircissement en la matière.

Quand ils furent revenus avec l'eau et les couvertures, il leur ordonna de monter une tente. Ils y montrèrent un certain zèle, cherchant visiblement à racheter leur négligence.

Pourvu qu'il ne se mette pas à pleuvoir, se dit William en scrutant le ciel, craignant que l'abri de toile ne les protège guère d'une averse.

— Votre camarade ainsi que deux hommes de Bronwyn devraient nous rejoindre sous peu, annonça-t-il aux soldats après avoir étendu Sarah sous la tente.

Il avait semé cette escorte dans sa hâte de rattraper Sarah.

— Quand ils seront là, nous aurons besoin d'un feu, de nourriture et d'une réserve d'eau. Cependant, je tiens à ce que trois d'entre vous gardent en permanence le campement. Est-ce bien compris ?

Ils hochèrent la tête. William se glissa aussitôt sous la toile pour s'occuper de Sarah. Après l'avoir déshabillée pour éponger sa sueur avec sa robe et sa chemise, il jeta le tout dehors.

— Allez me sécher ça ! cria-t-il.

Il sortit ensuite sa tunique de sa fonte de selle, l'humidifia et la passa sur les membres flasques de Sarah. Il n'était pas certain de l'aider en procédant ainsi, mais il lui fallait bien faire quelque chose.

Il n'avait pas fini de la rafraîchir que des frissons se mettaient à la secouer de la tête aux pieds, et elle commença à claquer des dents. Se débarrassant de ses armes qu'il posa à portée de main, il arracha ses propres vêtements avant de s'allonger contre elle sur la paillasse. Puis il rabattit sur eux une des couvertures et serra étroitement la jeune femme contre lui en lui frictionnant avec énergie le dos et les bras.

— Ah, Sarah, murmura-t-il en écartant de son visage une mèche de cheveux, n'avais-je pas raison de penser que tu ne me faisais toujours pas confiance ? Pourquoi m'avoir affirmé ce matin que tu te sentais bien ? Manifestement, c'était loin d'être vrai…

Elle leva faiblement le bras, essayant de repousser sa main.

— Arrête, susurra-t-elle d'une voix aussi exténuée que ses gestes. Ne me touche pas. Ça fait mal.

— Sarah, je…

Elle gémit.

— Chut, fit-elle avant de grimacer, comme si l'émission de ce simple son lui coûtait déjà trop. Ne dis… plus rien.

Lentement, elle bascula sur le flanc et se roula en boule. Sa respiration saccadée s'apaisa peu à peu tandis qu'elle oscillait doucement sur elle-même.

William soupira. Elle semblait connaître le mal qui la faisait souffrir ; elle savait certainement déjà ce qui n'allait pas ce matin.

Mais enfin, il n'allait pas lui reprocher ce nouveau mensonge. Plus tard, peut-être. Mais pourquoi s'obstinait-elle ainsi à rendre leur vie impossible en ne lui faisant pas confiance ?

Il avait vraiment eu tort de la croire sur parole quand il l'avait trouvée recouchée dans la cabane ce matin. Il aurait plutôt dû la harceler jusqu'à ce qu'elle confirme ses soupçons et lui avoue franchement qu'elle était malade.

Elle se remit soudain à gémir, continuant à se balancer sur elle-même. Cette plainte détourna William de ses ruminations amères.

Certes, elle passait son temps à se cacher d'autrui, à se défier de tout le monde. Mais elle n'en était pas moins sa femme… et la mère de son enfant.

Alors, peu importaient pour l'instant ses griefs. Si elle avait besoin de sa présence, il resterait près d'elle. Si elle avait besoin de silence, il ne piperait mot. Il ne la quitterait pas avant d'être certain qu'elle et l'enfant étaient hors de danger.

Il étendit donc ses jambes et chercha une position confortable en prévision de cette nuit, qui promettait d'être longue.

20

Sarah étira ses bras et ses jambes, entrouvrit les yeux et s'immobilisa. Elle était couchée sur une paillasse, sous des couvertures en bataille. Sous ces couvertures, elle constata qu'elle était nue. Elle porta aussitôt les mains à son ventre, inquiète pour le bébé.

Apparemment, rien n'avait changé de ce côté-là. Mais elle ne pouvait cependant en avoir la certitude.

Avant d'ouvrir franchement les yeux, elle mit sa main en visière pour se protéger du soleil dont les flots de lumière se déversaient par l'entrée de la tente.

Comment était-elle arrivée ici? Son dernier souvenir était, oui, cette affreuse crise de migraine qui l'avait terrassée sur son cheval. Elle se rappelait s'être sentie si mal, avoir tant regretté que William ne soit pas à ses côtés.

Ce n'étaient tout de même pas les soldats d'Henri qui l'avaient déshabillée avant de l'étendre ici?

Elle se redressa brusquement, en proie à un violent haut-le-cœur. Puis elle se rallongea précautionneusement sur le dos, épuisée mais heureuse de cette preuve de la présence de l'enfant en elle. De toute évidence, son mal de crâne, pour épouvantable qu'il avait été, n'avait pas affecté le bébé.

Regardant autour d'elle, elle avisa bientôt ses vêtements

et, se rasseyant de nouveau sur la paillasse, entreprit de se rhabiller avec une lenteur prudente.

Elle redoutait les regards des soldats, mais elle n'allait pas non plus rester éternellement sous cette tente. Elle prit une profonde inspiration pour se redonner du courage et se coula hors de la toile.

Six hommes étaient assis autour du feu de camp. Elle reconnut trois hommes de Bronwyn. Quand et pourquoi les avaient-ils rejoints ? Bah, elle le saurait bien assez tôt. Elle se contenta de les dévisager l'un après l'autre, les défiant silencieusement d'émettre le moindre commentaire. Ils détournèrent les yeux. Tant mieux, se dit-elle. Au moins, elle n'était pas la seule à être gênée.

Elle releva le menton, sachant d'expérience qu'un soupçon d'arrogance l'aiderait à surmonter son embarras.

— Tu risques d'avoir besoin de ceci.

Le cœur battant, elle n'eut pas besoin de se retourner pour reconnaître aussitôt derrière elle la voix de William. Ainsi, ce n'étaient pas les gardes d'Henri qui l'avaient déshabillée…

Elle se retourna et se hâta vers lui. Juché sur son cheval, William lui tendait un sachet.

— William ! Qu'est-ce que c'est ?

Il haussa les épaules.

— Berta me l'a confié pour toi. Pour le matin, m'a-t-elle dit.

Elle prit le sachet et sentit à travers l'étoffe les formes des croûtons de pain.

— Merci.

— C'est plutôt Berta que tu devrais remercier.

— Je n'y manquerai pas la prochaine fois que je la verrai, répondit-elle en posant la main sur la cuisse de William.

Mais ce n'est pas ce que je voulais dire : je te remerciais de t'être occupé de moi pendant que j'étais malade.

— De quoi parles-tu ? dit-il en haussant un sourcil. Tu as été malade ? Je viens d'arriver à l'instant. N'as-tu pas entendu mon cheval ?

Elle jeta un coup d'œil du côté des hommes assis autour du feu. Ceux-ci les ignoraient avec application. Elle regarda William dans les yeux.

— Tu mens.

Il démonta d'un mouvement souple.

— Il est vrai qu'en cette matière, tu es une experte.

Elle se sentit blessée par cette pique, même si elle ne pouvait en contester la justesse. Comme elle demeurait interdite, il lui saisit le menton et la força à soutenir son regard.

— La prochaine fois qu'on te demande si tu te sens bien, essaie de dire la vérité. Ta santé n'est pas seule en jeu. Tu as été malade pendant deux jours, Sarah. Deux jours. Qu'aurais-tu fait, qu'aurais-tu éprouvé si tu avais perdu l'enfant que tu portes ?

Cette pensée provoqua en elle un afflux de douleur, mais elle ne répondit pas. Il n'y avait rien à dire. Non, même si elle n'avait pas envie de l'admettre, William avait raison.

Il lâcha son menton et lui donna une petite tape sur la joue.

— Tu me comprends ?

— Oui, acquiesça-t-elle, agacée malgré tout d'être ainsi traitée comme une enfant. Je comprends, William.

— Te sens-tu un peu remise, à présent ?

Elle hocha précautionneusement la tête pour ne pas réveiller sa nausée.

— Oui, plus ou moins.

— Tant mieux. Tu devrais alors être en mesure de retourner à Bronwyn.

Elle fronça les sourcils sans comprendre.

— A Bronwyn ? Je croyais que j'étais désormais censée vivre à la cour.

— Est-ce ce que tu veux ?

Elle le dévisagea, mais ce fut lui qui détourna les yeux.

Elle avait décidément été bien stupide de lui révéler comment elle s'y prenait pour deviner les sentiments d'autrui : il essayait maintenant de l'empêcher de lire ses émotions.

Quant à la question qu'il venait de lui poser, elle la prenait plutôt de court. La réponse n'en était pas moins certaine : elle ne souhaitait assurément pas revenir à la cour de Poitiers, où l'attendait une existence encore plus solitaire qu'auparavant. D'autant qu'elle avait échoué dans la mission que lui avait confiée Aliénor, qui ne manquerait pas de l'en punir par des vexations sans fin.

Surtout, elle n'avait aucune envie de se séparer de William. Elle avait certes perdu sa confiance, mais comment l'aurait-elle regagnée en demeurant loin de lui ?

— T'est-il donc aussi difficile que cela de choisir, Sarah ?

Elle replongea les yeux dans son regard. Le ton âpre de sa voix, l'intensité avec laquelle il s'était remis à la regarder lui reprochaient en silence son hésitation à répondre. Mais elle n'hésitait pas devant le choix qu'il lui laissait — un luxe auquel elle n'aurait jamais le droit à la cour.

— Non, William. Oh, non. Je désire revenir à Bronwyn, crois-moi.

Elle se rapprocha de lui. Comment lui faire comprendre

que ce qui comptait avant tout à ses yeux, c'était sa présence à ses côtés et non le lieu où ils se trouvaient ?

Hélas, il se recula et esquiva son contact.

— Alors, c'est là où tu iras, dit-il.

— Et toi ?

Son expression s'adoucit, sans toutefois exprimer le moindre sentiment de tendresse. Il détourna les yeux, secoua la tête et la regarda de nouveau.

— Moi, il faut que j'aille à Poitiers.

— Non ! s'écria-t-elle.

Il la considéra avec surprise.

— Comment cela, non ?

— Mais William, la reine veut ta mort !

— Et en quoi cela te dérange-t-il ? Ne l'aviez-vous pas prévue ensemble depuis le début ?

— Aliénor peut-être, mais pas moi ! déclara-t-elle. C'était son idée, pas la mienne. Je ne voulais pas t'épouser alors, c'est vrai, mais je n'ai jamais pour autant souhaité ta mort. Je comptais même persuader la reine de trouver une autre solution.

William soupira.

— Je devrais sans doute te laisser croupir dans tes inquiétudes… Néanmoins, sache que tu n'as rien à craindre : le roi Henri avait l'intention de se rendre à Poitiers en quittant Aryseeth. Je ne risquerai rien là-bas, Sarah.

Mais ils seraient séparés quand même, pensa-t-elle avant de vaciller sous un nouveau haut-le-cœur.

William vint la soutenir.

— Tu ne te sens toujours pas bien ?

Elle eut presque le réflexe de le nier, mais s'en retint à temps.

— Si je te réponds que oui, resteras-tu avec moi ?

— Oserais-tu essayer encore de me manipuler ?

— Oui, dit-elle sans détour en plongeant ses yeux dans les siens. Si je pouvais ainsi te garder près de moi, William, je n'hésiterais pas une seule seconde.

— Et ce mensonge ne t'inspirerait-il aucun remords ?

— Bien sûr que si. Mais au moins, je ne serais pas seule.

— Seule ? Bronwyn est loin d'être désert. Tu trouveras là-bas une foule de gens pour te tenir compagnie.

— Ce n'est pas la même chose…

William s'écarta pour remonter en selle.

— Je sais, admit-il en empoignant la bride. Mais il te faudra t'en contenter. Je n'ai rien de mieux à t'offrir.

Elle posa la main sur sa jambe.

— Es-tu vraiment obligé d'aller à la cour, William ? Cela ne peut-il attendre ?

— Tu sais fort bien que non.

Sur ces mots, il lança son cheval au galop, la laissant seule au bord du chemin.

William serrait les dents si fort qu'il aurait presque craint de les briser. Si sa voisine de table faisait encore mine de l'ignorer avec mépris, il enverrait au diable le protocole et quitterait le banquet séance tenante.

Comme il haïssait l'ambiance de la cour ! Qu'est-ce qui lui avait passé par la tête d'annoncer au roi qu'il resterait ici jusqu'à la fin de la semaine ? Il ne savait même pas s'il serait capable de supporter cette comédie un jour de plus et commençait à regretter amèrement de n'avoir pas inventé une excuse pour quitter Poitiers dès après l'audience.

L'audience… Une vaste plaisanterie, oui. Henri l'avait fait attendre huit jours avant de le recevoir. Il avait pris son mal en patience. Et tout cela pour quoi ? Pour s'entendre dire de la bouche du roi que la requête en annulation ne lui avait jamais paru nécessaire et que, quoique l'ayant fait rédiger, il ne l'avait en réalité jamais soumise aux autorités ecclésiastiques ! Et pour couronner cette humiliation, Henri avait pris un plaisir manifeste à lui tendre le document pour qu'il le détruise lui-même.

Mais le plaisir d'Henri avait été plus évident encore lorsqu'il lui avait appris que la reine avait juré de ne plus chercher à intervenir dans sa vie ni dans celle de sa femme. Bien que se demandant quelle valeur il fallait accorder à la parole d'Aliénor, William n'en devait pas moins reconnaître qu'il avait été soulagé de savoir désormais la souveraine officiellement liée par cette promesse publique.

Il fut tiré de ses pensées par sa voisine de droite, manifestement soucieuse d'entretenir une conversation de pure forme.

— Vous n'avez point fait mention de votre femme, lord Bronwyn. Comment va lady Sarah ? s'enquit-elle sur un ton qui laissait clairement entendre que la réponse lui importait peu.

— Elle va fort bien, étant donné sa condition, lâcha-t-il en se rendant compte aussitôt de sa bévue.

— Sa condition ? répéta la courtisane avant d'échanger un bref coup d'œil avec l'une des amies, assise en face d'elle.

Toutes deux levèrent les yeux au ciel en affichant une moue entendue.

— N'est-il pas un peu tôt pour qu'elle soit dans cette… condition ?

Effaré par la curiosité déplacée de son interlocutrice, William voulut savoir jusqu'où elle serait capable de pousser l'impudence.

— Je vous demande pardon, milady ?

L'indiscrète courtisane haussa les épaules avant de se pencher vers lui pour continuer sur un ton de conspiratrice.

— Vous n'êtes pas mariés depuis bien longtemps. Et vous n'ignorez point que lady Sarah…

— Quoi donc ? coupa-t-il, non sans avoir pris la précaution de reposer son couteau. Qu'insinuez-vous au juste ?

La courtisane qui leur faisait face pouffa en se trémoussant sur sa chaise.

— Oh, lord William, je vous en prie, reprit sa voisine sans se démonter. Qui ne connaît ici la catin de la reine ? Malgré son indéniable talent de comédienne, vous n'avez tout de même point cru être le premier à qui elle octroyait ses faveurs ?

Qu'on puisse supposer tout haut, avec une telle insolence, que Sarah portait l'enfant d'un autre fut pour William si intolérable qu'il perdit cette fois totalement patience. Il se leva et se tourna en direction de la table royale.

— Majesté ? dit-il d'une voix assez forte pour couvrir le brouhaha du banquet.

Henri leva aussitôt la main pour exiger le silence. Puis il fit signe à William d'avancer.

Celui-ci, cependant, demeura campé sur place et foudroya les deux vipères du regard jusqu'à les faire trembler sur leur siège.

— Veuillez me pardonner ma hardiesse, Votre Majesté, déclara-t-il alors, mais je suis plus que las des médisances dont semble se délecter cette cour. Il serait contraire à mon honneur d'en supporter davantage.

Il s'écarta de la table et s'inclina.

— Aussi vous prierais-je de m'autoriser à quitter les lieux. Dès à présent.

Aliénor toisa les courtisanes d'un air courroucé. Le roi

Henri eut pour sa part un bref haussement de sourcils avant de hocher la tête en signe de consentement.

— Transmettez mes meilleurs vœux à lady Sarah, lança-t-il à William, tandis qu'il s'éloignait pour aller rassembler ses affaires dans sa chambre. Et assurez-la qu'elle sera toujours la bienvenue à cette cour.

William se contenta de lever la main en guise de réponse. Il ne put réprimer un sourire en entendant les murmures fiévreux qui s'échangèrent presque aussitôt un peu partout dans la salle. La dernière remarque du roi, qui était une invitation aussi amicale qu'officielle, n'aurait su mieux prouver à tous en quelle estime il tenait Sarah.

Il monta quatre à quatre les marches de l'escalier qui conduisait à sa chambre, soulagé de sa sortie. Ces médisantes qui prenaient tant de plaisir à salir la réputation de Sarah devaient s'étouffer maintenant dans leur venin.

Mais peu lui importait, d'ailleurs : bientôt il serait loin. En route vers chez lui…

Chez lui ? A vrai dire, il était un peu surpris d'être aussi heureux de retourner à Bronwyn. N'avait-il pas d'ores et déjà décidé de ne pas habiter le château ? Quitte à aller s'installer, en attendant de mûrir ses projets, dans une des huttes du village désormais déserté ?

Ayant ôté en hâte sa tunique courte et sa chemise, il jeta le tout dans une sacoche de cuir et endossa sa tenue de combat. Tandis qu'il nouait les brides de sa cotte de mailles, il se prit à repenser malgré lui à ses voisines de table.

Ce qui l'étonnait le plus, ce n'était pas tant ce qu'elles avaient pu lui dire que l'immédiateté de sa propre réponse : il avait aussitôt senti ses muscles se tendre, ses sens s'aiguiser et son cœur s'emballer. Comme lorsqu'il s'apprêtait à entrer dans l'arène.

Et pourtant, ce n'était pas lui qui était la cible de leurs

médisances… mais Sarah. Il avait spontanément, immédiatement pris sa défense, son corps réagissant avant même que son esprit ne s'offusque de leurs remarques désobligeantes.

Il rangea le reste de ses affaires dans la sacoche et attacha ses armes, sans cesser de songer. Non, il avait bien pris la seule décision que lui imposait la logique. N'ayant plus confiance en sa femme, comment aurait-il pu continuer à vivre auprès d'elle ?

La question ne cessait pas pour autant de le tarauder… Mais il était certain que la réponse, si elle existait, se trouverait à Bronwyn plutôt qu'ici, à la cour. Il s'empressa donc de quitter la chambre pour gagner les écuries du palais royal. Il fallait qu'il parcoure le plus de lieues possible avant la tombée du jour.

21

Le soleil commençait juste à disparaître à l'horizon quand William franchit enfin les portes de Bronwyn. Ces quatre jours de chevauchée l'avaient épuisé, d'autant plus qu'il en avait passé trois autres à attendre que les eaux houleuses de la Manche daignent s'apaiser suffisamment pour permettre la traversée.

Il régnait dans le baile une activité frénétique qui le surprit : à cette heure du jour, les allées et venues dans l'enceinte du château étaient d'ordinaire plus calmes, chacun s'apprêtant à se retirer dans ses quartiers pour la nuit.

Il atteignait les nouvelles écuries quand Timothy le héla.

— Lord William !

Il sentit ses cheveux se dresser sur sa nuque : le ton de Timothy dénotait qu'il se passait quelque chose d'anormal. Pivotant sur sa selle, il se mit à scruter les remparts pour y déceler une présence ennemie, la main tendue vers la garde de son épée. Mais il ne vit rien de ce côté.

— Que se passe-t-il ?
— Lady Sarah a disparu !

Son inquiétude se mua aussitôt en une terreur sans nom.

— Quoi ? Comment cela, disparu ?

Il se hâta vers le donjon, Timothy sur ses talons.

— Nous ne l'avons pas vue depuis hier au soir.

— Où est Berta ? dit William en poussant les portes de la grand-salle.

— Ici, répondit l'intéressée en accourant vers lui. Je suis désolée, lord William. Je ne sais ni où ni comment elle a pu partir comme ça, à l'insu de tout le monde. C'est en ne la voyant pas descendre pour le petit déjeuner, ce matin, que je suis montée dans chambre et que je me suis aperçue qu'elle n'était plus là.

William se rua dans l'escalier. Berta le rejoignit dans la chambre de Sarah.

Il parcourut la pièce du regard.

— Est-ce qu'il manque quelque chose dans ses affaires ?

— Une robe. Un peigne, aussi, et des barrettes à cheveux. Et puis une couverture, à ce qu'il me semble, ainsi que son gros manteau de voyage.

Berta se gratta la tête en fronçant les sourcils, avant de préciser :

— Je n'ai pas vu Charles non plus, ni deux des nouvelles sentinelles.

— Tant mieux.

La vieille femme cilla.

— Tant mieux ?

— Avec un peu de chance, cela peut signifier qu'elle n'a pas été enlevée, qu'elle a quitté Bronwyn de son plein gré. Si en outre tous les chevaux sont là, elle sera partie à pied et n'aura pu aller bien loin. Et comme il y a fort à parier que Charles et les autres l'accompagnent, elle n'est pas en train d'errer seule dehors.

Berta leva les bras au ciel, puis secoua la tête.

— Le village !... J'étais trop paniquée pour y penser.

Nous avons fouillé partout, y compris la forêt et les vergers, mais nous avons oublié le village !

William n'en attendit pas davantage pour se jeter dans l'escalier.

— Milord, attendez !

— Quoi ?

— Laissez-moi au moins le temps de vous préparer un panier avec de quoi manger, pour lady Sarah et pour vous. Les autres pourront toujours se restaurer ici à leur retour.

William ne put qu'approuver cette initiative.

— Alors filez vite dans la cuisine, dit-il. Je vous y retrouve dans un instant.

Tandis que Berta se hâtait de descendre, William retourna dans la chambre de Sarah pour y prendre une couverture, qu'il roula et attacha avec un ruban que Sarah avait laissé sur un coffre. Si elle se cachait bien au village, ni lui ni elle ne reviendraient au donjon ce soir-là. Ils avaient trop de choses à régler entre eux.

Elle avait prétendu que ni l'argent ni les titres ne l'intéressaient plus. Il n'était pas sûr de la croire, mais pendant son absence, il n'en avait pas moins acquis quelques certitudes.

La première était qu'à défaut de se fier à sa femme, il finirait par se méfier de tout le monde. Ce qui était d'ailleurs déjà le cas, quinze années d'esclavage ayant fini par le persuader qu'accorder sa confiance à quiconque vous valait invariablement des ennuis, et parfois des ennuis mortels.

Ainsi n'avait-il pas cru le roi quand il lui avait promis un fief et de l'argent. Or Henri lui avait octroyé les deux ; il était peut-être temps qu'il commence à se fier à son entourage — ce qui voulait dire, en tout premier lieu, à sa femme.

Deuxième certitude : Sarah ne lui avait pas menti sur la

réaction qu'elle avait eue lorsque la reine lui avait exprimé son intention de la « débarrasser » de son mari. Aliénor en personne lui avait confirmé que sa suivante avait accueilli ce projet avec la plus grande réticence, et avait reconnu qu'elle avait dû lui forcer la main pour s'assurer de sa complicité.

Sa troisième certitude n'était pas la moindre : il ne voulait plus passer un seul jour de son existence sans pouvoir serrer Sarah dans ses bras, il le savait maintenant. Il en avait désormais la conviction : rechercher un mariage dépourvu de tout lien affectif avait été un leurre. Au contraire, l'absence de sentiments dans un couple ne pouvait que rendre la vie conjugale morne et, à terme, intolérable.

Comme il préférait avoir à ses côtés une femme qu'il pourrait faire enrager... et passer ensuite la nuit à consoler !

Quatrième et dernière certitude, en vérité la plus difficile à accepter : c'était à Sarah, et à elle seule, que revenait le choix au final. Aliénor avait affirmé qu'elle pouvait revenir à la cour quand elle le souhaitait. Il ne lui restait plus qu'à espérer qu'elle n'ait *vraiment* plus envie de cette existence-là.

Mais Sarah demeurait après tout son épouse. Elle portait son enfant. Et il gèlerait en enfer plutôt que de renoncer à l'un et l'autre sans combattre...

Sarah s'éveilla en sursaut, consciente d'avoir été tirée de son sommeil par quelque chose d'extérieur. La lueur diffusée par les lampes à huile jetait des ombres mouvantes sur les murs sombres de la cabane. Comme elle se levait du lit, l'odeur d'un feu de camp parvint jusqu'à ses narines à travers les volets.

Elle avait souhaité se retirer seule ici pour panser les

plaies de son âme dans la solitude. Mais elle n'avait pas tardé à se rendre compte que son désir n'avait pas été totalement respecté. Elle avait reconnu la voix de deux nouvelles recrues de Bronwyn qui chuchotaient à voix basse au creux d'un fourré, non loin de la hutte. Mais elle comprenait que ces hommes se contentaient d'effectuer leur devoir, et elle ne les avait pas renvoyés au donjon.

Jusqu'à présent, toutefois, ils étaient demeurés discrets, vraisemblablement pour la déranger le moins possible.

Et ce n'était pas leur genre d'avoir allumé ce feu de camp devant sa porte, au risque de la réveiller…

Un peu inquiète, elle entrouvrit la porte de la cabane pour jeter un coup d'œil dehors.

— Eh bien, il t'en a fallu, du temps, commenta William sans quitter les flammes des yeux. J'ai bien cru que j'allais devoir t'attendre, assis là toute la nuit.

Surprise, Sarah sursauta et dut se retenir de se précipiter aussitôt dans ses bras. Elle approcha au contraire à pas comptés et s'installa sur une bûche à côté de lui.

— Tu aurais dû entrer.

Sans répondre, il tourna la tête en direction du sentier.

— Vous pouvez vous montrer, maintenant, cria-t-il.

Sarah ne fut pas étonnée de voir Charles émerger alors du sous-bois en compagnie des deux sentinelles.

— Eh bien, cela n'a pas l'air de te surprendre ! constata William.

— Oh, je les ai entendus chuchoter tout à l'heure dans les fourrés. Mais toi, comment savais-tu qu'ils étaient là ?

Il plongea un bâton dans les braises pour les tisonner.

— La forêt était parfaitement silencieuse… à part le bruit de leurs pas.

William congédia le garçon et les gardes, puis il tendit la main à Sarah pour l'aider à se relever.

— Tu as failli faire mourir de peur la pauvre Berta.

— Ce n'était pas mon intention.

La vieille cuisinière, elle en était persuadée, aurait parfaitement su où la retrouver, si besoin était.

— Tu fais beaucoup de choses sans en avoir l'intention, Sarah. Mais tu les fais quand même.

L'irritation qui couvait au fond d'elle remonta à sa conscience. Elle était lasse de souffrir, d'avoir à endurer reproches et remords. Elle avait commis bien des erreurs, soit, mais il n'était pas tout blanc non plus ! Comment avait-il pu s'éloigner d'elle, l'abandonner ainsi ?

Mais cette irritation, elle le sentait, ne tiendrait pas longtemps. La douleur persistante qui la hantait ne tarderait pas à étouffer en elle toute flambée de rage. Comme elle aurait préféré éprouver une saine colère, sans douleur ! Cesserait-elle jamais de pleurer leur mariage gâché ? Viendrait-il jamais un temps où le chagrin le céderait en elle à la colère ? Et cette colère même finirait-elle un jour par s'estomper ?

Plutôt ne rien éprouver du tout qu'avoir à endurer, encore et encore, cette sensation de perte, de deuil, cette tristesse qui la torturait ! Si on l'avait prévenue, jadis, que s'attacher à autrui pouvait faire aussi mal, elle en aurait ri avec légèreté. Mais elle savait aujourd'hui à quel point c'était vrai.

Elle soupira sans chercher à cacher sa lassitude.

— William, je n'ai pas le cœur à ça.

— Tiens donc ? Aurais-tu par hasard des raisons de te lamenter ainsi ?

— Je ne me …, commença-t-elle à articuler avant de se raviser. Et puis si, tu as raison, j'ai des raisons de me lamenter : j'ai un château et pas de mari, un enfant et pas de père. Il y a bien là de quoi se plaindre, n'est-ce pas ?

Elle avait terminé en haussant fortement la voix. William,

cependant, la dévisageait en silence. Elle eut brusquement envie d'effacer de sa figure le petit sourire faraud qui s'y dessinait.

— Qu'est-ce qui t'amuse autant, William ?

— Toi. J'ai comme l'impression que tu deviens de plus en plus émotive et que, d'ici ta délivrance, tu risques de faire le bonheur de ton entourage.

Mais ce commentaire sarcastique la blessa profondément et acheva de l'accabler. Horrifiée, elle sentit sa lèvre inférieure trembler violemment.

— Je ne suis *pas* émotive !

William passa un doigt sur sa joue et lui en montra l'extrémité.

— Et qu'est-ce que cela ? De la pluie ?

Comme elle lui tournait le dos pour s'en aller, il noua ses bras autour de sa taille et la pressa étroitement contre lui.

— Arrête, Sarah.

Elle essaya de lutter. Mais pouvait-elle ignorer bien longtemps la délicieuse chaleur de sa poitrine contre son dos, la réconfortante impression de sécurité qu'elle éprouvait entre ses bras ?

— Que fais-tu ici, au juste ? demanda-t-elle soudain pour se détourner de ses propres émotions.

— Je peux te laisser, si tu veux, répliqua-t-il du tac au tac en desserrant son étreinte.

Elle lui serra les avant-bras.

— Non, reste.

Il la plaqua contre lui ; elle poussa encore un long soupir. Elle ne savait plus que dire ni que faire. Comme elle mourait d'envie de se retourner vers lui pour implorer sa clémence ! Et en même temps, s'il devait la rejeter encore une fois, elle ne pourrait pas le supporter...

Elle ferma les yeux, essaya à toute force de réprimer

son envie et le désir qui se languissaient en elle. Elle ne reprit la parole que lorsqu'elle se sentit de nouveau capable de se maîtriser.

— Pourquoi es-tu venu jusqu'ici, William ?

— A cause d'une vague question d'annulation de mariage.

— Oh, fit-elle, désarçonnée.

Elle sentit que tout espoir la quittait, la laissant seule avec son chagrin.

Tout en la maintenant d'un bras, William sortit alors une missive de sa ceinture et la lui tendit. Il posa son menton sur ses cheveux.

— C'est la requête en annulation. Le roi Henri ne l'a jamais envoyée aux autorités ecclésiastiques. Il ne l'a pas même soumise à Aliénor.

D'une main tremblante, Sarah décacheta le document avant de le parcourir des yeux.

— Tu aurais pu l'envoyer toi-même, objecta-t-elle.

Il frotta sa joue contre ses cheveux.

— J'ai préféré te laisser ce choix.

Sans hésiter, d'un geste impulsif et entier, elle jeta aussitôt le parchemin au feu.

Elle sentit alors le torse de William frémir dans son dos, et comprit qu'il riait tout bas. Mais il pouvait rire tant qu'il voulait : elle s'en moquait.

Il cessa de l'entourer et lui prit la main pour l'entraîner dans la cabane.

— Il faut que nous parlions, dit-il.

Le cœur cognant dans sa poitrine, Sarah se sentit envahie d'une joie subite qu'elle garda cependant pour elle. Après tout, William n'avait rien dit qui soit susceptible de provoquer en elle une pareille émotion.

Une fois dans la hutte, William alla s'affaler sur le lit, le dos calé contre le mur et les jambes écartées sur le matelas fourré de paille.

— Deux options s'offrent à nous, déclara-t-il, et il me faut encore déterminer quel chemin je nous souhaite de suivre.

Sarah referma la porte et se retourna vers lui.

— Que tu « nous » souhaites ?

— Il serait stupide de ma part de te laisser l'entière responsabilité de ce choix. Tu as jeté la demande royale au feu sans même me demander mon avis. Tu imagines un peu si je n'étais pas d'accord avec tes futures décisions.

Elle en demeura sans voix. Ou plutôt, il lui vint aux lèvres certains mots que la bienséance prohibait et qu'elle s'abstint en conséquence de proférer.

Les poings sur les hanches, elle fixa William d'un regard plein de flammes. Celui-ci paraissait détendu au point d'être au bord du sommeil. Il avait la tête légèrement penchée et les paupières closes.

Comme elle s'approchait de lui, prête à lui reprocher vertement son arrogance, il rouvrit les yeux, lui montrant des iris tout pailletés d'or.

— Oh! s'écria-t-elle en reculant d'un bond. Espèce de... Espèce de chenapan!

Deux robustes mains la saisirent alors par la taille, l'empêchant de s'enfuir.

— Tu es vraiment une proie trop facile, Sarah. Allons, assieds-toi donc.

Il se poussa pour lui permettre de s'asseoir près de lui sur la couche.

— Je vous méprise, William de Bronwyn.

— Je crains qu'il ne te faille mettre un peu plus de conviction dans ta voix pour m'en persuader.

Elle préféra ne pas relever cette moquerie.

— A part jouer à me rendre folle de rage, de quoi voulais-tu enfin que nous discutions ?

— De deux choses.

— A savoir ?

— Premièrement, j'ai pensé qu'il ne te déplairait pas d'apprendre que le navire d'Aryseeth a sombré corps et biens dans la Manche.

Sarah dut bien admettre en son for intérieur que la nouvelle la bouleversait relativement peu.

— C'était un accident, naturellement ?

Il hocha la tête.

— Naturellement. Et le hasard a voulu qu'en outre un des hommes d'Henri se trouve sur place avant le naufrage pour récupérer quelques menus objets.

— Comme ?

— Eh bien, par exemple, une carte indiquant l'emplacement exact du palais de Sidatha.

Sarah resta coite un moment, savourant cette information.

— Le hasard fait parfois bien les choses.

— Je ne saurais mieux dire, acquiesça-t-il.

Elle le regarda intensément. Elle n'était pas naïve au point de croire que c'était là le seul sujet dont il désirait l'entretenir.

— Et quelle est l'autre chose dont tu souhaitais me parler ?

— Une alternative se présente à nous en ce qui concerne notre mariage, et je voudrais la trancher dès à présent.

— D'abord tu exiges l'annulation de notre union, ensuite tu me laisses le choix, et maintenant tu penses que nous devrions en décider ensemble ?

— Non, répliqua-t-il en secouant la tête. Une annulation n'est plus envisageable. Cette option — dois-je te le rappeler ? — vient de partir en fumée.

— William, je te jure que tu me rends folle ! De quel choix parles-tu donc ?

— A Poitiers, j'ai eu l'occasion de m'entretenir avec le roi Henri et la reine Aliénor.

Sarah frémit, n'en pouvant plus, se demandant bien ce qu'il avait pu leur raconter.

— Tu as ta place assurée à la cour — pour le reste de ton existence, si cela te chante.

Elle le considéra attentivement. Bien sûr, elle n'avait toujours aucune envie de revenir à Poitiers. Plutôt habiter un donjon délabré — à condition que ce soit avec son mari. Mais non, elle n'allait pas le lui avouer. Toujours pas.

— Voilà qui est bon à savoir, dit-elle. Je ne me voyais guère vivre dans les bois.

— Tu as un autre foyer, Sarah.

Son espoir repartit de plus belle. Mais elle se rappela à l'ordre : après tout, William ne lui avait pas demandé de venir habiter avec elle à Bronwyn. D'ailleurs, il méritait aussi de goûter à ses propres taquineries. Aussi plissa-t-elle les yeux et recula-t-elle comme s'il lui avait donné une gifle.

— Jamais, jamais je ne retournerai chez mon père ! Et il serait criminel de ma part d'exposer mon enfant aux traitements qu'il m'a infligés.

— De toute manière, je ne te le permettrai pas. Non, je parlais plutôt de Bronwyn. Mais il est assez significatif que tu n'y aies pas songé de toi-même, ajouta-t-il en détournant les yeux.

— Oh, je m'en voudrais d'abuser de ton…hospitalité.

— Comme cela est délicat de ta part.

— Très cher lord Bronwyn, vous attendiez-vous par

hasard à ce que je me jette à vos pieds en vous suppliant de m'héberger sous votre toit ?

— Etant donné que ce château t'appartient, non. J'avoue cependant que l'idée ne manque pas d'attrait.

Elle s'assit sur le bord du matelas et le foudroya du regard.

— Ne plaisante pas là-dessus, William. Nous ne parlons pas de quelque plaisanterie dont rirait toute la cour.

— Préférerais-tu que je crie avec autorité ? Ou que je te jette sur mon épaule pour te ramener à Bronwyn, tel une brute sans finesse désirant posséder sur-le-champ sa trop capricieuse épouse ?

Sarah sursauta.

— Tu n'irais pas jusque-là.

— Crois-tu ?

Le timbre grave de sa voix, le scintillement mordoré qu'elle distinguait dans ses yeux et qui lui avait tant manqué, ainsi que l'allusion, aussi voilée soit-elle, à l'éventualité d'une étreinte la firent hésiter un instant de trop. Se redressant avec sa vivacité habituelle, il l'empoigna et, la seconde d'après, elle se retrouva pendue le long de son dos.

— William !

D'un bras puissant, il lui immobilisa les jambes et se dirigea vers la porte.

— Repose-moi tout de suite ! Quand je te parlais de mon père, tout à l'heure, je n'étais pas sérieuse !

Elle se mit à le marteler de coups de poing. Il s'arrêta devant la porte.

— Crois-tu que c'est le moment de plaisanter ?

— Je voulais juste te rendre la monnaie de ta...

Elle s'interrompit en l'entendant soulever le loquet.

— Tu n'irais pas...

— Je suis las de t'entendre répéter que je n'irai pas jusqu'ici ou jusque-là, coupa-t-il en tirant le battant.

La fraîcheur nocturne caressa les cuisses de Sarah.

Ne doutant plus qu'il allait mettre sa menace à exécution, elle adopta un ton suppliant.

— William, pardon. Je t'en prie, ne m'humilie pas ainsi.

Pivotant sur lui-même, il referma la porte d'un coup de pied. Oh non, il ne voulait pas l'embarrasser, encore moins l'humilier. Bien sûr, il avait très bien compris qu'elle se moquait de lui en parlant de retourner chez son père. Mais il n'en restait pas moins qu'elle n'avait pas répondu directement à sa question, et cela le piquait au vif.

Il la lâcha sur le lit et se planta devant elle, les bras croisés.

— Bien. Tu as environ deux secondes pour te décider. Soit tu retournes à la cour d'Aliénor, soit tu demeures ici, à Bronwyn, où nous trouverons bien le moyen de vivre ensemble.

Elle s'agenouilla et lui fit face.

— Qui crois-tu être pour me traiter de la sorte ?

— Ton mari, répliqua-t-il tout en détachant sa ceinture. Et j'attends toujours ta réponse.

Comme il tendait les mains vers l'ourlet de sa robe, elle les frappa d'un air outré.

— Que crois-tu faire là ?

— Attendre ta réponse.

— Ne me bouscule pas.

Il se dirigea de nouveau vers la porte.

— Soit, dit-il.

Elle se hâta de descendre du lit pour le rejoindre.

— Non, William, attends.

Juste au moment où elle allait lui saisir le bras pour

l'empêcher de partir, elle se prit les pieds dans le bas de sa robe et tomba étendue à ses pieds.

William baissa les yeux. Voyant qu'elle ne s'était pas blessée, il dut se mordre les joues pour ne pas éclater de rire.

— Tu as changé d'avis, finalement ? Tu es prête à me supplier ?

Alors, à son grand effarement, elle rampa jusqu'à ses jambes et les serra contre elle.

— Reste, William. Je t'en prie, reste.

Comme il voulait la forcer à se relever, il sentit brusquement ses jambes se dérober sous lui et toucha le sol de la cabane dans un choc sourd.

Victorieuse, elle se jucha sur lui.

— Nous voilà tous deux à terre, semble-t-il, constata-t-elle avant de plaquer les mains sur son torse et de river ses yeux dans les siens. Que dirais-tu si je décidais de repartir à la cour ?

— Rien. Ce serait ton choix. Je te demanderais simplement de procéder avec discrétion.

Imaginer Sarah discrète lui était toutefois assez difficile. Mais la supposer prête à retourner à Poitiers l'était plus encore.

— Discrète ? répéta-t-elle en se redressant. Je ne comprends pas.

— Cela me semble pourtant évident. Tu vivrais à la cour, dans un milieu qui t'est familier. Et comme tu as un caractère trop passionné pour rester longtemps célibataire, je te demandais de procéder avec discrétion... dans tes rapports avec ton amant.

— Mon amant ?

La perplexité qui se lisait sur son visage réjouit le cœur de William. Lady Sarah de Bronwyn, née Sarah de Remy, catin de la reine, ne paraissait strictement rien comprendre à ses allusions. Il allait manifestement devoir éclairer sa lanterne.

— Oui, Sarah, ton amant. L'homme qui partagera ton lit. L'homme que tu accueilleras entre tes jambes avec force gigotements de plaisir et soupirs d'extase.

Comme il s'attendait à sa réaction, il n'eut aucune peine à saisir sa main au vol avant qu'elle n'atteigne sa joue.

Elle libéra son bras d'une secousse.

— Espèce de… de… Oh, Seigneur Dieu ! Mais pour qui me prends-tu donc, William ?

La saisissant par la taille, il renversa leur position et la plaqua à son tour sur le sol.

— Vas-tu te calmer ? Je ne te reproche rien.

Il se pencha pour l'embrasser à la commissure des lèvres. La sentant tressaillir sous son baiser, il lâcha un de ses poignets pour caresser ses seins, dont les pointes durcirent aussitôt sous ses doigts.

— Tu es une femme de passion, Sarah. Si tu retournes à Poitiers, je te vois mal passer le reste de tes jours sans être embrassée, caressée et aimée par un homme.

Elle ferma les yeux. Il vit des larmes perler au coin de ses paupières, mais décida de la pousser dans ses retranchements.

— Je n'aurais pas la cruauté d'exiger de toi un pareil sacrifice, reprit-il. J'aimerais seulement qu'au cours de mes rares visites à Poitiers, tu aies la délicatesse de ne pas t'exhiber devant moi avec ton amant.

— Et toi ? parvint-elle à articuler malgré le tremblement de ses lèvres.

— Eh bien, je serais ton mari, dans tous les sens du terme. Quand je serais là, du moins.

Il se mit à lui caresser la nuque, avant de lui chuchoter dans le creux de l'oreille :

— Mais je ne suis pas un saint, Sarah. La passion me gouverne tout autant que toi.

Elle se débattit pour se dégager.

— Va-t'en ! s'écria-t-elle. Laisse-moi seule, William.

William vit que son stratagème marchait. Il voyait bien, maintenant, à quel point il l'avait bouleversée. Et elle était aussi au bord de la colère. Or il savait qu'elle ne s'exprimait jamais aussi ouvertement que sous le coup de la colère. Et c'était exactement ce qu'il désirait : il fallait qu'elle lui parle enfin franchement, sans détour ni faux-semblants. Elle ne devait plus chercher à lui faire plaisir, mais lui dire simplement la vérité.

— Non, Sarah, reprit-il calmement, je ne te laisserai pas tranquille. Plus maintenant. Plus jamais. Alors, je te pose la question : comment allons-nous vivre notre mariage ?

Comme elle se murait dans le silence, il la secoua doucement.

— Ouvre les yeux, Sarah, et regarde-moi.

Elle ouvrit les yeux. Il eut aussitôt l'impression de se perdre dans un lac d'un bleu pur et limpide.

— Oh, Sarah, Sarah, tu prétends être capable de deviner les émotions d'autrui. Et voilà que toi, l'espionne de la reine, tu es incapable de t'apercevoir que ton mari est en train de te supplier de rester auprès de lui ?

Elle plissa les yeux et le dévisagea avec attention.

— C'est en me priant d'être discrète à la cour que tu me supplies de rester ici ?

— C'est toi qui as commencé ce petit jeu, Sarah. Ne voulais-tu pas savoir ce que je ferais si tu retournais à Poitiers ?

— Si, mais…

— Mais quoi ? Me mettais-tu à l'épreuve ?

Il se releva et l'aida à faire de même.

— Qu'attendais-tu de moi au juste ? continua-t-il. Que j'accueille cette suggestion avec le sourire et prétende qu'elle ne me dérangeait pas le moins du monde ?

— Parce que ce n'est pas le cas ?

En guise de réponse, il lui saisit la nuque et l'attira contre lui.

— Ton temps de réflexion est dépassé, déclara-t-il en approchant ses lèvres des siennes. Tu restes ici, Sarah.

Elle poussa un long soupir de soulagement.

— Je ne suis pas certaine de le vouloir vraiment, objecta-t-elle avec un sourire en coin. Peut-être devrais-tu essayer de mieux me convaincre.

— Mieux te convaincre ? Après tout ce que tu m'as fait subir, il me faudrait encore te démontrer que je t'aime à la folie ?

Sarah cessa aussitôt de respirer, comme si son cœur venait de s'arrêter.

— Que dis-tu ?

Il lui embrassa le cou.

— Tu m'as parfaitement entendu.

— Non, je ne crois pas.

— Je t'aime... à la folie.

Elle sentit tout son corps fondre comme de la cire.

— Vraiment ? murmura-t-elle.

— Oh, oui.

— Mais... l'amour n'existe pas, disais-tu. L'amour est égoïste et rend faible...

Il soupira à son tour, non de soulagement mais de remords.

— J'avais tort de penser cela, avoua-t-il. Grand tort. Et je reconnais volontiers mon ignorance. Une chose est certaine à mes yeux, cependant : l'amour que j'ai pour toi n'a absolument rien d'égoïste. Il me donne au contraire envie de tout te sacrifier. Et, loin de m'affaiblir, il me donne en retour la force d'assumer chacune de mes responsabilités.

— Oh, William, murmura-t-elle en appuyant sa tête contre sa poitrine. Que te répondre ? Jamais je n'aurais osé rêver que tu me parles un jour d'amour.

— Tu n'as qu'à me dire que tu m'aimes, toi aussi. Autrement, j'ai bien peur d'en souffrir.

Sarah plongea ses yeux bleus dans les siens.

— Je t'aime, William. Depuis bien longtemps. Je refusais simplement de le constater par peur d'être déçue.

Il la serra étroitement contre lui.

— Tu comprends mieux, maintenant, ce que j'ai dû endurer ?

— A cause de moi ?

— Oui. Tu as passé ton temps à me cacher la vérité — à *te* cacher de *toi-même*.

Sarah frissonna. Oui, c'était vrai, elle ne pouvait le nier.

— Je te promets de ne plus jamais te mentir.

Il éclata de rire.

— Et je suis censé te croire ?

— Oui, William. Parce que, si tu tiens un peu à moi, sache que, moi, je t'aime de tout mon être. Et que cet amour ne laisse aucune place en moi au mensonge.

— Si je tiens un peu à toi ? répéta-t-il avec un grognement incrédule.

Il se laissa tomber sur les genoux et prit les mains de Sarah entre les siennes.

— Lady Sarah, vous êtes l'amour de ma vie. Mon cœur vous appartient. Vous êtes la mère de mon enfant. Vous êtes tout ce dont j'ai jamais rêvé, et bien plus encore. Pourriez-vous, s'il vous plaît, demeurer à Bronwyn et continuer à être ma femme ?

Sarah n'attendit qu'un bref instant. Elle voulait jadis un homme d'honneur, quelqu'un qui prendrait soin d'elle, la protégerait, lui donnerait des enfants et une existence digne d'être vécue. Or, en plongeant son regard dans les prunelles pailletées d'or de William, elle comprit que la providence lui avait d'ores et déjà offert tout cela.

— Mon époux, je vous aime tellement que parfois j'en ai mal, répondit-elle en lui caressant la joue. Mon seul foyer est auprès de toi, William. Partout où tu iras, je serai heureuse de te suivre.

Il se redressa et la prit de nouveau dans ses bras.

— Puisque tu en parles, répliqua-t-il avec un sourire coquin, ce lit n'est-il pas une première destination plutôt alléchante ?

Épilogue

Donjon de Bronwyn, juin 1178

Le soleil de la mi-journée déversait à flots sa chaleur sur la citadelle. Une légère brise caressait les moissons. L'activité qui régnait dans l'enceinte du baile s'interrompit un moment quand un garçon passa en courant sous l'ouvrage d'entrée et se précipita à l'intérieur du donjon de pierres qui remplaçait l'ancienne construction de bois.

— Père ! s'écria-t-il de sa voix haut perchée en déboulant dans la grand-salle. Mère !

Dans la chambre de maître luxueusement meublée, William émit un soupir résigné.

— Nous allons avoir bientôt de la compagnie, mon amour.

Il serra contre lui sa femme encore toute frémissante.

— Tu deviens de plus en plus insatiable, dirait-on, ajouta-t-il dans un murmure.

Le rire languide de Sarah sonna à ses oreilles comme la plus douce et la plus enivrante des musiques.

— Et qui a quitté le verger pour venir m'arracher à mes corvées et me traîner au lit au beau milieu de la journée ?

Il haussa les épaules.

— Tu marques là un point, sans doute, concéda-t-il. Mais quand je suis parti, ce matin, tu as pris un malin plaisir à t'étirer au soleil devant la fenêtre dans le plus simple appareil. Comment aurais-je pu me débarrasser d'une telle vision ?

— Je n'ai jamais fait une chose pareille. Et puis tu aurais pu attendre jusqu'à ce soir, non ?

— Femme, garde tes mensonges pour les naïfs. Si j'étais resté aux champs, je sais bien que j'aurais été puni plusieurs jours durant pour avoir ignoré ton invite.

Elle lui tapota la joue en affectant une moue navrée.

— On se sert de toi de manière éhontée, mon chéri.

Puis elle se hâta de cacher leur nudité sous les couvertures.

— Sa Seigneurie approche, rappela-t-elle.

Elle n'avait pas fini sa phrase que la porte de la chambre était violemment rabattue contre le mur.

— Père !

— Je n'ai pas dit mon dernier mot, chuchota William dans le creux de l'oreille de sa femme.

Il considéra ensuite son fils en haussant comiquement les sourcils.

— En voilà une manière de pénétrer chez autrui !

Le garçon ressortit aussitôt en refermant la porte derrière lui. Sarah dut réprimer l'hilarité qui la secouait en l'entendant frapper.

— Entrez, répondit William avec le plus parfait sérieux.

L'enfant blond vint respectueusement se placer devant le lit parental. William considéra l'éclat de ses magnifiques yeux bleus. Cesserait-il jamais de s'émerveiller de la beauté de l'enfant que lui avait donné Sarah ? A cette pensée, il ne put s'empêcher de la serrer plus étroitement encore contre lui.

— Qu'y a-t-il, Gunther ?

— Ils arrivent ! s'exclama-t-il en laissant de nouveau libre cours à son excitation. Oncle Guy, oncle Hugh et toutes leurs familles sont au village. Ils ont des tas de chariots, des chevaux, des soldats... Oh, père, est-ce que je peux aller les accueillir ?

William ébouriffa les cheveux de son fils.

— Je t'en serais reconnaissant.

— Emmène donc Simon et Eleanor avec toi, suggéra Sarah.

— Eleanor ? répéta Gunther, soudain consterné. Mais ce n'est qu'un bébé !

— Obéis à ta mère, ordonna William avant de prendre un ton plus doux. Nous te rejoindrons bientôt pour te débarrasser de ta sœur. Allons, file donc. Peut-être Hugh aura-t-il pensé à prendre les chiots avec lui.

L'air penaud de Gunther, visiblement contrarié d'avoir à traîner sa petite sœur derrière lui, disparut à la seule mention des petits chiens. Il quitta aussitôt la pièce en courant, claquant au passage la porte derrière lui.

Sarah repoussa les couvertures.

— Ils ont un jour d'avance, constata-t-elle. Je vais aller vérifier si tout est prêt pour les recevoir.

Avant qu'elle puisse sortir du lit, William l'attira sous lui.

— Minute, ma belle. Tu dois d'abord te faire pardonner pour m'avoir manipulé sans vergogne.

— William..., commença-t-elle à protester avant de lever les yeux vers lui. Oh, non, milord, nous n'avons plus de temps à consacrer à cela. Il va nous falloir attendre ce soir. Voilà plus de deux longues années que nous n'avons pas revu Hugh, Adrienna, Guy, Elizabeth ! Vas-tu donc les faire attendre dehors comme des étrangers de passage ?

— Bien sûr que non, mais des questions plus pressantes requièrent pour l'heure mon attention.

Il se mit à lui couvrir la nuque de petits baisers, soulevant en elle de longs frissons.

— T'ai-je dit aujourd'hui combien je t'aimais ? dit-il.

Elle noua les bras autour de son cou et se mit à jouer avec ses cheveux.

— Tu aurais besoin d'une coupe, déclara-t-elle.

Comme il laissait échapper un grognement d'impatience, elle se hâta d'ajouter :

— Non, mon chéri, je ne crois pas.

— Je vous aime, lady Sarah. J'adore les enfants que vous m'avez donnés et la vie que nous menons ici, dans ce château.

— Moi aussi, je t'aime, William.

Elle lui embrassa le menton tout en lui caressant le dos.

— Peut-être nos invités vont-ils finalement devoir patienter un peu, murmura-t-elle en remuant langoureusement sous lui.

William étouffa un gémissement de volupté en sentant son corps réagir dans l'instant.

— As-tu déjà choisi un nom ?

— Un nom ? répéta Sarah en fronçant les sourcils.

Comment savait-il ?

— Je ne comptais t'en parler que lorsque j'en aurais été certaine.

— Crois-moi, Sarah, après trois enfants, je connais les signes qui indiquent l'arrivée du suivant. Tu es alors d'une émotivité extrême et tu deviens plus insatiable que jamais.

— Je ne suis *pas* émotive.

— Non, mon amour, bien sûr que non.

C'était au cours de sa première grossesse qu'il avait appris combien elle pouvait être émotive. Lors de la deuxième, il avait compris qu'il valait mieux alors s'abstenir de la contrarier. Pour reprendre les termes de Gunther, le plus simple était de « dire oui tout le temps ».

Elle suspendit ses caresses.

— Et pour ce qui est de mon insatiabilité... te dérangerait-elle, par hasard ?

Il éclata de rire.

— M'en suis-je jamais plaint ?

— Non, je le reconnais, admit-elle en plongeant les doigts dans ses cheveux. Dis-moi, William, t'est-il jamais arrivé de regretter de m'avoir gardée ici avec toi ?

Il déposa une ligne de baisers depuis le haut de son épaule jusqu'à son oreille, soulevant en elle des frémissements de désir.

— A aucun moment. Pourquoi cette question ?

— Je me demande parfois si tu n'aurais pas été plus heureux avec quelqu'un de moins... émotif et... insatiable.

— Je serais plutôt mort d'ennui avant l'âge ! Je te le répète, Sarah : je n'ai aucun regret. Pas le moindre. Et si tu songeais de nouveau à me quitter, je te supplierais encore une fois de demeurer près de moi.

Elle frotta sa joue contre sa main.

— Tu n'aurais pas à me supplier longtemps, tu sais.

— Tant mieux, conclut-il en approchant ses lèvres des siennes. Car j'aurais bien du mal à survivre, sans mon cœur.

A paraître
le 1ᵉʳ décembre 2010

L'INCONNU DE L'HIVER, *de Stacey Kane - n°495*

Wyoming, 1889. Depuis ce jour terrible où son demi-frère a tenté de la tuer pour s'approprier son héritage, Maggie vit seule au cœur des montagnes. Seule, loin de tout et de tous, mais à l'abri. Et, surtout, libre ! Hélas cet équilibre vacille quand elle fait une surprenante découverte : un homme, inconscient, est étendu devant sa porte alors que le blizzard fait rage. Qui est cet inconnu et que lui est-il arrivé ? Intriguée mais méfiante, Maggie domine ses craintes et installe l'homme chez elle. C'est alors qu'elle prend conscience de l'erreur qu'elle vient peut-être de commettre : car, là, dans cet espace intime, l'inconnu au corps superbe et puissant la trouble infiniment...

CAPTIVE DE LA PASSION, *de Nicola Cornick - n°496*

Ecosse, 1802. A peine vient-elle d'apprendre qu'elle est la véritable héritière du château de Glen Clair - elle qui se croyait orpheline et désargentée ! -, que Catriona est enlevée par de mystérieux ravisseurs. Qui sont-ils ? Que veulent-ils ? Sa fortune ? Comment le savoir alors qu'elle se réveille ligotée au fond de la cale d'un bateau ! Dans ce cachot sordide, il y a un autre prisonnier : le capitaine Neil Sinclair, un homme dont Catriona a pu admirer le courage. Néanmoins, Catriona frissonne : jamais elle ne s'est sentie si vulnérable que si près du beau Neil...

LA COURTISANE REBELLE, *de Margaret Moore - n°497*

Angleterre, 1204. Riche héritière très convoitée, lady Adélaïde s'est pourtant juré de ne jamais se marier. Son indépendance, ainsi que la pleine jouissance de ses terres, lui importent trop ! D'ailleurs, même à la cour du roi, il n'y a pas un homme qui mérite qu'elle les lui cède ! Aussi Adélaïde est-elle furieuse lorsqu'une suite d'intrigues mensongères l'oblige, pour sauver sa réputation, à épouser un simple chevalier : Armand de Battenwood. Elle s'exécute mais, dès lors, n'a qu'une idée : briser cet engagement forcé. En dépit du charme insolent de cet homme, qu'Adélaïde voudrait bien ignorer avec superbe...

UNE ALLIANCE INAVOUABLE, *de Debra Cowan - n°498*

Texas, 1885. Lydia s'en est fait le serment : elle mènera sa vie comme elle l'entend, et jamais elle ne dépendra d'un époux. D'ailleurs, pour vivre par ses propres moyens, elle envisage de gérer une taverne. Mais son projet se heurte à la réticence des financiers, peu enclins à accorder leur confiance à une femme seule. Qu'à cela ne tienne ! Puisqu'on l'y pousse, Lydia est décidée à se trouver un associé mâle ! Et quand Russ Baldwin répond favorablement à son offre, elle est certaine de toucher au but. Hélas, elle déchante vite : bien qu'armé d'un charme redoutable, Baldwin se révèle misogyne, et prompt à lui dicter sa conduite. Une attitude révoltante pour Lydia, qui se rebelle...

LA TENTATION D'UNE LADY, *de Amanda Mc Cabe - n°499*

Londres, 1564. Devenir dame de compagnie de la reine Elizabeth ? Lady Rosamund n'y est pas préparée. Pas plus qu'elle ne sait comment affronter la vie à la cour, ce monde où règnent scandales, faux-semblants, secrets d'alcôve et complots. Aussi se méfie-t-elle instinctivement de tous ceux qu'elle y rencontre. Notamment l'énigmatique Anton Gustavson, diplomate suédois en mission secrète à Londres, qui, pourtant, semble vouloir la protéger. Car, même si elle se sent indéniablement attirée par lui, Rosamund sait aussi que sous ses manières de gentleman, Anton est avant tout un homme de l'ombre. Un homme de pouvoir, qu'il peut être dangereux de fréquenter...

L'HONNEUR D'UNE DÉBUTANTE, *de Bronwyn Scott - n°500*

Londres, 1832. Tessa Branscombe ne décolère pas ! La musique, les chandelles, la somptueuse salle de bal... Rien ne peut la dérider. Pas même l'air ébloui de ses jeunes sœurs dont elle s'occupe depuis le décès de leurs parents. Pourtant, quelques minutes plus tôt encore, elle dansait innocemment avec Peyton Ramsden, comte de Dursley ! Innocemment, jusqu'à ce que ce maudit séducteur ose l'entraîner dans une alcôve. Comment a-t-il eu la naïveté d'imaginer qu'il se conduirait en gentleman ? Plus grave, pourquoi, au lieu de lui assener le soufflet qu'il méritait, s'est-elle laissée faire comme une gourgandine ? S'ils n'avaient été interrompus, Dieu sait jusqu'où elle se serait abandonnée ! Un affront que Tessa, furieuse, est résolue à lui faire payer...

www.harlequin.fr

A paraître le 1er novembre

Best-Sellers n° 441
Magie d'hiver

Les six histoires réunies dans ce volume nous plongent au cœur d'un hiver romantique, pour mieux explorer la magie de l'amour et de la passion : retrouvailles bouleversantes et tendres réconciliations, rencontres imprévues, plaisir de la séduction, promesses passionnées... sans oublier le parfum d'enfance et le goût du rêve propres à cette saison chargée d'espoirs.

Best-Sellers n°442 • suspense
Plus fort que la peur - Dinah McCall

Quand Catherine Fane retourne pour la première fois à l'âge de 27 ans à Camarune, berceau de sa famille, c'est avec l'espoir d'honorer le dernier souhait de sa grand-mère : être enterrée près de la cabane perchée au milieu des bois où elle a vécu autrefois. Comment imaginer que sa vie va en être bouleversée à jamais ? Catherine ne connaît plus personne dans cette petite ville nichée dans les montagnes du Kentucky. Pourtant, dès son arrivée, les habitants lui témoignent une hostilité incompréhensible, angoissante, même. Jusqu'à ce qu'elle découvre que de sombres histoires de famille sont sur le point de remonter à la surface et qu'elle pourrait bien être associée à des événements du passé dont elle ignore tout. Bouleversée, Catherine accepte avec soulagement la protection du shérif Luke DePriest – un homme qui lui inspire spontanément confiance. Car malgré les tentatives d'intimidation chaque jour un peu plus nombreuses, elle a décidé de rester à Camarune pour découvrir la vérité, quitte à faire surgir de l'ombre le passé de la petite communauté...

Best-Sellers n°443 • thriller
Le secret écarlate - Erica Spindler

A trente ans, Alex Clarkson ressent un immense vide en elle et cherche toujours à percer le mystère qui entoure sa naissance. Aussi, quand sa mère se suicide, la laissant seule avec les secrets de son passé, Alex décide-t-elle de tout mettre en œuvre pour trouver enfin les réponses aux questions qu'elle se pose depuis l'enfance. Pourtant, lorsqu'elle contacte l'inspecteur Daniel Reed, le dernier à s'être entretenu avec sa mère, elle est encore loin d'imaginer les révélations qu'il va lui faire. D'après Daniel, en effet, elle aurait grandi jusqu'à l'âge de 5 ans dans une famille de viticulteurs. Une famille dont elle ne se souvient absolument pas, malgré la tragédie qui l'a frappée à l'époque : la mystérieuse disparition d'un bébé de quelques mois. Son petit frère ? Si tel est le cas... qu'est devenu cet enfant ? Et comment Alex a-t-elle ainsi pu tout oublier de ce tragique événement ? Résolue à aller jusqu'au bout, elle poursuit sa quête pour briser l'amnésie, quitte à déterrer des secrets destinés à rester enfouis à tout jamais...

Best-Sellers n°444 • thriller
Le sceau du silence - Karen Rose
Après des années d'absence, Susannah Vartanian est de retour dans sa ville natale de Georgie pour assister à l'enterrement de ses parents. La petite communauté de Dutton se trouve encore sous le choc de meurtres récents qui ont fait ressurgir des fantômes du passé. Un passé qui la renvoie à l'agression dont elle a été victime, adolescente... A l'époque, la terreur l'avait réduite au silence. Depuis, le remords et la honte ne l'ont pas quittée : parce qu'elle n'a pas eu le courage de parler quand il le fallait, d'autres victimes ont été violées et assassinées. Désormais décidée à surmonter son sentiment de culpabilité, Susannah brise enfin le sceau du silence et accepte de répondre aux questions de Luke Papadopoulos, l'agent du FBI chargé de l'enquête. Mais le temps presse, et Susannah sent l'ombre du mal planer à nouveau au-dessus d'elle...

Best-Sellers n°445 • roman
Un Noël au lac des Saules - Susan Wiggs
Maureen Davenport s'apprête à réaliser un rêve de toujours : se charger de l'organisation du spectacle de Noël dans sa ville d'Avalon, au bord du lac des Saules. Aussi est-elle furieuse d'apprendre que son équipier n'est autre qu'Eddie Haven, un homme qui se moque des règles et des conventions sans se soucier le moins du monde de mettre le spectacle en péril. Mais plus que tout, Maureen est furieuse contre elle-même. Car dès le premier regard que lui jette Eddie, son cœur se met à battre à tout rompre. Pourtant, encore sous le choc d'une récente et douloureuse rupture, elle n'aspire qu'à la tranquillité, loin de toute présence masculine. Tiraillée entre la méfiance et l'intensité des émotions nouvelles qu'Eddie suscite en elle, elle espère plus que tout que la magie réconfortante de Noël l'aidera à soigner ses blessures et à donner à sa vie un nouvel élan...

Best-Sellers n°446 • suspense
Mortel mensonge - Karen Harper

Le monde de Briana s'est écroulé en quelques instants face à cette vision d'horreur : sa sœur jumelle Daria noyée, prisonnière de leur bateau naufragé. Si la police a conclu à un accident, Briana, elle, ne peut s'ôter un affreux doute de l'esprit. Et si Daria avait été assassinée ? Difficile de croire en effet que cette dernière, nageuse accomplie, ait pu se laisser piéger par la tempête. Dès lors, Briana est prête à tout pour découvrir la vérité. Mais à peine démarre-t-elle son enquête sur la sœur dont elle croyait tout savoir, qu'un pan caché de la vie de Daria apparaît en pleine lumière - un secret si brûlant qu'elle a cru devoir mentir à sa propre sœur... Un mensonge qui lui a peut-être coûté la vie ?

Best-Sellers n°447 • historique
Le secret d'une lady - Kat Martin
Londres et Philadelphie, 1810

Cinq ans après que son fiancé Rafael Saunders, duc de Sheffield, a rompu leurs fiançailles, l'accusant à tort de l'avoir trahi, Danielle Duval s'est résolue à quitter l'Angleterre pour fuir le chagrin et le déshonneur. Là-bas, de l'autre côté de l'Atlantique, l'attendent une nouvelle vie... et un nouveau fiancé : un homme d'affaires veuf, prêt à lui accorder son nom et sa protection. Mais à peine est-elle arrivée à Philadelphie que Rafe resurgit dans son existence et prétend vouloir renouer avec elle. Conscient de l'erreur qu'il a commise autrefois, il lui offre même un précieux collier, gage de son amour. A la fois abasourdie et folle d'espoir, Dani est prête à tout pardonner puisque Rafe est l'amour de sa vie ; elle le sait à présent. Pourtant, elle hésite encore car un douloureux secret l'empêche de donner libre cours à ses sentiments...

www.harlequin.fr

GRATUITS !

2 romans
et 2 cadeaux surprise !

Pour vous remercier de votre fidélité, nous vous offrons 2 merveilleux romans **Les Historiques** entièrement GRATUITS et 2 cadeaux surprise ! Bénéficiez également de tous les avantages du Service Lectrices :

- **Vos romans en avant-première**
- **Livraison à domicile**
- **5% de réduction**
- **Cadeaux gratuits**

En acceptant cette offre GRATUITE, vous n'avez aucune obligation d'achat et vous pouvez retourner les romans, frais de port à votre charge, sans rien nous devoir, ou annuler tout envoi futur, à tout moment. Complétez le bulletin et retournez-le nous rapidement !

☐ **OUI !** Envoyez-moi mes 2 romans Les Historiques et mes 2 cadeaux surprise gratuitement. Les frais de port me sont offerts. Sauf contrordre de ma part, j'accepte ensuite de recevoir chaque mois 3 livres Les Historiques inédits au prix exceptionnel de 5,65€ le volume (au lieu de 5,95€), auxquels viennent s'ajouter 2,80€ de participation aux frais de port. Dans tous les cas, je conserverai mes cadeaux.

N° d'abonnée (si vous en avez un) ⊔⊔⊔⊔⊔⊔⊔⊔ **HZ0F09**

Nom : .... Prénom : ....

Adresse : ....

CP : ⊔⊔⊔⊔⊔ Ville : ....

Téléphone : ⊔⊔⊔⊔⊔⊔⊔⊔⊔⊔

E-mail : ....

☐ Oui, je souhaite être tenue informée par e-mail de l'actualité des éditions Harlequin.
☐ Oui, je souhaite bénéficier par e-mail des offres promotionnelles des partenaires des éditions Harlequin.

Renvoyez cette page à : Service Lectrices Harlequin – BP 20008 – 59718 Lille Cedex 9

Date limite : **31 décembre 2010**. Vous recevrez votre colis environ 20 jours après réception de ce bon. Offre soumise à acceptation et réservée aux personnes majeures, résidant en France métropolitaine. Offre limitée à 2 collections par foyer. Prix susceptibles de modification en cours d'année. Conformément à la loi Informatique et libertés du 6 janvier 1978, vous disposez d'un droit d'accès et de rectification aux données personnelles vous concernant. Il vous suffit de nous écrire en nous indiquant vos nom, prénom et adresse à : Service Lectrices Harlequin - BP 20008 - 59718 LILLE Cedex 9. Harlequin® est une marque déposée du groupe Harlequin. Harlequin SA – 83/85, Bd Vincent Auriol – 75646 Paris cedex 13. SA au capital de 1 120 000€ - R.C. Paris. Siret 31867159100069/APE5811Z

Jouez sur
www.jeu-evasion.fr

Gagnez votre sélection de romans
et remportez un voyage d'exception !

Jeu gratuit sans obligation d'achat, valable du 1er septembre au 31 octobre 2010.
Voir règlement complet sur www.jeu-evasion.fr

Composé et édité par les
*éditions*Harlequin
Achevé d'imprimer en septembre 2010

à Saint-Amand-Montrond (Cher)
Dépôt légal : octobre 2010
N° d'imprimeur : 100951 — N° d'éditeur : 15230

Imprimé en France